パパのいうことを聞きなさい! 17

松　智洋

JN177925

集英社スーパーダッシュ文庫

パパのいうことを聞きなさい！ 17

Listen to me, girls. I am your father!

イラストレーション：なかじまゆか

あらすじ

STORY

瀬川祐太は、大学一年生の夏に三人の少女を引き取った。

祐太の姉である祐理と再婚した小鳥遊信吾の連れ子である小鳥遊空と美羽。そして祐理の実子であるひなと暮らし始めるが、一番上の空ですらまだ中学二年生、十九歳の祐太が世話をするのは難しかった。祐太は大学で所属する路上観察研究会の仲間で憧れの人である織田莱香、親友の仁村浩一、変わり者の佐古俊太郎会長などに助けられて何とか四人での暮らしを成立させた。それぞれに重大な問題を乗り越えて成長していく祐太と三姉妹の間には固い絆が生まれ、また、美羽の実母であるサーシャが半同居することになったため、やっと普通に近い生活を手に入れた。時を同じくして高校進学を果たした空は、自分の中にある祐太への恋心を自覚していく。そんな姉を見ていた美羽は中学で初めての人間関係の軋轢と実の父との邂逅を経て、実母や祐太のように高校から一人暮らしをし、デザイナーを目指すという夢を抱き始める。娘たちの成長を眩しく見守りながら、祐太も自分の道を模索し始める。一足早く卒業した莱香は念願の小学校教師の道に進み、自分と祐太や小鳥遊家の関係について考え始める。空と莱香の気持ちには、変化があったわけではない。乙女たちは、自分の気持ちに正直になる時が来たことに気付き始めていたのだ……

登場人物紹介

CHARACTERS

瀬川 祐太

Segawa Yuuta

大学四年生で、三姉妹のパパ代理。優しげな人物だが意外と芯は強い。不器用なところがあり、自分のことより先に他人のことを考えてしまう。

小鳥遊 美羽

Takanashi Miu

中学二年生。中学に入ってからのトラブルを乗り越え新たな親友を得て意気軒昂。デザイナーという夢に向かって羽ばたき始めている。

織田 莱香

Oda Raika

小学校教師に就職した黒髪の超絶美女。池袋の某小学校に配属されている。天然は相変わらずだが、教師としてしっかりしようと笑顔の練習中。苦戦している。

佐古 俊太郎

Sako Shuntarou

永遠の大学三年生。しかし仲間たちの卒業には衝撃を受けており心境の変化はあったらしい。ただし体型や性格には特に変化がない。美羽とひなのファンクラブを作っている。

花村 陽子

空の同級生で親友。合唱部の伴奏を担当する眼鏡でオタクな美少女。性格はクールだが、最近は谷修二にデレているらしい。兄は祐太の恩人でもある。

谷 修二

空の所属する合唱部のメンバーで、柔和なイケメン。陽子にベタぼれしている。四人組の知恵袋で良心。常に常識的な対応をする人物。

北原 栞

小鳥遊家の向かいに住む女子大生で、祐太に恋して振られた過去を持つ。現在は一流大で法学を学んでいる。三姉妹にとっては身近で頼りになる存在である。

小鳥遊 空

Takanashi Sora

高校二年生。最近は「合唱部の聖女」と呼ばれ他校まで鳴り響いた美少女となった。内気な性格は変わらないが、周囲の支えによって輝きを増しつつある。

小鳥遊 ひな

Takanashi Hina

宇宙一ランドセルの似合う小学一年生。「だお」と言わなくなって久しいが、無敵の可愛さは健在である。気遣いの出来る優しい女の子に成長中。

仁村 浩一

Nimura Kouichi

祐太の親友。大学四年だが早々と内定を複数とって悠々自適の状態。最近生まれた姪を猫かわいがりして姉に叱られている。希代の女たらしは健在。

サーシャ・イリイーニチナ・ガガーリナ

Sasha Ilyinichna Gagarina

美羽の実母。ロシアを離れ日本でファッションブランドの社長として活躍している。最近は羽柴の所属する大手事務所と提携して勢力拡大中。金髪美形の肝っ玉母さんである。

前島 大機

空の所属する合唱部の部長。背が伸びて、空より頭ひとつ高いくらいの元気系イケメンに成長している。後輩にはもてるらしいが未だに空にほのかな想いを抱く。

菅谷 ミキ

祐太の同級生で、合コンで知り合ったふわふわ系美人。祐太に初めて告白して玉砕している。テニスサークルの元部長で、面倒見のいい素敵な女性。

笑顔も涙も悲しみも喜びも、全部、私の宝物。あなたがくれた、大切な私

PAPA NO IUKOTO WO KIKINASAI! Listen to me, girls. I am your father!

プロローグ

PROLOGUE

『愛』と『恋』の違いはなんだろうか。

英語ではどちらもＬＯＶＥだけど、この二つの言葉には、大きな違いがあると思う。

例えば俺、瀬川祐太《せがわゆうた》は大学一年生の時に一目惚《ぼ》れみたいな気持ちを抱いた女性がいる。相手を知れば知るほど好きになった。同じ年の夏、親代わりだった姉夫婦が飛行機事故に巻き込まれたのをきっかけに、俺には三人の娘ができた。普通に暮らすことも難しい荒波を肩を寄せ合って乗り越えた俺たち四人の間には、確かな絆《きずな》が生まれた。俺は、彼女たちが大好きだ。四人とも大切さは変わらないと思う。彼女たちを想《おも》う気持ちは、愛なのだろうか。恋なのだろうか。

「好き」という単語は正しく俺の気持ちを表してくれるのに、区別しようとするとなかなかに難しい。そういえば『愛』は真ん中に心があるから真心で、『恋』は下に心があるから下心——なんて言われるが、それは恋というものを卑下《ひげ》しすぎではないかと思う。恋人と愛人だと、どう考えても恋人のほうがいい意味になるし。解釈《かいしゃく》だって人それぞれだ。

結論としては、『愛』も『恋』もどちらも素晴らしいものじゃないかな。

なにを突然、思春期の女子がノートの端《はし》につづるポエムのようなことを、と言われそうだが、それには理由がある。女の子の成長は早いのだ。

真剣な顔で俺を見つめる少女。その足下には赤いランドセルが転がっている。

長い黒髪を束《たば》ねて、大きな瞳《ひとみ》をキラキラさせている天使は、真剣な目で俺を見つめている。

「おいたん、ひなのこと、あいしてるの？」

「も、もちろん愛しているよ、ひな」

「そっか！　じゃあ、おいたんは、ひなのこいびと!?」

「ち……違う、んじゃないかな、ははは」

リビングに漂う微妙な空気に留意しつつ、俺は誤魔化《ごまか》すように視線を宙にさまよわせる。

残念なことに、こういう時に頼りになる美羽《みう》ちゃんとサーシャさんは買い物に出ている。

空《そら》ちゃんは、困り果てている俺に気づいているはずなのに、何も言わずに俺たちに背を向けて洗濯物を畳《たた》んでいる。何故《なぜ》か、不思議なプレッシャーを感じる。

「でもっ、あいしてるんでしょ？　ちがうの？」

「い、いや、ひな。おいたん、ひなのこと、大好きだけど、それは愛とか、恋とかは、どうかな。そ、そういうのは、ま、まだおいたんにもちょっと判らなくて……」

「えーっ、そうなの？　きみちゃんが、おおきくなったらあいするひとをみつけてこいをするのですわ！　っていってたんだよ。きみちゃんにはあいするひとがいるんだって！」

な、なにぃっ！　保育園から仲良しのお姉さんは、もうそんなに進んでいるのか？

大学に四年通っても彼女ひとりできない甲斐性《かいしょう》なしである俺には返す言葉もない。あの時、俺にはもったいない菅谷《すがや》ミキちゃんからの告白を断ったのは早計だったのか。などとらちもないことを考えてしまう。いや、俺のことはいい。まさか、一年生になった途端、ひなは俺より先に愛や恋に気づいてしまったのか⁉

「ひ、ひな。まさか……クラスの子に告白されたとか、そういうんじゃないよな？」

もしそうならば、俺は彼女たちの父である信吾義兄《しんごにい》さんに代わって——

「えー？　こくはくってなーに？」

「だ、誰かから、好きって言われたとか。抱きつかれたとか……」

「そんなの、ひな、まいにちだよ！」

な、なんだってーっ⁉

真《ま》っ青《さお》になった俺は顎《あご》をがくがく震わせる。小学校に入った途端、なんてことだ。都会の小学生がそんなに進んでいるなんて。俺の時代とは違うのか。

「くすっ、あは、あはは」

我慢できなかったというように、洗濯物を畳んでいた長女が噴《ふ》き出した。

話に入ってきてくれないと思ってたのに、やっぱり聞いてたのか。

「ひな、そろそろお兄ちゃんを許してあげて。ひなは、みんなが大好きなんだもんね。ひなも、みんなに好きって言ってるんでしょ？」

「うん、そうだよ！　ひな、おともだちみーんな、だいすきだもん」

頼りない叔父《おじ》より姉のほうが相談相手に相応《ふさわ》しいと思ったのか、ひなは空ちゃんに駆け寄り、ぎゅっと抱きついた。この辺は、一年生になってもまだまだ可愛《かわい》いな。

「そらおねーちゃんは、こい人いる?」

「えっ、い、いないよ」

「なんだ、おねーちゃんもそっか……」

「でも愛してる人はいるよ」

優しい微笑《ほほえ》みに、俺はどきりとする。空ちゃんは、ひなの背中を撫《な》でた。

「ひなと、美羽と、サーシャさん」

一瞬びっくりした顔で姉を見た三女は、なーんだ、というように破顔した。

「あとは、おいたんだね！　ひなも、みんなあいしてる！」

頷《うなず》いた空ちゃんは、ひなを撫でながら笑顔で俺のほうを見る。

「一年生になると、いろんなことを覚えてくるよね、お兄ちゃん」

「う、うん。困っちゃうよな」

高校二年生になった長女は、見違えるほど大人っぽく笑う。花開くように美しくなる空ちゃんは、たぶん告白なんて星の数くらいされているに違いない。ひなの質問にも自分なりの答えを持っているんだろうな。次女の美羽ちゃんなんて、ファンクラブがあるくらいだからなあ。

少し前までハンバーグも作れなかった少女は、イタズラっぽい笑顔を作って末姫に質問する。

「それで、キミカちゃんの愛する人って、誰なの?」

「あーっ、えーっとね、ジャムーズの人でねー」

ここぞとばかりに説明を始めたひなに、俺は脱力する。ジャムーズって、アイドルだよね……まあ、確かにそれも愛には違いないけどさ。俺は、大きなため息をつく。幸せなため息を。

でも——姉さん、姉さんたちがいなくなってからも、ひなたちは元気に育ってるよ。

——俺は、ちょっと自信ない。多摩《たま》文学院大学四年、瀬川祐太は、まだ就職活動中で、内定が一つも取れていないのだ。その現実が、大きくのしかかっている。それに……

「そうだ、そういえば、きょうは、学校でらいかちゃんがねーっ！」

満面の笑顔を見せる三女から、気になっているもうひとりの女性の名前が出る。

一足先に大人になった俺の「好き」な人は、今や自分の道を歩き出している。

その事実が、俺にはとてつもなく大きく感じられていた。

時が過ぎて、積み重なる想《おも》い。自分の周りにいる大切な人たちに、どうやって伝えていくのか。守っていくのか。成人式を過ぎても、少しも大人になれた気がしない俺なのだ。

大人になる、仕事をするというのは意外に難しい。黒髪美女は真剣な顔で机に向かっていた。

——あと七分四十二秒。

職員室の天井近くにかけられた飾り気のない時計を見上げて、織田《おだ》萊香《らいか》は心の中で密《ひそ》かにカウントダウンを始めた。同時に必要なものをあらためて確認する。

教科書、出席簿、チョークに指し棒《ぼう》。チョークは自前だ。学校から支給されているものもあるのだが、萊香が教えるのはついこの間まで幼稚園や保育園で天真爛漫《てんしんらんまん》に遊んでいた子供たちだ。ならもっと興味を持って貰《もら》えるように黒板もカラフルに彩《いろど》るべきだ。そう考えてお絵かき用の十二色のものを買ってきた。あとは、何度も家で練習したイラストを披露《ひろう》するだけだ。自分にこれほど絵心がないとは思わなかったが、見られるくらいには描けるようになった。こんなことなら大学時代に可愛い絵を練習しておけばよかった。そういえば、佐古《さこ》が意外と上手《うま》いのだ。

「織田先生」

黒板にすらすらと子供受けするイラストを描く自分を想像していると、不意に声をかけられた。内心の驚きを表すことのない無表情を保《たも》ったまま顔を上げると、自分より三歳年上の——それでも莱香の次に若い——男性教師がにこやかな顔で立っていた。

「どうですか？　学校には慣れましたか」

「はい」

答えながら莱香は疑問に思う。なぜこの同僚《どうりよう》は毎日同じ質問をしてくるのだろうか。しかもこれに対する自分の返答も毎回同じだ。それでもこの男性教師は言う。

「そうですか。なにかあったら遠慮《えんりよ》なく相談してくれていいんですよ」

「ありがとうございます」

これまた毎日同じ回答を返して、莱香が仕事に戻ると、何故か肩を落として席を離れる。

何か言いたいことがあるのではないかと思うのだが、よく判らない。しかし莱香は脳裏《のうり》を掠《かす》めた疑問を口に出すことなく打ち捨てた。これが祐太ならなんとしてもその真意を知りたい、ついでにちょっとしたイタズラをして反応を見てみたい——と思うのだが。

「織田先生」

するとまたひとり莱香のもとへ男性教師がやってくる。

今度はもっと年輩《ねんぱい》の体育教師だった。真っ黒に日焼けして年のわりにはツヤツヤとした肌のこの男性教師は年中、タンクトップで過ごすちょっと変わった人だった。

「どうですか、最近は。自転車、乗ってますか？」

「はい」

この男性教師は莱香がロードバイクで通勤していると知って以来、ことあるごとに「自転車競技の大会に出ないか？」と誘ってくるのだ。莱香にとっては家から職場までのもっとも効率的な移動手段が自転車であるだけで、特に競技として興味はないのだがどうしてもそのことを理解してくれない。ついでにロードバイクにしたのも一番軽くて速い自転車を選んだだけだ。

「織田先生ならいい成績が残せます！　なんなら私が教えてあげますよ！」

「いえ、けっこうです」

「はっはっは！　遠慮しなくていいんですよ！」

――お願いだから人の話を聞いてほしい。莱香は無表情に体育教師のひとり芝居《しばい》に耐える。

「おやおや、織田先生の周りは今朝も賑《にぎ》やかですねぇ。門田《かどた》先生、織田先生が困っていますよ」

助け船を出してくれたのは、さらに年長の男性教師だった。おでこから頭のてっぺんにかけてつるりと禿《は》げ上がった恰幅《かっぷく》のよいこの同僚もまた、毎日のように莱香に声をかけてくる。三人の共通点は「独身」という点。要するに三人が三人とも新しくやってきた若く美しい同僚の気を引きたくて仕方ないのだ。ところが萊香本人がそんな彼らの下心にまったく、これっぽっちも気づいていない。

「織田先生が来てくれて、我が校の職員室が一気に華《はな》やかになりましたなぁ」

「まったくです！　私も毎朝やる気が出ますよ！」

「本当ですね。若手が増えて僕もうれしいです」

同僚の女性たちが冷ややかな目で見ていることに気づいているのかいないのか、三人の独身男性たちは萊香を囲んで好き勝手に話を始める。

「そうだ、織田先生、今度飲み会をやりませんか。まだ初任で担任は持っていないといっても、初めてのことばかりでしょう。経験豊富な私なら、いろいろと教えて差し上げられると……」

最後に来た髪の薄い教師の提案に、二人の独身教師も乗っかってくる。

「おお、それはいいアイディアです！　さっそく今日にでも！」

「先生、それはさすがに気が早すぎですよ。えーと、今週末にでもどうですか？」

その時、萊香が心の中で数えていたカウントダウンがぴったり0になった。萊香はすっく、と立ち上がると、用意していた授業の道具を手に取る。

「失礼、時間です」

呆気《あっけ》にとられる三人の独身男性を尻目《しりめ》に、スタスタと職員室を出ていこうとする。

「お、織田先生、まだ予鈴も鳴っていませんよ？」

「いいえ、ぴったりです」

ちらりと振り返って萊香は言う。まさにその言葉と同時に校内にチャイムの音が鳴り響いた。

「では、授業がありますので」

そうして萊香は意気揚々《いきようよう》と教え子たちの待つ教室へ向かった。独身教師たちのふがいない姿に、職員室で一部始終を見ていた副校長はため息が零《こぼ》れるのを禁《くず》じ得ないのだった。

新しい環境にあっても相変わらずマイペースを崩さない萊香だが、教室の扉を前にすると、ほんの少しだけ緊張をする。思いも寄らない質問をする子、なかなかジッと座っていられない子、教え子たちはいつだって予測不可能だった。だからこそ萊香はこの仕事を選んだのだけど。

いつまでも教室の前で立ち往生《おうじょう》しているわけにはいかない。先生が遅刻をしては子供たちにしめしがつかない。追いついてきた先輩の正担任に促《うなが》されて、萊香は教室に足を踏み入れた。

「きりーつ、きをつけー、れーい」

「「せんせーおはよーございますっ」」

萊香たちの姿を見るや、日直が号令をかけてクラス全員が朝の挨拶《あいさつ》を唱和する。いつもなら全員が席に着くまでに一騒ぎあるのだが、今日ばかりはみんな行儀《ぎょうぎ》よく座っている。というのも、今日は月に一度やってくる保護者への学校公開日だからだった。

教室の後ろには教え子たちのお父さんやお母さんが並ぶ。やけにお父さんの姿が多いのはなぜだろうと萊香は少し首をかしげた。そして、判ってはいたがそこに祐太の姿がないことに、ほんの少しだけガッカリする。仕方がない。先月来たばかりだし、彼も今は特に忙しいのだ。

「おはようございます。皆さん、今日はお家《うち》の方もたくさん来てくれています。ですが、いつも通りに元気に授業を受けてください。いいですか?」

「「はーい!」」

素直で快活な返事が返ってきた。莱香の無表情な顔に、一瞬優しい表情が浮かぶ。

「保護者の皆さん、本日はお忙しいところありがとうございます。後《のち》ほど、子供たちと一緒に参加していただく部分もありますので、宜《よろ》しくお願い致します」

一礼する彼女の大きな胸がぷるんと揺れた。

「おおっ……ぐぇっ」

教室の後ろに集まる保護者の一部から感嘆のため息が漏《も》れ、続いてみぞおちに肘《ひじ》でも食らったようなくぐもった声が響く。公開日の保護者の参観人数は、特に男性の数が急増していた。

新任の巨乳美人教師のことは、学校中の噂《うわさ》なのだ。話題の美人教師をひと目見ようと集まった男性陣に対して、当然女性陣からの風当たりは冷たい。鼻の下を伸ばす父親に呆《あき》れ顔の母親。保護者の見せる小芝居に、子供たちが気づかないはずもない。教室に時ならぬざわつきが起こり、当然のように子供たちは落ち着きをなくし、それぞれに後ろの保護者を意識してきょろきょろし始める。莱香は表情に出さずに困惑した。どうしてこんなことになったんだろう。まさか原因が自分にあるとは思わない莱香である。どちらにしても保護者を叱《しか》るわけにもいかない。

「よそ見はダメ。みんな、先生のほうを見て。お家の人に、良いところを見て貰おう」

穏やかにクラスのみんなに告げる。だが、それは逆効果だった。

「やーい、せんせいにしかられたー。うしろばっか見てるからだぞ」

「あたし、みてないもん！」

「みてたよー！　なんどもふりかえったじゃん」

教室はさらに騒がしくなってしまう。どうやら、対処を間違ったようだ。莱香は自分の未熟さに肩を落として正担任を窺《うかが》うが、熟練の教師である彼女はにこやかに微笑んだまま平然としている。莱香はこのクラスの副担任だ。初任である彼女は、正担任の下で修業中の身だ。こんなことで頼るなということらしい。莱香は、再び子供たちに向き合うと語気を強めた。

「みんな静かに。授業中です。続きをしますよ」

「はーい！　せんせー、ごめんなさい！」

誰よりも先に明るい声で言ったのは、謝る必要のない子だった。

莱香はつい、唇《くちびる》を綻《ほころ》ばせる。

「ああっ、おだせんせいがわらった！」

「うそぉ、わらってないよ」

子供たちが声を上げる。美貌《びぼう》で無表情な副担任はみんなの興味の的《まと》でもあるのだ。

「ほら、しずかにしよー、せんせーこまっちゃうでしょ」

またしても率先《そっせん》して児童を宥《なだ》めるのは、莱香が愛《いと》しく思っている少女、小鳥遊《たかなし》ひなだった。

活発で好奇心も強く、人の気持ちを慮《おもんぱか》る優しさと強さを持った少女だ。こうしていつも莱香を助けてくれる。莱香は今すぐひなを抱きしめて頬《ほお》ずりしたい気分だった。だけど、教師としてそこをグッとこらえた。保護者たちに漂っていた不穏な気配も今はなくなっている。

「では、授業を続けます。この問題がわかる人」

はいはいと子供たちが我先にと手を上げる。一時はどうなることかと思ったが、ひなのおかげで今日も無事に授業を終えられそうだ。茉香は心の中でそっと感謝の言葉を贈った。

教師になったきっかけともいえる大切な人と、同じ学校に配属された幸せを噛《か》み締める。

ひなも、大好きな茉香の頬が緩《ゆる》んでいくのを嬉《うれ》しい気持ちで見守っていたのだった。


「ひなちゃんばいばーい！」

「ばいばーい！　また明日ねー！」

一緒に下校をしてきた子たちにぶんぶんと手を振って見送ると、ひなは玄関を開ける。

「ただいま！」

「アラ、おかえりなサイ、ヒナ」

ランドセルを放り出さんばかりに駆け込んできたひなを出迎えたのは、エプロン姿のサーシャだった。ひなはすぐさま駆け寄るとサーシャに向かって大輪《たいりん》の笑顔を向ける。

「サーシャ！　あのねっ、あのねっ」

「ハイ、すとっぷ！　お外から帰ったらまずはうがいと手洗い……デショ？」

「あわわ、そうだった！」

帰ってきた時と同じ慌《あわ》ただしさで洗面所へ駆けていくひなを見て、サーシャはくすりと笑う。

小学校にあがってひなはますます母親である祐理《ゆり》に似てきた。明るく元気なところや、どこか

さいたさいた
さくらのはなが
をるゆむふ
れ　めへねてせ
んろよもほのとそこお

慌てんぼうなところも。手洗いとうがいをすませて戻ってきたひなの前には、焼きたてのパンケーキが供《きょう》される。顔中に幸せを貼りつけたひなから学校であったことを聞きながら、二人で午後のティータイムを過ごしていると、再び元気な声が玄関から聞こえてくる。

「ただいまーっ！」

小鳥遊家の長女、空の声だった。空は通学鞄《かばん》の他に両手一杯にスーパーの買い物袋を提げていた。最近伸ばしている髪がさらりと靡《なび》いて、少女の美しさを引きたてる。

「そらねーたんおかえりなさーい」

「ただいま、ひな。サーシャさん、お夕飯の買い物してきました」

「アリガトウ、ソラ。部活のあとなのに悪いワネ」

「ううん、ぜんぜん平気です。それより、なんだかいい匂《にお》いがしますね」

「おやつにパンケーキ焼いたの。ソラも食べるなら焼くワヨ」

「やった！　お腹空《なかす》いてたんですっ」

空が着替えに自室へ行っている間に、サーシャはフライパンを火にかけて残ったタネで手早くパンケーキを焼いていく。ちらりと振り返ると、ひなはテーブルで今日出たばかりの漢字の書き取りの宿題に熱心に取り組んでいた。

「サーシャさん、手伝いますっ」

「いいのヨ、それよりヒナの宿題を見てアゲテ」

「はーい。ひな、今日の宿題はなにかな？」

　高校生になって、空はぐんぐん背が伸びていた。それと同時に日増しに体つきも女性らしい丸みを帯《お》びたラインになっていた。子供の成長期というものは本当に突然やってきてあっという間に少女から女性へと変えてしまうのだと、サーシャはあらためて感じていた。

「ソラ、部活のほうはドウ？」

「うーん、正直ちょっと大変ですね。三年生がもうすぐ引退しちゃうんです」

「じゃあ、次はソラが後輩たちを引っ張ってイかないと」

「うっ……そうなんだけど、あんまり自信ない……かも」

「ふふっ、ソラなら大丈夫ヨ」

　見た目は成長しても控《ひか》えめな性格は相変わらずな空だった。

「ただいまー」

　美羽の声が聞こえるや否《いな》や、玄関がなぜかドタバタと騒がしくなる。

　金髪碧眼《きんぱつへきがん》の美少女は、同じ中学校の制服を着た女の子を連れてきていた。

「前に会ったことあるよね。同じクラスの立夏《りっか》ちゃん」

「お、お邪魔《じゃま》します……」

　立夏ちゃん、と呼ばれた女の子は少し遠慮がちに頭を下げた。

「アラ、いらっしゃい。ゆっくりしていってネ」

「は、はいっ、ありがとうございます」

　立夏は、やや緊張した面持《おもも》ちだった。美羽は彼女の肩を抱いて小悪魔《こあくま》の笑みを見せた。

「ねー、ママ。立夏ちゃん、今日から手芸部の新入部員だから。いろいろ教えてあげてね」

「ちょっ⁉　私まだオーケーしてないわよ！」

「まあまあ、いいじゃん細かいことは」

「ぜんぜん細かくない！　だいたい私、モデルの仕事だってあるんだから！」

「アラ、リッカちゃんはモデルもやっているノ？　じゃあ、今度ウチのブランドの仕事もお願いしようカシラ。とても似合いソウダワ。ワタシひとりじゃ決められないんだケド……」

「えっ、ほ、ほんとですか⁉　オ、オーディション受けさせて貰えるだけでも嬉しいですっ！うわぁ……どうしよう、ガガーリナブランドのモデルだなんて……」

金髪の美羽ちゃんと対照的な気の強そうな和風美人である立夏は頬を染める。芸能界を真面《まじ》目《め》に志《こころざ》す彼女にとって、サーシャは憧《あこが》れの存在なのだ。美羽は、にんまりと笑った。

「ママ、ナイスアシスト。じゃあ立夏ちゃん、その代わりに手芸部に入部ってことでどう？」

「ちょっ、それは関係ないでしょ⁉　ていうか、その手芸部だってまだ正式に部活として認められてないじゃない！」

「だいじょーぶ。りっちゃんとあたしの二人でとりあえず同好会として申請しといたから。そうなったらこっちのもんだよ。勧誘できるようになれば、すぐに集まってくれるって」

「いつの間に⁉　ていうか、りっちゃんって⁉」

「ママ、これからあたしの部屋で作戦会議するから。お菓子と飲み物よろしくっ」

「ハイハイ。任せてチョウダイ」

　りっちゃんこと立夏は美羽に半《なか》ば強引に背中を押されて二階へと連れていかれた。

　立夏という女の子は、去年、クラスで美羽と対立した子だ。美羽は悩み、迷い、戦って……

今は彼女と友達になった。サーシャには、それが誇《ほこ》らしい。空も同じだった。

「美羽、あの子とすっかり仲良しですね。ふふっ」

「エエ……ほんとうに」

　幸せそうなサーシャの横顔に、空は胸が温かくなる。

「さーしゃ、パンケーキ、おかわりある？」

「ふふっ、お姉ちゃんが焼いてあげるね。美羽たちのも焼かないと」

「あーっ、じゃあ、ひながやくー！」

　温かな空気に包まれる小鳥遊家。リビングに漂うパンケーキの甘い匂いと、幸せの微粒子《びりゅうし》。

　三姉妹とサーシャはそれぞれに、大切な今を過ごしていた。


　ところが、やっと訪れた穏やかな日々の中で、ひとりだけ迷子になっている人物がいた。

　妹たちを寝かせたあとサーシャを送り出し、ラップをした夕飯を前にして、明日の予習と合唱部の新しい楽譜《がくふ》を並べて鉛筆《えんぴつ》を走らせながら、空はその人物を待っていた。

　がちゃり、と気をつかった音がして、静かに扉が開き、控えめな声がする。

「た、ただいまぁ……」

　疲労困憊《ひろうこんぱい》した様子の一家の大黒柱を迎えに、空は玄関まで走る。

最近お決まりの格好になったリクルートスーツはヨレヨレだった。

「お兄ちゃん、お疲れ様。今日は、どうしたの？　フラフラだよ？」

「うう……いや、大丈夫……ちょっと休めば」

「お、お兄ちゃん、こんなところで寝ちゃダメ。こっちこっち」

空は、座り込みそうな祐太を支えるようにして体を添えた。密着した身体《からだ》から、汗の臭《にお》いとインクみたいな匂いがする。意外とがっしりした身体を引きずるようにリビングまで連れていくと、祐太は倒れるようにソファに座り込んだ。

「もう、スーツ脱がないとシワになっちゃうよ」

なすがまま空にスーツをひっぺがされる祐太はもはやあらがう気力もないようだ。ネクタイを緩めて、やっと人心地ついたらしい。

「ありがとう、空ちゃん。もう寝てると思ってたよ」

「高校生なんだから、そんなに早く寝ないよ。やることたくさんあるもの。お兄ちゃんは、今日も大変だったの？　夕飯、食べるよね？」

「うん。今日は二次面接のあと、ずっとバイトでね……」

祐太が大学三年生になって始めた出版社でのアルバイトは、仕事場も近く普段は時間の融通《ゆうずう》が利くので有り難い職場なのだが、月に一度やってくる校了直前だけは地獄《じごく》のような忙しさなのだ。それが今だった。就職活動と重なっているので、この時だけは大変だった。

「お兄ちゃん、バイトしなくても大丈夫なのに。お父さんたちが残したお金もあるし……」

「いや、それに手を付けるのはイヤなんだ。俺の、我《わ》が儘《まま》だけどさ」

言い出したら聞かない祐太をよく知る空は、仕方ないなあ、というように微笑む。

「じゃあ仕方ないけど、無理はしないでね。倒れたら元も子もないよ」

「判ってる。あ、そうだ……メール確認しないと。この前の面接の結果が来てるはず……」

祐太はのそのそと起き上がると、リビングのチェストの上に置いてある家族共有のノートパソコンの前に座る。ぽちぽちとマウスを操作《そうさ》してメーラーを起動し、自分のアカウントに来ているいくつかのメールを確認していく。そして——

「おおう……⁉」

ゴン、とチェストに頭をぶつけた。

「ちょっ、お兄ちゃんどうしたの⁉」

慌てて空が駆け寄ると、祐太の口から呻《うめ》き声《ごえ》が漏れる。

「ま、また、ふさいよう……」

祐太を打ちのめしたのは実に三十三社目の不採用を知らせるメールだった。

瀬川祐太、大学四年生。彼は、人生の節目で大きな壁にぶつかっていたのである。

第一章 花開く少女たち

PAPA NO IUKOTO WO KIKINASAI! Listen to me, girls. I am your father!

CHAPTER 1

多摩《たま》文学院大学には二つのキャンパスがある。一つは都心のはるか西、緑溢《あふ》れる八王子《はちおうじ》の奥地だ。そしてもう一つが都庁を抱く新宿区《しんじゆく》は西新宿。オフィスビルが立ち並ぶそのまっただ中に地下二階、地上二十八階の近代的な高層ビルがそびえ立っている。三年生になって東京とは名ばかりの辺境の地を脱出した学生たちは「さあ、これからが本当のキャンパスライフだ！」とばかりに意気揚々《いきようよう》と新宿へとやってきた。ところが、だ。

期待に胸を膨《ふく》らませた俺たちを待っていたのは楽しいキャンパスライフとオシャレでアダルトな都会の生活ではなくて、「就職活動」という名の超シビアな現実だった。

「むぅ……むむむぅ……」

新宿校舎の就職支援課に並ぶ企業の募集要項、職員さんの手でキレイにファイリングされたそれを片《かた》っ端《ぱし》からチェックしていくうちに、俺の口からは自然と呻《うめ》き声《ごえ》のようなものがこぼれた。

新卒採用。資格不問。採用試験なし。面接のみ。採用後に研修あり。

なんだかずいぶんとおいしい条件が並ぶ、これなら自分でもいけるのでは？　なんて考えてしまいそうだが、それは甘いと言わざるを得ない。大学三年の後期から就職活動を本格的にスタートし、現在に至るまで合計三十三社の採用試験・面接に落ちまくった俺が言うのだから間違いない。なんだかんだ言ったたって企業も手ぶらで来る人よりはいろんな肩書きがついた人のほうが嬉《うれ》しいに決まっているのだ。そして、就職活動もピークを過ぎたこの時期になると採用はより厳《きび》しくなっていく。最初はネットからエントリーした企業に応募するだけで手一杯だったのが、今やホームページも作っていないような小規模な会社の募集要項を自《みずか》らの手でメモする毎日である。もはや、いろいろとなりふりかまっていられないのだ。

「とにかく、今は一社でも多く受けて早く就職を決めないと」

俺は、条件の合う会社をいくつか選んでエントリーを済ませると就職支援課をあとにした。これでまた来週から面接につぐ面接の日々が始まるだろう。ちょっとだけ憂鬱《ゆううつ》な気分になりながらキャンパスを出た。

「おーい、瀬川《せがわ》ちゃーん！」

と、有名なカフェの前を通った時、見知った顔が俺を呼び止めた。

「仁村《にむら》か、なにやってんだ？　おまえ」

すらりとした長身に細いあご、涼しげな目元にばっちり手入れされた細い眉《まゆ》。男なら「こうなりたい」女の子なら「こんな彼氏がほしい」という理想を絵に描いたようなイケメンは、オープンテラスでベーグルとコーヒーの昼食を楽しんでいた。

「なにって、お昼だよお昼。瀬川ちゃんもどう？」

えーと、コーヒー一杯が四百円弱でサンドイッチも合わせると八百円くらい。でも、きっとちょっと食べ足りなくなってあとでコンビニでおにぎりなんかを買ってしまうような気がする。そうなるとお昼代はしめて千円……都会のキャンパスライフはお金がかかるな。

「……まあ、たまにはいいか」

少し迷ったものの、心の中でそろばんをはじいて店に入る。鴨肉《かもにく》のサンドイッチとコーヒーを持って仁村と同じテーブルに座った。出版社のバイトは忙しい分実入りも多いのだ。

「それにしても久しぶりじゃないか。仁村と大学で会うのって」

「ん、そうだっけ？」

仁村はとぼけた顔をする。一足先に内定をゲットした仁村は、最近はすっかり大学に顔を見せなくなっていた。俺も会うのは一週間ぶりくらいだ。

「ところでどう？　瀬川ちゃん内定決まった？」

「う……」

「あー、まだ決まってないんだ。お疲れ様」

言葉を濁《にご》した俺に、仁村はため息混じりに同情してくれた。哀《あわ》れみの視線が情けない。でも今のところ、届くのは「不採用」の薄い封筒やメールばかりなのだ。なぜなんだ。

「瀬川ちゃん、職種はなにを希望してるの？　欲張らなきゃすぐに内定出そうなもんだけど」

「えり好みしてるつもりはないんだけどな……。まあ、条件を絞《しぼ》っているとすると、正社員限定ってのと、勤務先が家から近くて転勤がないこと、かな」

「んー、なるほど。池袋《いけぶくろ》付近の勤め先で転勤なしとなると、倍率は高そうな感じだねー」

「……やっぱり？」

池袋の小鳥遊《たかなし》家から通勤一時間以内。できたら三十分以内。もちろん転勤なし。

これが俺の就職先の条件だ。厳しいのは判ってるけど俺は三姉妹のそばを離れるわけにはいかない。誰かに頼まれたわけではなく、俺が俺自身の意思で決めたことだ。都心で募集している新卒正社員は、募集数は多いが倍率も高い。誰もが知る有名企業に応募してはため息をつくハメになっているのには、理由がないわけじゃないんだ。

「瀬川ちゃん的にはそこは譲《ゆず》れないんだろうね」

「まあな。とりあえずめげずに粘《ねば》ってみるよ。正社員も譲れないしな」

往生際《おうじょうぎわ》が悪いのが、俺の取り得だから。姉さんの評価だ、間違っていないと思う。

作り笑顔の俺に、仁村は苦笑して、話題を切り替えるように手を打った。

「いや、判るよ瀬川ちゃんの気持ち。可愛《かわい》いよね、姪《めい》っ子《こ》って。新作見る？」

仁村にも一昨年《おととし》に姪っ子ができて、可愛い盛りなのだ。新しい写真が来る度《たび》、二枚目の顔をデレデレに緩《ゆる》ませて見せびらかしてくるのだ。俺たちは、しばらく他愛《たわい》もない話に花を咲かせる。大学に入ったばかりの頃を思い出して、なんだか楽しい。時計を見ると意外に時間が過ぎていた。ふと思いついて、俺は話を遮《さえぎ》った。

「そうだ。仁村、おまえ今日このあとヒマか？　久しぶりにうちでメシ食っていかないか？」

「へえ、瀬川ちゃんから誘ってくるなんて、最近じゃ珍《めずら》しいね。サーシャさんいないの？」

「別にご飯を作ってほしいって話じゃないぞ。俺だってもう四年も家事をしてるんだ。空《そら》ちゃんだって上手にできるよ。今日はひなのピアノを聞く約束をしているんだ」

「へえ。ひなちゃん、ピアノやってるんだ。似合うね」

「だろ？　萊香《らいか》さんが空ちゃんに教えてるのを見て、自分もやりたいって言ってさ」

小学校に入ったひなが最初におねだりした習い事だった。今のところは空ちゃんが教えていて、ピアノ教室に行くかどうかは本人も迷っているらしい。

今日は早く帰れる予定だと伝えたら、先日から練習していた曲を聴かせてあげる、と言われたのだ。光栄の至りだけど、独《ひと》り占《じ》めする必要はない。聴衆は多いほうがいいだろう。

それを聞いて、仁村は本気で残念そうな顔になる。

「そういう大事なことは、早く言ってよ瀬川ちゃん。是非《ぜひ》とも……と言いたいところだけど、今日は先約があるんだ。こないだ知り合った子との初デートでさ。さすがに初めてでドタキャンはマズいだろ。ごめん。次こそ必ず行くよ。ってか、絶対に誘ってね」

おおう、うちのひなよりデートを取るとは。仁村にしては珍しい。相当気に入っている子なのかもしれない。仁村の女癖《おんなぐせ》の悪さを久しぶりに目《ま》の当たりにする思いだ。

「まあ、うちはいつでもオーケーだから遠慮《えんりょ》なく遊びに来てくれよ。ひなも喜ぶから」

その後、デートの前に髪を切るという仁村と別れて、俺は帰路につく。

「ああ、そうだ。萊香さんにも声かけてみようかな」

まだ萊香さんは仕事中だろうから、邪魔《じゃま》しないようにメールだけにしておこう。

萊香さんの声が聞きたいという気持ちをグッとこらえて俺はメールを打つ。

でもまさか、ひなの通う小学校に配属されるとは思わなかったよな……

そんなことを思いながら、俺は池袋に戻るべく自転車置き場に向かったのだった。


「おだせんせー、さよーならー」

「はい、さようなら。気をつけて帰ってください」

萊香は遠ざかっていく教え子たちを見送る。一年生ではまだまだみんな身体《からだ》は小さくて、後ろから見るとまるでランドセルだけがぴょこぴょこと飛び跳ねているようにも見える。それがまたとても可愛いのだ。子供たちは素直で愛らしく、そしてすべてが予想外だ。やはりこの仕事を選んでよかった。と、萊香は心の中で密《ひそ》かにガッツポーズをとる。

「らいかちゃんっ」

すると、中でもひときわ元気のよい声が萊香の名を呼んだ。ひなだった。

「あ、じゃなかった。らいかせんせーだったっ」

ひなは慌《あわ》てて言い直す。

「うん、そうだね。学校では先生って呼ばないとね」

たとえ三歳の頃から知っている相手でも、ここでは先生と生徒という間柄なのだ。ひとりだけ特別扱いしては教師としての責任を果たせない。

「らいかせんせー、さよーならっ」

ぺこりと行儀《ぎょうぎ》よく頭を下げる。その姿がたまらなく可愛くて、思わず抱きしめそうになるのをぐっと堪《こら》える。これが小鳥遊家の出来事なら、祐太《ゆうた》に「これ、頂戴《ちょうだい》」と言ってしまう場面だ。

「はい、さようなら。また明日」

ランドセルと一緒に揺れるひなのポニーテールに後ろ髪を引かれながら、萊香は子供たちが校門を出るのを見送って校舎に戻る。教室に児童が残っていないのを確認してから萊香は職員室へ戻ってきた。子供たちは帰ったが、先生の仕事はここからが大変だ。

生徒たちがやってきた書き取りの宿題の採点をしたり、さらに生徒ひとりひとりに何か変わったことがなかったか、授業の理解度はどの程度かなど、細かく報告書をまとめなければならない。特に初任の一年間は研修期間でもあるので、直属の指導教官に毎日の出来事を報告しなければならず、ほとんどないこととはいえ、適性がないと判断されれば採用取り消しになる可能性すらあるのだ。真面目《まじめ》な萊香は、緊張感を持って取り組んでいる。

そして新任教師には他にもいろいろと頭を悩ませることがあった。

「織田《おだ》先生」

と、さっそくその筆頭《ひっとう》たる人物が萊香のもとへとやってきた。

「はい、なんでしょうか副校長」

萊香より二回り以上年上のその女性は、教師たちをまとめる立場にある人物だけに、萊香が普段指導を受けている正担任の先生よりずっと厳しい。

「その服装は、もう少しどうにかならないのですか」

「服、ですか?」

萊香は自分の格好をマジマジと見つめる。タイト目なジャケットと身体にフィットしたパンツ。色は黒に近いネイビー。シャツは白で合わせ目にちょっとしたレースの飾りがついている。ファッションにはあまり明るくないが自分ではいたって普通だと思う。なにせその道のプロであるサーシャにコーディネートしてもらったのだから完璧《かんぺき》のはずだった。

「問題ありますか？」

「えー、つまりですね、もっと身体のラインを隠すようなデザインのものをですね……いいえ、もちろんあなたが悪いわけではないのですよ。でもね……」

年長の女性も困っているのだろう。美人過ぎるから問題なのだ、とは言えるはずもない。しかもサーシャ・イリイーニチナ・ガガーリナという女性はデザイナーであり服飾業界で働くプロである。彼女が教師という堅い仕事に合わせつつも萊香の魅力を余すところなく発揮《はっき》できるよう全力でコーディネイトした結果、普段よりもさらに男性の目を惹《ひ》きつけてしまうようになったのだ。副校長は、ため息をつく。

「はあ……織田先生、判るでしょう？」

言外に、あなたは美人でスタイルがいいんだから男性教師や父兄への影響を考えてほしい、という意味を乗せて視線を送るが、萊香の表情は変わらない。

「すみません。判りません」

萊香は正直に答える。実際、さっぱり判らないのだ。周囲の視線を集めるのは彼女にとっては日常で、何が問題視されているのか理解できないのだ。副校長にしても、この美しい新任教師に悪意があって言っているわけではない。思案顔で提案をしてみる。

「たとえばそうですね……校内ではジャージで過ごしては如何《いかが》ですか？」

無表情な超絶美女は、やっと理解できた、というように頷《うなず》いた。なるほど、職員室の先生たちはジャージで過ごしている人も多い。サーシャが選んでくれた服は動きやすいものだが、それでも活動的でないように見えたのかもしれない。萊香はさっそく、ジャケットの代わりに体育の授業で着るジャージを着てみる。

「副校長、これでいいですか」

普通のサイズでは胸が収まらないため特注したジャージは萊香の身体にぴったりで、すらりとした肢体《したい》とメロンのような二つの膨らみが強調されている。副校長は眉間《みけん》を押さえた。

「むむむ……判りました。すみませんでした。ジャージではなく元の服装で過ごしてください。ただ、なるべく地味な服を選んでいただければ嬉しいです」

——汚れてもいいように、という配慮《はいりよ》だろうか。萊香は言われるままに頷く。全然理解してくれない萊香に、副校長は諦《あきら》めたように大きなため息をつくと、話題を変えた。

「そういえば、先日、あなたの授業を見させていただきました」

「はい、何か問題がありましたか」

「そうですね、とても無駄《むだ》のない教え方でした。とはいえ、少々詰めこみすぎですね」

「一学期中にこなすべき課題から計算すると、一回の授業に必要最低限な情報量ですが」

萊香の答えに副校長はくすり、と笑った。緊張した面持《おもも》ちの後輩に、昔の自分を見る思いだ。

「すべてを完璧に教える必要はありませんよ。要点を絞って、あまり難しくない部分は簡単に流してしまえばいいのです。子供たちを信じることも大切ですよ」

「はあ……」

菜香は少し困ってしまう。菜香にとって知識に難易の区別は存在しない。知識は耳にすれば自動的に蓄積《ちくせき》される情報でしかないのだから。

「あなたはとても優秀な成績で学生時代を過ごされたと聞いていますが、みんなが同じではありませんよ。きちんと教えるのと、判りやすく教えるのは違います。考えてみてくださいね」

「はい……気をつけます」

また、叱《しか》られてしまったのだろうか……と、菜香は少し落ち込んでいた。学生だった頃は誰かに怒られたり間違いを指摘されることなどほとんどなかった。そのくらい菜香は優秀だった。ところが社会人になると知識や計算では対処できないことが多すぎるのだ。そういえば、以前にも副校長にこっぴどくお説教されたことがあった。菜香はこの学校に赴任した当初のことを思い出して——表情を緩めたのだった。

その年の春、菜香の教師デビューは一学期の始業式だった。着任の挨拶《あいさつ》で壇上《だんじょう》に立った菜香は何百人という子供たちの視線にさらされて、生まれて初めて緊張で声が震えた。

夢にまで見た小学校の先生になれた。だけど、自分はこんなに大勢の子供たちを相手に上手《うま》くやっていけるだろうか。式が終わったあとも菜香の胸には不安が残った。そんな時だった。

「らいかちゃん！」

廊下《ろうか》を歩く莱香の背中に元気な声がかかる。その声には聞き覚えがあった。

「ひなちゃん……？」

ちょこんと結《ゆ》った長い黒髪、大きな黒い瞳《ひとみ》をキラめかせて笑顔を浮かべているのは、莱香の愛する小鳥遊家の三女、ひなだった。

「ひなちゃん！」

莱香は思わず駆け寄った。

「らいかちゃん、せんせいだ！」

「うん。ひなちゃんこそ、一年生だね」

「うん！　ひな、いちねんせー！」

お互いが、この小学校に新入生と先生として通うことになったことを知った時も興奮《こうふん》したのだが、こうして入学式で会うと、また感激もひとしおだった。

六年間、同じ学校で過ごせるのだ。思わずテンションが上がってその場で抱き合ってぴょんぴょんと飛び跳ねてしまう。気づけばさっきまで胸の内に広がっていた不安がウソのように消えていた。しかし、あとになって莱香はこの件で初日から副校長の呼び出しを受けることになる。

「教師が、ひとりの生徒を特別扱いしてはいけません」

そう切り出した副校長は、学生気分は卒業して社会人として規律に配慮《はいりょ》した言動をすべきである旨《むね》を莱香に懇々《こんこん》と説教をしたのだった。思えば両親以外の人にお説教をされたのは生まれて初めてのことだった。莱香には、それがとても新鮮で、素直に反省する。

新しい環境と立場にいる自分が、ひなちゃんと同じ一年生であると気づいて、なんだか胸が高鳴るのを感じていた。それは、大学時代、路上観察研究会に入った時に似ていて——莱香はお説教されながら、微《ひそ》かに微笑《ほほえ》んでいたのだ。誰にも気づかれない程度に、だが。


そんなことを思い出しながら元の服に着替えていた莱香は、スマホのメール着信に気づいた。

一応、職務中は私的な連絡は控《ひか》えるように言われているので——守っている先生はごくわずかだが——こっそりとスマホを取り出して確認してみる。

『今夜、うちで夕食を食べませんか？　祐太』

「あ、祐太……」

送信者の名前を見て莱香の顔がぱぁっと明るくなる。

だが、すぐにその表情に影が落ちる。教師がひとりの児童を特別扱いしてはいけない——副校長の言っていることはもっともだ。今までは当たり前だったことだけど……小鳥遊家に遊びに行くことは、ルールに則《のっと》った行動だろうか。莱香は逡巡《しゅんじゅん》し、その指はいつまで経《た》ってもメールの返信を打つことができなかった。

「忙しいのかな……莱香さん」

一時間待ってみても莱香さんからの返事は来なかった。

聞くところによると学校の先生というのはかなりの激務らしい。いくら萊香さんが優秀でも慣れないうちはてんてこ舞いなのだろう。少し寂しいけど、仕方ない。

「さて、まいったな。俺ひとりでもいいけど、やっぱり、寂しいよな」

こうなったら、最後の手段……あの人に連絡する以外にないと、俺は電話をかける。今度の相手は……佐古《さこ》先輩だ。ところが、何回コールしても佐古先輩は電話に出なかった。

「……めずらしい。あの人に連絡がつかないなんて」

まさか口研全員に振られるとは思ってもみなかった。

八王子にいた時はそれこそ毎日のように口研のみんなと顔を合わせていた。

萊香さんが新宿キャンパスへ移り、そのあとに続くように俺と仁村がこっちへ来てからは次第に会える機会は減っていた。それでも最初のうちは佐古先輩も足繁《しげ》くこっちへ通っていたのに、最近では食堂で俺たちを待ち構えていることも少なくなっている。そして、萊香さんの卒業と就職。俺と仁村もそれぞれ就職活動に忙しくなって……思えば最後に全員集まったのはいつだっただろう。ちなみに、佐古先輩は無事に留年し、晴れて俺たちの下級生になっている。ただ、本人としても思うところがあるらしく、新宿キャンパスにあるゼミに移動願いを出しているという噂《うわさ》もある。いつも一緒だった路上観察研究会の仲間も、それぞれの道を歩き始めているんだろう。人間、いつまでも同じではいられないのは当然のことだ。

それでも、仕方ないこととはいえ、やっぱり少し寂しい気持ちになるのは止められなかった。

祐太が友人たちとの関係の変化を実感していた頃、空もまた自分の〝変化〟に直面していた。

夕暮れの中、少し伸びた髪をいじりながら下校しようとした空は、目の前に立ちふさがった人影に立ち止まる。隣を歩く陽子《ようこ》が、はあ、と吐息《といき》を漏《も》らした。

「あの、小鳥遊さんっ！　これ受け取ってくださいっ」

「え……」

叫《さけ》んだのは、見知らぬ男の子だった。制服から、空たちの学校から一駅離れたところにある高校の子だということは判るのだが、空にはそんなことを気にしている余裕はなかった。

いきなり目の前に差し出された封筒を、勢いのままに受け取るのが精一杯だったのだ。

「それじゃ……返事、待ってるから！」

空が封筒を受け取ると、その男の子はくるりと踵《きびす》を返して走り去っていった。ちょうど下校時間だったので、周りでは中等部、高等部の両方の生徒が大勢この様子を見ていた。

「おめでとう、空さん。今月はこれで三人目ね」

呆然《ぼうぜん》と立ち尽くす空に声をかけたのは花村《はなむら》陽子だった。陽子は特に騒ぎたてることもなくスタスタと先に歩き出す。そんな友人の背中を空は慌てて追いかける。

「ま、待ってよ陽子ちゃん！」

「なにかしら？　私、サンシャインのほうに寄りたいんだけど」

「こ、これどうしたらいいと思う？」

「どうって……煮るなり焼くなり、空さんの好きにすればいいわ」

「や、焼くなんて、そんなことできないよ！」

「ものの例えよ。まあ、その気合いの入った封筒を見る限り本人も五年後くらいにはすみやかな焼却を望む気がするけど」

封筒にはしゃれた筆記体で『Dar Sora』と書かれている。本人も精一杯かっこつけたつもりなのだろうが、肝心《かんじん》のスペルが間違っていた。

「でもこれ、名前も連絡先も書いてないし、どうやって返事をすればいいのかな」

「ほっときなさい。そんな自己中な手紙は」

そう言って、陽子はまた歩き出す。いちいちかまっていられないとでも言いたげだった。

高校生になった空は今や学校以外でも有名な存在だった。

高校一年の後半から目立ち始めた成長は空の姿を少女から女性へと変貌《へんぼう》させていた。こうして陽子と二人で池袋の街を歩いていると思わず立ち止まる男性も少なくない。

伸ばし始めた髪を風に靡《なび》かせる空の姿は、同性の陽子でさえ見とれてしまうほどだ。思いあまった男子が学校の前で待ち伏せしてしまうのもある意味仕方のないことだろう。元々美少女だったつぼみは、清らかな美しさを咲かせ始めている。

「はぁ……困ったなぁ。どうやってお断りの手紙を渡せばいいんだろ」

「あら、読む前から断ること前提なの？」

「え、あ、だ、だって……」

陽子が指摘すると、空は急にモジモジし始める。

小鳥遊空様

花村陽子の親友である小鳥遊空には小学生の頃から一途《いちず》に想《おも》い続ける相手がいるのだ。金剛石《ダイヤモンド》のように透明で強固なその気持ちは、ラブレターごときでは微塵《みじん》も揺らがない。いっそのこと、この事実を言いふらしてしまえば、告白される度に断り方の相談をされる自分の苦労もずいぶんと減るのではないだろうか。とはいえ、許可なく乙女《おとめ》の秘密を公開するほど陽子も冷たくはないが、その結果、空を想う中学からの悪友が嘆くのも、それに振り回されたもうひとりが宥《なだ》めるのに奔走《ほんそう》し、そのケアをするハメになるのも願い下げだった。かくして、詰め将棋《ぎしょうぎ》のように四手先くらいを読んだ陽子は、何度も繰り返した励《はげ》ましを紡《つむ》ぐ。

「相手のミスなんだから、放っておけばいいのよ。それだけ自己陶酔《とうすい》できるタイプならまた勢い込んで押しかけてくるわ。その時にばっさり切り捨ててやりなさい」

「うーん……そっか、そうするしかないよね」

空は小さくため息をつくと、もらった手紙を丁寧《ていねい》に鞄《かばん》の中にしまう。渡す当てがなくても、きっと家に帰ってから礼儀正しくお断りの手紙を書くのだろう。

「いい加減に告白しちゃえばいいのよ」

「へ？　告白って？」

「だから、あなたの大好きな人に。彼氏ができちゃえば、ラブレターは減ると思うわよ」

「む、むりむりむりむり！　な、何言ってるの陽子ちゃんっっ⁉　そんなの無理だよっ！」

空は真《ま》っ赤《か》になって首を振る。外見は成長著《いちじる》しくても、友人の中身があまり変わっていないことにホッとする気持ちもあるが、ため息が漏れるのを止める手段はなかった。

誰のためにこの花が美しく咲こうとしているのか、判りきっているというのに。

──まあ、想いを伝える前に家族になってしまったのだから、簡単にはいかないか。

激動の日々を知る陽子に、彼女を責める言葉は浮かばない。その環境で、大切な想いを胸の奥で温め続ける親友を愛《いと》おしく、もどかしく見守るだけだ。

「いいわ。相談に付き合ってあげる代わりに、サンシャインのあとでアニメイトにも付き合って。この前貸した漫画の続きが出てるはずだから。同人誌コーナーにも付き合ってもらうわよ」

「うん！　そのあとコンビニの百円コーヒーでお茶して帰ろ！」

空は、自分から陽子の腕に手を絡める。陽子はぐっとその腕を摑《つか》む。こんな風《ふう》に、笑いながら手を繋《つな》いで歩ける関係になってから、もう四年だ。ずっと一番の友達でいたいと思っている。

二人はもうすぐ十七歳になろうとしていた。

「おーい、ちょっと待てよーっ！　小鳥遊！　校門でなんかあったって聞いたんだけどっ！」

「大機《だいき》っ！　走るな！　大声出すな！　また陽子ちゃんに怒られるだろ！」

二人の後ろから、ナイトのように前島《まえしま》大機と谷修二《たにしゆうじ》が走ってくる。

「……もう聞きつけたか。うっとうしい。修二はあとで折檻《せつかん》ね。空さん、行くわよ」

「えっ、よ、陽子ちゃん⁉　う、うん！」

陽子と空は、顔を見合わせると逃げるように走り出す。四人の顔はそれぞれに輝いていて、仲間たちとのかけがえのない時間を、正しく過ごしていることを感じさせるのだった。

家の前までやってくると、微かにピアノの音が聞こえてきた。

「お、やってるな」

急いで家にあがると、なるだけ音をたてないよう足音を忍ばせてリビングに向かった。

せっかくひなが気分よくピアノを弾いているのだから邪魔してはいけない。

「あ、祐太さん」

俺の姿を見つけた栞《しおり》ちゃんが顔を上げる。俺はそれに人差し指で「しー」と合図を送る。

それを見た栞ちゃんは真面目な顔で頷き、隣に座っていた美羽《みう》ちゃんがクスッと笑った。

ひなは真剣な顔でテーブルの上に置いた小さめの電子ピアノに向かっていた。まだまだぎこちない指使いだけど、一生懸命《いっしょうけんめい》に弾いている姿は可愛らしい。俺は、未来の天才ピアニストの初演に立ち合っているのだろうか。……ちょっと言い過ぎかもしれない。

やがて演奏が終わると、俺たちは拍手喝采《かっさい》する。ひなは、ホッとしたように弛緩《しかん》する。

「えへへぇ……」

褒《ほ》められると照れてくねくねするのは小さい頃から変わらないなぁ。

「お兄ちゃん、おかえりなさい。遅かったね」

ひなにピアノを教えていた空ちゃんが楽譜をしまいながら言った。

「うん、ちょっと仁村と話し込んじゃって。あ、そうだ。ごめんな、ひな。誰か一緒に聴かないか誘ってみたんだけど、みんな今日は都合が悪いみたいで」

「いいよぅ。しおりちゃんきてくれたからっ」

「うふふ……こちらこそ、素敵な演奏をありがとう、ひなちゃん」

「どういたしまして！　おいたん！　ひなのピアノきいてくれた⁉」

「うん、途中からだけどちゃんと聴いてたぞ。また上手になったなぁ」

「ひな、みるみる上手くなってるよ。早くどこかのピアノ教室に通ったほうがいいかも」

嬉しそうにひなを抱き寄せる空ちゃんに、ひなは口を尖《とが》らせる。

「ひな、そらねーたんにおしえてもらいたい」

「ありがと。でも、私のピアノも萊香さんに教えてもらっただけだから。この先続けていくならちゃんとした先生に習ったほうがいいんだよ」

「そっかー……」

「お姉ちゃんの友達の陽子さんは？　コンクールで聞いたピアノ、ものすごく上手だったよ」

美羽ちゃんが言うと、空ちゃんはちょっと困った顔をする。

「陽子ちゃんは、たぶん嫌って言うかなぁ」

「なんで？　あんなに上手なのに」

「教えるの苦手だって言ってた。陽子ちゃんは半分独学で好き勝手に弾いてるからって」

一瞬、萊香さんに教えてもらえばいいんじゃないかと思ったが、学校の先生をやってひなのピアノの先生まで頼むのはさすがに甘えすぎだろう。

「陽子ちゃん、小さい頃からピアノの先生にコンクールに出るように勧《すす》められるくらい上手だったみたい。でも、興味ないって言って断っちゃったんだって。実はうちの合唱部にも陽子ちゃんのピアノのファンって多いんだから」

確かに、凄《すご》く上手な演奏だった。あれがほとんど独学だっていうのなら、もしかすると花村先輩の妹はいわゆる天才というやつなのかもしれない。

「そう言われてみれば中等部でも有名だよ。合唱部のアイドル三人は」

「アイドル？」

美羽ちゃんの言葉に空ちゃんが首をかしげる。

「孤高のピアニスト、花村陽子さん。それからクールなイケメンの谷先輩」

「へぇ、二人ともそんなに有名なんだ。……あれ？　でも三人って？」

空ちゃんはまたも首をかしげた。自覚がないのも困りものだと、俺たちは苦笑いする。

「ねえねえ、誰なの三人目って」

「モウ、ソラに決まってるデショ」

本当に判っていない空ちゃんを見かねて、サーシャさんがキッチンから助け船を出した。

「えええええっ⁉　わ、私⁉」

「ふふっ、空ちゃん驚きすぎ」

「で、でも、栞さんっ」

「空ちゃん、高校生になってますますキレイになったよ。もっと自分に自信もっていいと思う」

「あう……」

空ちゃんは真っ赤になって俯《うつむ》いてしまう。

栞ちゃんの言う通りだった。一緒に暮らしているとついつい見過ごしてしまいがちだけど、空ちゃんはみるみる綺麗《きれい》になっている。身長もぐんぐん伸びて、今やサーシャさんに追いつきそうな雰囲気《ふんいき》だ。……悪い虫には気をつけないとな。

「ねえねえ、しおりねーたん！　ひなは、ひなはっ」

「ふふふ、ひなちゃんはずーっと前からとびきり可愛いわよ」

「はわわ〜っ」

栞ちゃんにぎゅーっと抱きしめられてひなは目を丸くする。

こうして見ると、栞ちゃんからはずいぶん落ち着いた雰囲気が漂うようになっていた。

大学のほうも順調らしく、時折駅前で友達と楽しそうにおしゃべりしているのを見かけると、俺なんかよりずっとキャンパスライフというやつをエンジョイしていると感じる。

「シオリ、夕飯食べていくデショ？」

「あ、ごめんなさい。今日はこれから約束があって」

サーシャさんが誘うも、栞ちゃんは残念そうに言う。

「もしかしてデート？」

「ちがうちがう。相手はお父さん」

美羽ちゃんのイタズラっぽい笑みに栞ちゃんは苦笑いで答える。

「私が二十歳《はたち》になったら一緒にお酒を飲むんだって、もうずーっと前から決めてたらしいの。わざわざホテルのレストランまで予約してあるんだから」

「そっか、栞ちゃんももう二十歳かぁ」

「何言ってるんですか、祐太さん。お誕生日にプレゼントくれたの忘れちゃったんですか？　だ、大事にしてますよ……あ、もちろん、みんなからのもですけど！」

そういえば、お向かいにみんなでお呼ばれして、栞ちゃんのお母さんのごちそうをいただいたのだった。二十歳か……そりゃ、大人っぽくなるはずだよ。

それから俺たちは、玄関先まで栞ちゃんを見送ってから夕飯を囲んだ。

今夜のメニューもサーシャさんと空ちゃんの合作だ。いつの間にか、我が家の家事は二人が担当するのが当たり前になっている。サーシャさんは夕食が済むとそのまま駅の近くにあるマンションへ帰っていく。最近はそれに美羽ちゃんが一緒についていって、向こうに泊まることも多くなった。裁縫《さいほう》やデザインを習っているそうだ。二人の親子関係はちょっと風変わりな形だけどとても順調だ。

ひなは相変わらず早寝で九時過ぎには眠ってしまうので、リビングには俺と空ちゃんの二人だけが残ることになる。俺は空ちゃんと二人でテレビを見ながら、しみじみと今日のことを考えていた。栞ちゃんが二十歳か……空ちゃんも、もう十七歳だ。毎日必死だったけど、振り返ると感慨《かんがい》深いな。一緒に暮らし始めて四年近くになるんだから、変わらないほうがおかしいのかもしれない。

「もうそんな経ったのかぁ……」

「なに、お兄ちゃん」

「いや、もうここに来て三年以上も経ったんだなと思って」

「あはは、今さらなに言ってるの。お兄ちゃん、私だって十七歳になるんだよ。もうすぐ、私たちを引き取ってくれた時のお兄ちゃんと同じ年になるんだから」

「おおう……そう言われると、なんというか……凄いな。もうそんなになるのか。ひなも、小学生なんだもんな。ラッパも吹けない子供だったのに……」

「ふふっ……みんな……ちゃんと見てないとあっという間に大人になっちゃうよ」

そう言って、小鳥遊家の長女はイタズラっぽく笑う。その笑顔に俺は思わずどきりとしてしまう。空ちゃんの言う通りだと思う。今の空ちゃんを見ていると、四人で同じ布団《ふとん》で身を寄せ合ったあの日が幻《まぼろし》みたいに感じられた。壁に掛けられた姉さんたちの写真が微かに色あせているのに気づいて、俺は不思議な感慨に捉《とら》われる。それから、俺たちは二人で黙り込み、姉さんと信吾《しんご》義兄《にい》さんの写真を見つめていた。

「そうだね。信吾義兄さんが写真撮りまくってた気持ち、ちょっと判るよ」

「もう、あんまり真似《まね》しないでね。佐古さんみたいになっちゃイヤだよ？」

こんな風に過ごす時間も、もしかしたら、本当にあと少しなのかもしれない。そう思うと、俺は足下がふわふわするような感覚に襲《おそ》われる。そんな俺の隣に、空ちゃんが座っている。触れるか触れないかの距離で。もしかすると空ちゃんも同じ気持ちなんだろうか。

俺たちは、ジュウベエのぬいぐるみと三人で眠くなるまで他愛《たわい》のないおしゃべりを続けた。

そんな何でもない時間がとても大切なものに思えて、その日は、なかなか眠れなかったのだ。

祐太からもらったメールに返事をできないまま数日が経とうとしていた。

茱香はそのメールを保存フォルダに残していた。特別なメールというわけではない。ただ、なぜか日々積み重なっていくメールの山に埋《う》もれさせてしまうのが嫌だった。

今日もまた授業を終えて職員室に戻ると、スマホを立ち上げてそのメールを眺め、今すぐ祐太にメールをしようかしまいか迷っていた。

「織田先生、どうかしましたか?」

何気ない副校長の声かけに、茱香は反射的にスマホを鞄に戻した。

「なんでもありません」

「そうですか。ところで、毎日遅くまで作業をしているようですね?」

副校長は、デスクに置いてある色とりどりのノートに目をとめる。すべてに手書きのイラストとコメントが書き込まれている。都会の少人数クラスとはいえ、かなりの作業だった。

「はい。まだ手際が悪くて、すみません」

「いえ、手際の問題ではありません。一つ一つにメッセージとイラストを書いていては大変ではありませんか? 職員室を出る時間も、定時より相当遅いようですし」

「私は家が近いので……それに」

珍しく言いよどんだ茱香に、副校長は促《うなが》すように眼鏡を直す。

「みんな、喜んでくれますから」

副校長は表情を動かさず、ただ一つ頷いて萊香の席を離れていく。その背中は満足そうに見えた。続けてもかまわないということだろうか。萊香は首をかしげる。

「織田先生！　ちょっと来てください！」

突然、職員室に駆け込んできた男性教師はどこか慌てた様子で萊香を呼ぶ。

「なにか？」

「いえ、校門のところで児童の写真を撮ろうとしていた不審な男がいたので取り押さえたのですが、自分は織田先生の知人だと主張するもので」

「不審者に、知り合いはいません」

「で、ですよね！　まさか、あんな見るからに怪しい太った眼鏡の男が織田先生の知り合いなわけが……」

萊香はすぐさま立ち上がると、男性教師に向かって言った。

「案内してください」

男性教師は萊香の迫力に押されてこくこくと頷く。大股で職員室を出ていく萊香の手にハリセンが握られていることに気づいた男子教師がぎょっとしたのも束《つか》の間《ま》、校門に辿《たど》り着いた彼女の前には、予想通りの光景が広がっていた。

「おお！　織田くん！　やっと来てくれ――へぶあっ⁉」

早足で校門までやってきた萊香はその勢いのままハリセンを振り下ろした。

「い、痛いではないかね！　なんてことをするんだ！　ぼ、僕はただ……い、いたっ！」

「不審者には制裁を」

「あ、待って！　話せば判るから、ちょっ、あうっ！　ひぎぃっ！　ら、らめぇ〜っ！」

スパーンスパーンと小気味よい音が校舎まで響き渡る。取り押さえていた男性教師たちはまったくの無表情で不審者をハリセンで滅多《めった》打ちにしていく茱香を、ただ呆然と見ているしかない。不審者の名前は、佐古俊太郎《しゅんたろう》。去年まで茱香が在籍していた多摩《たま》文学院大学の永遠の三年生であり、祐太たちと共に大学時代を過ごした路上観察研究会、通称ロ研の会長である。

「う、うひょおおお〜。わ、悪かった！　僕が悪かった！　も、もうしないからぁ〜っ」

茱香の折檻《せっかん》は、佐古が反省の叫び声を上げ、男子教師たちが我に返って茱香を止めるまで続いたのである。ついでに、茱香はこの件で、結局副校長のお叱りを受けたのだった。


しばらく後《のち》、小学校近くの喫茶店《きっさてん》には佐古と茱香の姿があった。

「まったく、ひどい目にあったよ」

佐古は不満をぶつけるようにハチミツとソフトクリームがたっぷり載ったデニッシュを口の中に放り込んでいく。あのあと、茱香の説明で佐古が茱香の知り合いであり、小鳥遊ひなの〝大変親しい親戚《しんせき》同然の存在〟という取りなしもあって通報も警察への引き渡しも免《まぬが》れた。

どちらかというと、茱香の激しい折檻を目の当たりにした周囲が温情をかけてくれたのが真実かもしれない。そんな事情を判っていながらも、佐古は頰《ほお》を膨らませていた。

「会長、自業自得。私まで叱られた」

「そうは言うがね、織田くん。小学生になったひな様の快活なお姿を写真に収めようと思えば、多少のリスクは甘んじて受け入れるべきだ。その価値があると僕は思うね」

「じゃあ、あのまま警察を呼べばよかった」

「あ、いや……まあ、僕もこれまで国家権力のお世話になったことはないので、できればこの先も清《きよ》い身体でいたいと思う」

佐古は途端に小さくなる。

「ところで織田くん、最近、瀬川くんとは会っているかね」

唐突に佐古が切り出す。その言葉に萊香は思わずどきりとした。

「どうして？」

「なに、僕も最近彼と会っていなくてね。タイミングが悪いというかなんというか。まあ、彼らしいと言えば彼らしいのだが、忙しい時に限って電話をしてくるんだよ。とにかく、瀬川くんの様子が気になっていてね。どうやら就職活動に苦心しているそうじゃないか」

「……私も知らない。会ってないから」

「そうかね。では、悪いが時間を見つけて様子を見てきてくれたまえ。君が会いに来てくれたとなれば、彼も元気になるだろう」

萊香は少し躊躇《ためら》ってから、

「……わかった」

と、簡潔《かんけつ》に答えた。佐古に言われたら仕方ない。ロ研の会長の頼みなのだ。

背中を押されて少し気持ちが軽くなった薬香は、やっとメールに返事をしたのだった。

仕事が終わると、薬香はその足で小鳥遊家へと向かった。副校長の言う通り教師が特定の児童と親密過ぎるのがよくないのは判る。基本的には離島などの特殊な環境がない限り、肉親を同じ学校の教師として配属することはないはずだ。でも、薬香は小鳥遊家の縁《えん》続きではない。単に、池袋のマンションからほど近い小学校に赴任《ふにん》したに過ぎないのだ。それが、小鳥遊家から最も近い小学校だったというだけで。最初はとても嬉しかったのだが、教師としての立場と、ひなの保護者のひとりとして暮らしてきた気持ちの隔《へだ》たりに、今も戸惑っている。本音では毎日でも小鳥遊家に遊びに行きたかったのだ。でも、今日は祐太に会いに行くのだ。

自分の感情に納得のいく説明がつくと自然と足取りも軽くなった。十分も歩いた頃、道の先に小鳥遊家の三角屋根が見えてくる。なのに、徐々に薬香の足は重くなっていく。

——どんな顔をして会えばいいんだろう。

大学二年の時、初めて出会った空たちは、まだ本当に子供だった。突然、両親を失った家事の経験もない三姉妹を支えるのは、薬香にとっても幸せな時間だったと思う。

でも時は過ぎ、成長していく三姉妹は、薬香がいなくても暮らせるようになった。それに、美羽の実母であるサーシャの存在もある。薬香のいた場所には、今はサーシャがいると言ってもいい。交代で晩ご飯を作りに来ていた仁村はどうしているだろう。彼は、今でも小鳥遊家に来ているのだろうか。薬香には、そうは思えなかった。

——迷惑だったら、どうしよう。

そんな感情が胸に凝《しこ》りを生む。祐太に誘われて、佐古に頼まれて来たというのに、自分が躊《ちゅう》躇《ちょ》するなんて思わなかった。狙《ねら》い澄《す》ましたように玄関のドアが開く。

「あれ、莱香さん？」

不意にかけられた声で、莱香はハッと我に返った。

「どうしたんですか、そんなところに突っ立って」

祐太は、いつものように温和な笑みを浮かべていた。莱香のよく知っている表情で。

「う、うん」

曖昧《あいまい》な返事。さっきまで何を考えていたのか、莱香はすっかり忘れてしまっていた。

その時、拙《つたな》いピアノの音が遠慮がちに響き始める。なんて素敵なＢＧＭ。

莱香が大学にいた時と全然変わらない祐太は、眼を細め家の中を振り返る。

「あ、なるほど。いいですよね、ピアノの音が聞こえる家って。俺もよくここで立ち止まって聞いたりしてます」

「う、うん……いいね」

祐太らしい優しい想像に、莱香は慌てて同意する。

「さあ、入ってください。ひなたちが待ってますよ」

促されて、恐る恐る足を踏み出して莱香は玄関に入る。そんな莱香を、祐太は不思議そうに見つめている。その視線がくすぐったくて、莱香は何かイタズラしたくなる。

「……あーれー」

祐太の前で、足を取られたように転びかけてみる。あわよくば祐太も転ばせてしまおう、そんな勢いで。なぜだか、萊香は、真《ま》っ直《す》ぐに彼を見るのが恥《は》ずかしかったのだ。

「おっと、大丈夫ですか？」

イタズラしようと思ったのに、ぐっ、と腕を掴まれて支えられてしまう。意外な力強さに、萊香は顔に朱《しゅ》が差すのを自覚した。触られた部分に、意識が集中してしまう。

「……萊香さん？」

沈黙した萊香と、困惑した顔の祐太の視線が絡み合う。そのまま、戸惑うような時間が過ぎて。

「祐太、痛い」

「あっ、ご、ごめんなさい！」

慌てて手を放した祐太から目線をそらしながら、萊香はそっと祐太に掴まれた場所を触る。

「……ふふ」

いつもは表情を拒《こば》む頬に、微笑が零《こぼ》れてしまうのを、萊香は温かな気持ちで感じていたのだ。


「あ、萊香さん！」

廊下《ろうか》でちょうど美羽と出くわした。美羽は萊香の姿を見るなり嬉しそうな声を上げる。

「みんなー、萊香さんが来てくれたよっ」

そうしてすぐさまリビングに駆け込んだ。

「莱香さん、いらっしゃい！」

「アラ、ライカ、久しぶりネ。少し痩《や》せたカシラ？」

空が、サーシャが口々に莱香を温かく迎えてくれる。そこには以前と同じ、莱香もよく知る小鳥遊家の日常があった。祐太と、空たちの匂《にお》いに包まれて莱香は幸せな気持ちになる。

「らいかちゃん！」

「ひなちゃんっ」

最後にひなが駆け寄ってきて、莱香に飛びついた。莱香は嬉しくて思いきり抱き返す。そういえば、抱きしめるのもちゃん付けで呼ばれるのも久しぶりだった。

「こらこら、ひな、莱香さんは先生だろ」

すると祐太がひなの頭を軽くつついて言う。イタズラっぽい笑顔で。

「あわわ、そうだった。えーと、えーと、らいかせんせい、いらっしゃいっ」

「……ぶぅ」

「え、なんですか莱香さん、その顔……」

「なんでもない」

せっかくの至福タイムに水を差され、莱香は恨みがましく祐太を睨《にら》む。当の本人はまったく理由に気づいてないみたいだった。こういう鈍感なところも、本当に変わらない。

「莱香さん、先生のお仕事はどうですか？」

「うん、すごくやり甲斐《がい》がある。時々、副校長に叱られてるけど」

「ええっ⁉　茱香さんが怒られる⁉」

「あー、副校長かぁ……怖いですよねぇ」

美羽がうんうんと頷く。ひなが通う小学校は美羽の母校でもある。女性ながら誰よりも厳しい副校長は生徒たちの間でも恐れられていた。

「あたしがいた頃、イタズラで火災報知器を押しちゃった子たちがいて、そしたら副校長がその子たちの親も呼びだしてずーっとお説教したんです。帰る頃にはみんなげっそりした顔してましたよ。しかもそのあと、全校集会でも『こういうイタズラをしたらどれだけの人に迷惑がかかるのか考えなさい』って、二時間くらいお説教してさらにそのあと、生徒全員に作文を書かせたんです。ちなみに作文は副校長がひとりひとりぜーんぶ読んだそうですよ」

「なかなか凄《すさ》まじい先生だな。女性、なんだよね？　その副校長」

「はい。ちなみに男子たちは『目からレーザー』って呼んでました」

「め、目からレーザー……そりゃまたとんでもないあだ名だな……」

「……なるほど」

茱香は内心で同意する。しかしひなの手前、論評は控えることにした。

「なんだか、ヨシコみたいネ」

「サーシャさん……それはちょっと……」

「アラ？　バリバリ働くオンナはカッコいいじゃない。ワタシも見習わナイと」

「えー、あたし今のゆるーい感じのママのほうがいいな」

「チョット、ミウ、ゆるいってドウいうことナノヨ」

小鳥遊家の和《なご》やかな雰囲気が身体に染みこんでくる。久しく味わっていなかったが、自分はこの空気が好きでこの家に通っていたのだと思い出す。祐太や空の温《ぬく》もりに包まれたくて。

みんなの愛を一身に受ける、小鳥遊家の末姫が思い出したように顔を上げた。

「らいかせんせい、らいかせんせいっ」

「ん、どうしたの？　ひなちゃん」

「ひなね、ピアノいっぱいひけるようになったの。きいてくれる？」

ひなは目をキラキラさせて莱香に尋《たず》ねる。莱香が来るまで練習していたのか、莱香が空にプレゼントしたキーボードには、大小二つの楽譜が並んでいる。

「うん、いいよ。私もひなちゃんのピアノ聴きたい」

「やった！」

「ダッタラ、夕飯のあとにシナイ？　お料理が冷めちゃウワ」

「そうですね。莱香さんも一緒にどうですか？」

「うん、ありがとう」

「じゃあ、お食事のあとにひなの演奏会だね」

莱香は、以前のようにキッチンに行ってサーシャを手伝おうと思った。

だが、美羽がそれを制止する。莱香に椅子《いす》を勧めて、にっこりと微笑んだ。

「あ、大丈夫です。あたしたち、やりますから！」

「そうですよ、萊香さんはゆっくりしていてください」

空も慣れた様子でエプロンを身につけながら言った。そして萊香ではなく、彼女がサーシャに続いてキッチンに入っていく。

「らいかせんせい、こっちこっち」

「萊香さん、ひなが小学校で描いた絵があるんですよ。見てやってください」

ひなに手を引かれ、祐太に促されて、萊香はリビングのソファに座らされてしまう。

見回すリビングには、萊香が贈ったジュウベエのぬいぐるみが今も鎮座《ちんざ》していた。

なのに、なんだか少しだけ、ほんの少しだけ寂しくなって、萊香はぬいぐるみを抱き寄せた。

その気持ちがなんなのか、まだ萊香には、きちんと判ってはいなかったのだ。


演奏会は素晴らしかった。萊香もひなとの連弾を楽しみ、気づけば時刻は十時をまわっていた。まぶたの重くなってきたひなをサーシャが寝かしつけ、後片付けを空と美羽が引き受けてくれたので萊香は祐太に家まで送ってもらうことになった。

近いからいい、と言ったのだが、祐太は頑《がん》として譲らなかった。でも、そういうところが祐太らしいと、そう思いながら萊香は彼の隣を歩いていた。

「萊香さん、先生のお仕事は楽しいですか?」

「うん、楽しい。けど、大変なこともたくさんある」

そうして萊香は、ひとしきり学校での苦労を語った。

社会に出て働くということは、今まで自分が得てきた知識だけでは太刀打《たちう》ちできないことにたくさん直面する。特に人を相手にすると予想した通りになることなどまずない。そこが楽しくもあるが、失敗も多い。特に指導教官からは「笑顔で」と何度も注意を受けている。

『それだけで印象が柔《やわ》らかくなるの。子供相手には大切ですよ』

そう言われて、鏡の前で特訓中だと言うと、祐太はぷっと噴《ふ》き出し笑顔になった。その笑みが自然で少し悔《くや》しい、と萊香は思う。

「萊香さんが苦労してるって、なんだか想像できないなぁ」

「む。なんだか失礼な感じ」

萊香は心外だ、と言わんばかりに不満そうな顔をする。祐太は手を振って、他意がないことを伝えてくる。萊香にしても本当に怒っているわけではない。でも、祐太は自嘲《じちょう》するような、普段はあまり見せない顔で笑った。

「あはは、俺からしたら萊香さんはなんでもできるすごい人ですよ。ていうか、佐古先輩も、仁村も、みんなそれぞれ得意なことがあるじゃないですか。それに引き替え俺は……」

言いよどんだ言葉に少しだけ引っかかり、萊香は祐太を真っ直ぐに見る。

「祐太にも良いところはたくさんある」

「はは……そう言ってくれると嬉しいです」

萊香の目には祐太はいつも悩み、迷っているように見えていた。それでも誰かを羨《うらや》むでもなく、目の前の小さな幸せに笑い、泣く。それは以前の萊香に決して理解できない生き方だった。

だけど今は少しだけ判るような気がした。瀬川祐太という青年を通して萊香にも見ることができるようになった。そもそも萊香が教師を目指したのは、彼と三姉妹の影響が大きいのだ。

「そうだ、今日、会長に会った」

ふと思い出して萊香は切り出す。

「佐古先輩に？　あの人、最近ぜんぜん姿を見かけないんですよ」

「カメラを持って学校のそばをウロウロしていた。通報されそうになっていたので助けてあげた」

「なにやってんですか、あの人……」

ひなちゃんを撮影するため近隣でずっと張り込んでいた、とは言わないほうがいいだろう。

祐太はあの可愛い娘のことになると、たまに見境がなくなるから。

「その会長が、祐太のことを心配していた。就職、大丈夫かって」

「う……まあ、それは……」

祐太は渋い顔をすると、やたらと言葉を濁《にご》らせる。

「もしかして、まだ決まってない？」

「……はい。まだ、です」

聞いてはいたが、この様子ではかなり苦労しているようだ。

なにか声をかけてあげたい。手を貸してあげたい。萊香はそう思ったが、上手《うま》く言葉にできずにいると、いつの間にか、萊香の暮らすマンションのすぐそばまで来ていた。

「祐太、よかったら家に——」

——寄っていく？

ふと、莱香の口から自分でも思いも寄らない言葉が零れそうになった。

「へ？　なにか言いました？」

「……ううん、なんでもない。おやすみ」

そう言うと、莱香は逃げるようにエントランスに駆けていった。

なぜか頬がやたらと熱かった。

「うう～……お兄ちゃん、ちょっと遅くない？」

「えー、そんなことないってば」

美羽は姉の言葉にややうんざりとしながら返す。祐太が莱香を見送りに出てからまだ三十分と経っていない。それくらい莱香のマンションは小鳥遊家から近い。なのに、空は先ほどからウロウロとリビングを行ったり来たりしながら、美羽に同じような疑問を投げかけてくるのだ。

「そんなに気になるなら一緒についていけばよかったのに」

「そ、そんなことできるわけないじゃないっ」

「なんで？」

「な、なんでって、それは……」

もごもごと口ごもる姉に、美羽はげんなりする。

妹の目から見ても見違えるように美しくなった空だが、中身は案外と昔のままだ。

「あのね、お姉ちゃんも高校生なんだからもうちょっとしっかりしてよ」

「う……なによ、急に」

「叔父さんはものすごーく鈍感なんだから、お姉ちゃんが頑張《がんば》らないとこのままじゃ一生伝わらないよ」

「なっ、なっ、なにを言ってるのよ！　美羽のバカっ」

真っ赤になって逃げていく姉を見送りながら、美羽は深い深いため息をつくのだった。

十七歳ともなれば、恋人の一人や二人いてもおかしくないはずなのに、うちの姉の純情ぶりときたら、どうしたらいいんだろう。

そう考えた美羽だが、ふと莱香の顔を思い浮かべ、続けて祐太の顔を思い描く。

「……まあ、お似合《にあ》いって、あるよね」

はあ、と長く息を吐くと、手元にある可愛らしい布に針を通していく。

夢を目指して動き出した美羽には、はっきりとした目標が見えている。

だからこそ、気になってしまうのかもしれない。

頼りない年長者たちが、いつか出さなければならない答えのことが。

そしてその決断がどういうものであっても、みんなが幸せであってほしい。そう願うくらい、少女はそばにいる人たちを大切に思っているのだった。

CHAPTER 2

第二章 毎日が新挑戦

PAPA NO IUKOTO WO KIKINASAI! Listen to me, girls. I am your father!

小鳥遊《たかなし》ひなは、現在小学一年生である。入学式から一学期が過ぎて、大きいランドセルを背負う姿もサマになってきた。初めての通信簿ももらった。同じ保育園出身ではない友達もたくさんできた。一日にたくさんある授業にも慣れてきた。保育園と違ってお昼寝がないので、給食後の授業は眠いけれど我慢もできるようになった。学校は、ひなにとって楽しい場所だった。

「ひなちゃん、おえかきうまいねー！　このウサギさんかわいいっ」

今は大好きな図工の時間だ。ひなの描いたウサギに隣の席の子が目を輝かせる。

「えへへー、そうかな」

「おれのほうがうまいぞ！　ほらロボットかっこいいだろ」

対抗するように描き上げた画用紙を掲《かか》げる男子もいる。

「えー、ウサギのほうがかわいいもん」

「ロボットのほうがつよいんだぞ！」

たちまち騒がしくなる教室で、パンパンと先生が手を叩《たた》く。

「はいはい。残り五分です。最後まで一生懸命《いっしょうけんめい》描きましょう。見せ合うのはそのあとですよ」

「はーい！」

残りの時間で、ひなは描き上げたウサギにリボンを描き込む。自分でもよく描けたと思う。

描き終えると、提出した絵を一枚ずつみんなで観ていく。

「おれのが一ばんっ！」

「ぼくのほうがうまくかけてるだろー」

「オレがトップ！」

男の子たちは、なんでも順位をつけたがる。

「ひなちゃんだよねー」

「うん、ひなちゃんのウサギが一ばんかわいい！　ねえ、ひなちゃん」

そう言われても、ひなは困ってしまうのだ。

「うーん、ひな、お花のえもろぼっとのもすきだよ」

「だよな！　おれのえが一ばんだよ！」

ロボットを描いた子が胸を張り、それに仲良しの女の子が怒りを露《あらわ》にする。

「ひなちゃんのうさぎのほうがかわいい！　だって、まいかの大すきなおまんじゅうにかいてあるうさぎみたいだもん！　けいたのロボット、いろがはみだしてるし！」

「これはレーザーがでてるの！　おれのほうがかっこいい！」

ひなとしては、ひなのうさぎを応援してくれている子が描いた熱帯魚の絵も十分に素敵だと思うのだが、あらゆる意味でコメントに困ってしまう。確認するのも怖いが、お友達が好きなおまんじゅうとは、花村製菓《はなむら》の人気菓子である「うさマン」ではないだろうか。だとしたら、あのもとになったイラストを描いたのは実際にひななのである。どうしていいか判らずキョロキョロするひなは、今にも喧嘩《けんか》を始めそうな友達にハラハラするしかない。

「一番かわいいと、一番かっこいい。だったら、両方一番でもいい」

それまでみんなのお絵かきを見守っていた織田萊香《おだらいか》が仲裁に入る。が、その瞬間、あっ、という顔を正担任が見せたのを、萊香は見落としていた。

「えーっ！　じゃあ、おれ、おれのは？　おだせんせーっ！」

「おだせんせー、わたしのはなんばん⁉」

「えっ、え。私は、みんな一番だと思う」

それまで成りゆきを見守っていた子供たちの参入に、萊香は珍しく動揺を表に出した。どの子の描いた絵も、それぞれに可愛《かわい》いし頑張《がんば》っている。点数なんてつけられない……、とそこで気づいてしまう。今、萊香は「一番」という言葉を使って順位づけしてしまったのだ。

正担任のほうを見ると、仕方ないわね、という感じに微笑《ほほえ》んでくれる。どうやら、また萊香は失敗してしまったようだ。どうするか思案していると、老練《ろうれん》な正担任がぱん、と手を打った。

「はいはい。じゃあこれから、みんなが何の一番か決めましょうね。なんといっても、みんな一番ですから」

正担任の名裁定により、それからのみんなはクラスメートひとりひとりの絵に、「一番元気」とか「一番面白《おもしろ》い」などと評価をつけていくのだった。

みんなが満足するなか、莱香とひなだけは、何故《なぜ》か、どこか浮かない顔をしていた。

職員室に戻る莱香は正担任の後ろをついていく。

「まあまあ、そんなに落ち込まなくても大丈夫ですよ。誰にでもあることです」

数カ月の付き合いであるにもかかわらず、指導教官でもある正担任は莱香の表情を見抜いてくれる。長年教師をしてきた人物の観察眼ということだろうか。莱香は素直に頷《うなず》く。

「すみません。まだとっさにどう反応していいか、判らないことが多いです」

「ふふ、でもずいぶん慣れてきましたよ。あとはそうねぇ……」

ベテラン教師は、若い後輩を励《はげ》ますように微笑む。

「優秀な織田先生に足りないのは、笑顔……かな。さっきも、子供たちの前で考え込んじゃったでしょう？　まずは、笑わないとね」

「はい。ですが、私は、笑うのが苦手です」

「まあ、判っているならいいいんじゃないかしら。意識してね」

「頑張ります」

素直に頷く黒髪の美女に、正担任は立ち止まって優しく頷き返す。圧倒的な美貌《びぼう》とプロポーションで、男性教師や保護者を混乱させるこの子なら、普通にモデルでも芸能人にでもなれたんじゃないだろうか。こんな美女が、どうして小学校の先生を志《こころざ》したのか判らない。

ただ、その意外なほど不器用で真面目《まじめ》な性格を理解し始めた正担任は、彼女が真剣に子供たちのことを考えていると知っている。だからこそ、彼女は表情を引き締めた。

「じゃあ、次の授業の準備をしましょうか。もちろん、先ほどのことはレポートにまとめておいてくださいね」

莱香が頷くのを確かめて、足早に歩き出す。子供に、教師を選ぶことはできない。だからこそ大切な子供たちのためにも、教師は自分に厳《きび》しくあるべきだと、彼女は考えているのだ。

放課後は子供たちの時間だ。終業の挨拶《あいさつ》と共にテンションは最高値を記録する。

「おれんちでメダルのこうかんしようぜ！」

「おれもおれも。おれもいく！」

「じゃあ一かいいえかえってランドセルおいてくる！　よーしオレが一ばんさきにつくぞ」

「こら、ぬけがけすんなっ！　おれが一ばんだーっ！」

ランドセルを抱えて駆け出した男子たちは、途端に「廊下《ろうか》は走らないの」と叱《しか》られている。

男子たちの間では今、とあるゲームが空前のブームだった。入学当初は慣れない学校生活に少々おどおどしていた一年生も、共通のゲームの話題で仲良くなった。女子は女子で、分け隔《へだ》てなく率先《そっせん》して話しかけるひなを中心に、和気藹々《わきあいあい》としたクラスとなっていた。

「ひなちゃん、あした、あたしのおうちでいっしょにあそばない？　ママが、おともだちさそってもいいっていってくれたの！」

クラスメートの女の子がひとりひなに声をかけた。保育園が同じだった子だ。

「わたしもいくのー、ひなちゃんもいっしょにいこう?」

誘われて、ひなは少しだけ残念そうな顔をした。

「んーとね、あしたはダメ。ひな、おけいこがあるし、みんなにそうだんしないと」

ひなは、遂《つい》に習い事を始めたのだ。勝手に休むわけにはいかない。送り迎えは、家族か栞《しおり》が交代でやってくれることになっているのだ。ひなの都合で勝手に変えるわけにはいかなかった。

「そうか、きゅうなのはダメだよね」

「えっとね、水ようびなら、ならいごとないから、だいじょうぶだとおもう」

「うん、じゃあ水ようび!　やくそくだよっ」

「うん!」

「ひなちゃん、おけいこはじめたんだね」

二人の話を聞きつけた女子たちが集まってきて、話題はお稽古《けいこ》のことにシフトしていった。

「あたしもね、おしゅうじならってるよ」

「二くみにフィギュアスケートならってる子がいるんだって。かっこいいよね」

「ひなちゃんは、なにならってるの?」

「ひなは、ピアノとプール。ピアノは月ようびと木ようびで、プールは火ようびと金ようび」

「うわぁ、二つもならってるんだ」

「すごいねー」

「わたくしなんか、三つですわよ!」

突然、話に割り込んできたのはくるくる巻き毛の女の子だった。

ひなたちより少しだけ背が高いその子は、ふんぞり返って続ける。

「あ、きみちゃんだ」

背が高いのも当然、彼女はひなと同じ保育園を一足先に卒園してこの小学校に入学したのだ。

つまり、一つ上の小学二年生だった。都会の少人数校だけに、学年の隔ては少ない。

「わたくしはヴァイオリンにお花に、空手もならってますのよ！」

「からてって、えいっ、やーっていうあの空て？」

見よう見まねで正拳《せいけん》突《づ》きなどをしてみせたひなに、キミカは自慢げに続ける。

「そのとおりですわ。これからは女の子もつよくないといけないってお母様がいってました」

「わー、きみちゃんすごいねー」

ひなは素直に感心する。キミカはさらに得意になった。

「おほほほっ、よろしければひなさんにもおしえてさしあげますわよっ」

「んー……べつに、いい」

「な、なぜですの⁉」

「だって、ひな、だれかをたたくのすきじゃないもん」

あっさりと断られたキミカは急に慌《あわ》てだす。

「そ、そういわずに！　あっ、でしたらわたくしの家でヴァイオリンをお聴きになるというのはいかがです？　外国のめずらしいおかしとかもありますわよ！」

「わーっ、キミカちゃん、あたしもいきたい！」

「お、おれもおかしたべたい！」

キミカの発言に、周囲の一年生たちが反応する。基本的に面倒見のよいキミカは鷹揚《おうよう》に頷いているが、保育園時代から仲良しの後輩を誘いに来たのに、肝心《かんじん》の少女は、心ここにあらずという感じだった。

「ひなさん、どうなさったの？」

キミカは首を捻《ひね》る。

「べつに、なんでもないよ。ひな、おけいこあるから、もうかえるね」

キミカの話を聞いていなかったかのように、ひなは教室を出ていく。

「……どうしたのかしら。みなさん、何かありました？」

一年生の子たちも、首を振るばかりで心当たりはないようだ。

「まあ、いろいろありますわよね。保育園とは違う、一年生のレディですもの」

少しだけ心配そうにしながら、キミカはひなを見送る。また明日も、様子を見にこよう。そんな風《ふう》に、思いながら。


「ただいまー」

「おかえり、ひな」

ランドセルのままリビングに入ってきた可愛らしい我が家の末姫は、俺の顔を見てにっこりと笑顔を作る。急いでバイトから帰ってきた疲れも吹き飛ぶようだ。

「あっ、おいたんだ！　きょうはピアノ、おいたんがいっしょにきてくれるの？」

ああ、癒《い》やされるなー。天使の笑顔ですよ。が、ひなは気づいたように表情を曇《くも》らせる。

「でも、おいたん、しゅうしょくかつどーはだいじょうぶ？」

俺の胸を貫《つらぬ》くひなの心配そうな視線。こんな顔させるなんて保護者失格だよ。

「もちろん大丈夫だよ。今日は午前中でおしまいだったんだ」

「そっかー」

「お土産《みやげ》にケーキがあるんだ。教室の前にエネルギー補充しよう」

精一杯の笑顔を浮かべると、ひなは少しだけ間を置いて納得したように頷いてくれた。

「じゃあ、ひな、てあらいとうがいしてくるね」

ランドセルを置いて洗面所に向かうひな。やっぱり、一年生になっていろんなことが判るようになってるんだな。頼りないところは見せたくない。俺は戻ってきたひなにケーキの箱を渡す。

「さあ、ひなが好きなのを食べていいよ。どうぞ」

「うーん、どれにしようかなぁ。チョコのはみうねーたんがすきだし、くりはそらねーたんがすきだよねー。おいたんはどれがいい？」

自分の食べたいものを選ぶ前に家族のことを考えるひなに、俺は苦笑する。

「ひな、自分の好きな物を選んでいいんだぞ」

「……うん。ありがと」

我が家の末姫は、何故だが、少しだけいつもと違う笑顔を浮かべた。一瞬、違和感を感じる。

「じゃあ、ひな、いちごにする！」

ケーキに手を伸ばしたひなの顔からは、その引っかかりは消えていて、俺はそのままそのことを忘れてしまった。優しすぎる天使の、微《かす》かな葛藤《かっとう》に気づくことなく。


ひなの通うピアノ教室は自転車で十分ほど走ったところにある。

「ちゃんとベルトはしめたな？」

「うん！　ばっちし！」

自転車後部のチャイルドシートに座った少女は、元気よく返事をする。

「さすがに窮屈《きゅうくつ》になってきたなぁ。そろそろひなもチャイルドシート卒業かな」

「ひな、これすきだよ。おいたんがびゅーんてこいでくれるから」

「そりゃ、俺もひなのためなら頑張るけどさ。これからひなはどんどん大きくなるだろ？　そしたらさすがにびゅーんとはいかなくなるよ」

「そっかー、せちがらいよのなかだねー」

「どこで覚えてきたんだ、そんな言葉……」

自転車は軽快に走り出した。電動アシストなんていう便利なものはついていなくても、日頃の通学で鍛《きた》えた足腰で祐太は坂道をものともせずに登っていく。

「なあ、ひな」

「んー」

「毎日お稽古ばっかりでしんどくないか？」

「んーん、ぜんぜん。ひな、ピアノもプールもすきだよ」

「そっか、ならいいんだけど」

家族それぞれが忙しくなって、みんなでひなと一緒にいられる時間が少なくなった。

寂しそうなひなに、ピアノ教室に通うことを勧《すす》めたのは空《そら》ちゃんだ。プールはサーシャさん。

都会の子供は外で遊ぶ機会が少ないから、運動できる習い事もしたほうがいいんだと同じ保育園だったお母さんに聞いたそうだ。いつの間に母親コミュニティを作ってたんだか。さすがはサーシャさんだ。二学期に入ってからピアノと水泳の二つの習い事を始めたのだが、遊びたい盛りには窮屈な思いをさせてはいないだろうかと俺は少しばかり気にしていたのだ。

美羽《みう》ちゃんはデザイナーを目指して手芸部を作り、空ちゃんは合唱部で頑張っている。サーシャさんは仕事が一層忙しくなっている。みんながちゃんと自分の道を歩き出していた。

あとは……俺の就職だけだよなぁ。

今朝《けさ》の面接はどうだったろう。一刻も早く内定が欲しいところだ。

「あ、そうだ！　ひなね、水ようびにおともだちのうちにいくのっ」

「ともだちのうちって、ひとりでか？」

「うん。……だめ？」

「いや、もちろんかまわないよ。そっかぁ……ひとりで友達の家にか……そうか、これからはそういうことも増えてくるよな」

ひなの世界もどんどん広がっていくんだ。

「ひな、小学生になっておともだちふえたよ！」

自慢げに言うひなに、俺は、こうして後ろに乗せて走ることもなくなるのだと思うと少しばかり寂しさがこみ上げてくる。それを誤魔化《ごまか》すようにペダルを漕《こ》ぐ足にグッと力をこめる。

「わーっ！　おいたんはやいはやーい！」

ひなの歓声を受けて、俺の漕ぐ自転車は公園沿いの道を軽《かろ》やかに走っていった。


そして水曜日。ひなが初めてひとりだけで友達の家に遊びに行く日。平日午後の早い時間にもかかわらず、家族が全員集まっているのはここ最近では珍《めずら》しい。

「ひな、ハンカチとちり紙は持った？」

「うん、もったー」

「お土産もちゃんと持った？　あちらのお宅についたら、まずお母さんかお父さんに挨拶してそれから渡すのよ？　それと、知らない人に話しかけられても絶対についていかないこと。携帯、持ってるでしょ？　なにかあったらすぐ電話かけるんだよ」

「うん、だいじょーぶだってばー」

矢継《やつ》ぎ早《ばや》にしゃべる姉の空に、ひなは宥《なだ》めるように言う。

「お姉ちゃん、大騒ぎしすぎ。それじゃいつまでたってもひなが出かけられないじゃない」

「でも、心配なんだもん。やっぱり送っていったほうが……」

「思い出すなぁ……あたしの時もお姉ちゃんとお父さんが大騒ぎで……」

「ストップ、美羽！　判ったから、ごめんってば」

「大丈夫ヨ、空。相手のお家《うち》はスグ近くなんだカラ。それに、ヒナはもう小学生だモノ。先方のママとも、さっき電話したワ。たくさんあつまるみたいヨ」

「……うん。ごめんね、ひな、いってらっしゃい」

「うん！　いってきます！　そらねーたん！」

サーシャに言われ、空は笑顔でひなを送り出した。

しばらくひなの背中が遠ざかっていくのを見守ったあと、ふと美羽が言った。

「あれ、叔父《おじ》さんどこ行ったのかな？　さっきまでいたのに」

「そういえば……こういう時、一番大騒ぎしそうなのにね」

空の言う通りだった。実際、祐太《ゆうた》は誰よりも今日この日のために準備をしていた。


「こちらＰａＰａ。Ｒｏｍｅｏ-１、応答願います」

耳に装着したブルートゥースインカムに向かって呼びかける。ほどなくインカムから低い男性の声が聞こえてくる。

『こちらＲｏｍｅｏ-１。感度良好』

「Ｒｏｍｅｏ-１、ターゲットの様子はどうか」

『ターゲットは現在、東へと移動中。予定通り。周囲に不審な車両などはなし』

　Ｒｏｍｅｏ-１は淡々と告げる。微妙に息が荒くて時折インカムから「むふーっ、むふーっ」という鼻息が聞こえてくる。妙に爽《さわ》やかな声が続く。

『こちらＲｏｍｅｏ-２。進行方向に不審物なしだよ。瀬川《せがわ》ちゃん』

「コールはｐａｐａで頼む。Ｒｏｍｅｏ-１、Ｒｏｍｅｏ-２、引き続き監視をお願いします」

『了解……あっ！』

「どうしたＲｏｍｅｏ-１」

『ターゲットの前方から不審な車両が接近中！』

「な、なに!?」

『色は白！　天井部に黄色いランプあり！』

「タクシーか……!?」

　背筋にじわりと冷たい汗が滲《にじ》む。タクシーは客を乗せるため急停車する恐れがある。その挙動は予測が困難であり、ターゲットに危険が及ぶ可能性がある。ターゲットの安全か、それとも尾行の成功か……決断せねばならなかった。

『どうする？　ターゲットを確保するか？』

「いや、ギリギリまで待つんだ……ターゲットに我々の存在を悟《さと》られるわけにはいかない。Ｒｏｍｅｏ-１は監視態勢を変更。ターゲットとの距離を三メートルに縮めるんだ」

『しかし、それではターゲットに見つかる恐れがあるが』

「かまわん緊急事態だ。ただし、U型装備の使用を許可する」

『了解。U型装備を展開する』

ガサガサと音がする。Ｒｏｍｅｏ-1がU型装備を装着しているのだろう。U型装備は一種の都市型迷彩だ。ターゲットに敵と認識されることはなくなるが、Ｒｏｍｅｏ-1の機動力、隠密性能がかなり制限される諸刃《もろは》の剣《つるぎ》だった。しかし、今こそ使うべきであると判断した。
１、２、３……と胸の内でカウントしながらＲｏｍｅｏ-1からの報告を待つ。時間が、ずいぶんと遅く感じられる。自分がごくりと唾《つば》を飲み込む音がやけにはっきりと耳に届いた。
『クリア！　不審車両はターゲットを通過！』

「よし！」

俺は思わずガッツポーズを取る。

「『よし！』じゃない！」

庭の片隅《かたすみ》にうずくまっていた俺はハッとなって声の主《ぬし》を見上げる。

「お兄ちゃん、姿が見えないと思ったら、そんなところでなにやってるの？」

空ちゃんが険《けわ》しい表情で見下ろしていた。

「い、いや、これはちょっと電話してただけで！」

「ふうん、そんな格好して電話してたんだ。誰と電話してるの？」

「えーと……」

言葉に詰まり思わずあとずさる。

その時、あろうことかポケットからスマホがぽとりと落ちた。

『おーい、瀬川くーん、そろそろこのU型装備脱いでいいかい？　さすがに暑くて暑くて。あとこの手じゃシャッターが切れないからひな様の様子を撮影しようにも――』

声をかけられた時に咄嗟《とっさ》にブルートゥースの接続を切ってしまっていたので、スマホのスピーカーからRomeo-1こと佐古《さこ》先輩の声が聞こえてくる。

「こ、これはその……」

慌ててスマホを拾いあげて通話を切断したが、時既《すで》に遅し。

空ちゃんと美羽ちゃん、サーシャさんに睨《にら》まれて、俺はホールドアップのポーズを取る。

「……こういうところ、本当にお父さんに似てきましたね。叔父さん」

呆《あき》れたような美羽ちゃんの声が耳に痛い。俺は愛想《あいそ》笑いを浮かべて言い訳を模索《もさく》する。

『えーと、スイッチこれでいいんだっけ？　瀬川ちゃん、こちらRomeo-2、ひなちゃんは無事に先方の家に着いたようだよ。ってか、三〇〇メートルしか離れてないんだけど』

空気を読まない仁村《にむら》の報告に、俺は胸を撫《な》でおろす。無事に任務は完遂《かんすい》できたようだ。

「もう……お兄ちゃんのバカ」

空ちゃんの表情を見ると、俺の信用が若干犠牲《ぎせい》になったようだが仕方ない。あとは、ひな自身に任せるしかない。俺はRomeoたちに作戦終了と感謝の意を伝える。すぐにU型装備――うさぎの着ぐるみ――を着た佐古先輩と苦笑している仁村も合流して、俺たちは、空ちゃんたち三人にこってりと叱《しか》られたのだった。

家族がそんな騒ぎを起こしていることなどつゆ知らず、ひなはお友達の家で遊んでいた。

保育園時代からのお友達と小学校からできたお友達、どちらもひなは大好きだ。

誘ってくれた女の子を中心に、みんなでおしゃべりしたり人形遊びをしたり忙《しんらつ》しい。一年生ともなると、女児は既に女の子の色彩を帯《お》び始める。少女たちの話題は結構辛辣だ。

「けーごくんは、ちょっとらんぼうだよねっ。こないだねー」

「二ねんのもときくん、サッカーじょうずでかっこいいよね」

ひなはそれぞれに笑顔で相《あい》づちをうちながらも、圧倒され気味だ。

コンコンと扉をノックしてお友達の母親がお菓子とジュースを持ってきてくれた。

笑顔の大人が入ってきたことに、ひなは少しだけほっとする。友達のママは、祐理《ゆり》にどことなく似ていた。そのことが微《かす》かにひなの胸に刺さる。けれど、彼女は、それを顔に出すことはない。空や祐太が悲しむし、この場の空気を悪くしてしまうのはイヤだった。

「はい、おやつをどうぞ」

「ありがとーございます」

立ち上がって礼をするひなに、お友達のママは優しく微笑んでくれた。

「どういたしまして」

「いいえ、きょうは、おまねきいただいてありがとうございます。ひとりでおともだちのいえにくるのははじめてなので、しつれいがあったらおしえてください」

来る前に言い含められていたのであろうきちんとした挨拶に、友達のママは目を丸くする。

「あなたがひなちゃんね。うちの子、いつもひなちゃんの話ばっかりするのよ。仲良くしてくれてありがとう」

お菓子を平等に配りながらの言葉に、ひなは赤くなってしまう。

「だって、ひなちゃんは、みんなとなかよしなんだよ！　おねえさんみたいなの！」

「ひなちゃんは、ほいくえんのときからにんきものだったんだよっ」

「あうう……」

こんな風《ふう》に、お友達の前で褒《ほ》められるのは慣れていない。周囲は気にしていないようだが、ひな自身は居たたまれず照れ隠しに俯《うつむ》くしかない。その様子が可愛《かわい》かったせいで、周りのお友達は歓声を上げた。集まっていたお友達の中で、保育園から一緒の子があることを思い出す。

「そうだ、ひなちゃん、ほいくえんでもだいにんきで、みんながマネしてたんだよ！」

「マネって、かみがたとか？」

そう言いながら、ひなの隣に陣取っていた少女がひなをマネして髪をまとめてみせる。

「ちがうよー。ひなちゃんのくちぐせ！」

「はわわわっ、だ、だめだよっ、のりちゃん、いわないで！」

過去の子供っぽい癖を持ち出されて、ひなは真《ま》っ赤《か》になってしまう。しかしそこは子供同士だ、止まるはずもない。

「ひなちゃんね、ねんちょうさんまで『だおー』っていってたんだよ。かわいかった♪」

「だお……？」

「うん、えっとね、『ひなだおー』、とか」

可愛い口マネに、部屋が優しい笑いに包まれた。

「えーっ、ちょっといがいかも。ひなちゃん、おとなっぽいのに」

「そ、そんなことないけどっ、もーっ、のりちゃんひどいよー」

珍しく強く反応するひな。お友達は悪気なく面白《おもしろ》がってしまう。

「えー、かわいいのに。あたし、のりこだおー」

「小学校でもはやらせようか。おもしろいおー」

「ひなちゃん、どんなふうにいってたの？　ききたいおー」

いつも先生の言うことを聞き、成績も優秀なひなの意外な一面は、お友達にとっていたく気に入るエピソードだったようだ。盛り上がってしまった友人たちに、ひなはぷるぷる震えている。お友達のママが様子に気づいてアラアラ、と慌てた時、ひなは爆発した。

「もーっ、ひなっ、『だお』なんていわないの！　ひな、もう小学生なんだから！　そんなちいさなときのこと、いわないでよー」

顔を真っ赤にして抗議するひなに、少女たちは慌てて謝罪する。ひなはこれまた珍しいことに頬《ほお》を膨《ふく》らませて不満を露《あらわ》にしていた。そんな姿が可愛くて、お友達も、お友達のママも宥《なだ》めながら頬が緩《ゆる》むのを止められない。みんながお菓子を一つずつひなに渡し、ひなはそれをもう一度みんなに返して仲直りだ。

そんな様子を見ていたお友達のママは、なんだか安心した顔をしていたのだった。

合唱部の放課後の練習を終えて、音楽室の戸締まりをする。

この二学期から空は合唱部の副部長になった。部長は中学の時と同じく前島大機《まえしまだいき》だ。

「小鳥遊、鍵《かぎ》を返すついでに合唱コンクールの課題曲、譜面《ふめん》コピーしといてくれる？」

「うん、わかった。今年はシードだもんね。早めに始めないと」

今では空よりも頭一つ大きくなった大機の頼みに頷いて、空は陽子《ようこ》と共に歩き出す。

「陽子ちゃん、僕も行こうか？」

「結構です。学校でなれなれしくしないでくれる？」

いつも通りの柔和《にゆうわ》な笑顔で話しかけてくる谷修二《たにしゆうじ》は、背こそそれほど伸びなかったが仁村を彷彿《ほうふつ》とさせるイケメンに成長しつつある。空以上にラブレターを貰《もら》っているはずだが、今でも陽子に一途《いちず》なところは変わっていないようだ。

「三年生が引退して、なんだか中学の時と同じになっちゃったわね。代わり映《ば》えしないこと」

「ふふっ、私は気を遣《つか》わなくてすむから楽でいいけどな」

「さすがファンクラブまである合唱部の聖女さま。余裕の発言ね」

「な、何言ってるの、陽子ちゃんってば！　陽子ちゃんだって、もてるじゃない！」

「だって、ってことは、自分ももててるって認めてるわけね」

見事に揚《あ》げ足を取られて、空は不満げに頬を膨らませるが、すぐに笑顔を取り戻す。

「でも、やっぱりこの学校に来てよかったな。みんなと一緒にいられたし、合唱頑張れたし……あとは、全国大会に出たいなあ。先輩たちの夢、今度こそ叶えたい」

空の笑顔を、陽子は眩《まぶ》しそうに見る。

「何だか今日は機嫌がいいわね、空さん。叔父さんとうまくいってるってことかしら？」

「よっ、陽子ちゃん！」

「あら、違うの？」

「う、ううう……全然、違うよ」

中学からの親友の容赦《ようしゃ》ない突っ込みに、空がうろたえる。

「まあ、家族っていうのはねぇ……難しいわよね、距離がなまじ近いぶん……」

「そういうのじゃないよ。お兄ちゃんは、最近は愚痴《ぐち》も言ってくれなくて……」

「あら、あの叔父さんに愚痴るようなことがあるの？」

「うん、就職が決まらないみたいで……辛《つら》いって言ってくれてもいいのに。私だってもう子供じゃない。バレバレなんだよ？　お兄ちゃん、会社訪問とかでうまくいかない時はお土産買ってくるんだ。ひなにだってバレてるくらいなのに」

むうっと唇《くちびる》を尖《とが》らせた少女は、子供っぽい仕草なのに見惚《みと》れるほど綺麗《きれい》だ。清楚《せいそ》なだけでなく、少しずつ女性の色香を漂わせ始めた親友に、陽子はため息まじりに忠告する。

「空さん、あなた本当に悪女の素質あるわ。その表情はダメ。キスをねだってるみたい」

「キ、キスって、陽子ちゃん！」

「ほらほら、人気者さん。周りが注目してるわよ」

「もうっ、からかわないでよ」

自覚のない空は、陽子が事実しか言っていないことに気づかない。

「で、機嫌がいいわけは？」

「ああ、ひながね、初めてひとりでお友達の家に行けたんだ。楽しかったみたい」

「ふふっ、はじめてのお使いみたいなものね。もう小学生ですものね。ひなさん」

「早いよね、もう小学生……あんなにちっちゃかったのに」

「空さんは早く妹離れしないと、叔父さんとの仲が進展しそうもないわねぇ」

「よ、陽子ちゃんっ！　変なことばかり言ってると怒っちゃうんだからっ！」

拳《こぶし》を振り上げてみせる空に、陽子はハイハイ、と楽譜でガードをしてため息をつく。

これだけ美しく成長した少女に一途に慕《した》われているというのに、何一つ気づかず父親役を務める祐太に、呆《あき》れを通り越していっそ感心すらしている陽子なのだった。


小鳥遊美羽は手芸〝同好会〟の会長である。

部員は今のところ美羽を含めてたった二人。もちろん部室はない。部費もない。顧問の先生もいない。そんな、ないないない尽くしの状況でも美羽はすこぶる前向きだった。

「まずは部員を集めて同好会から部に昇格することだよね」

そこは池袋《いけぶくろ》駅前にあるファストフード店。その窓際の席に二人の少女が向かい合って座っていた。ひとりはもちろん美羽。そしてその向かいに座っているのは野際立夏《のぎわりつか》。中学生になってできた美羽の友人である。金髪でハーフの美羽はもちろん、雑誌のモデルをしている立夏も人目を惹《ひ》く美少女なので、店内の客だけでなく通りかかる人たちがついつい立ち止まってしまい、ちょっとした混雑が起こっていた。

「三人いれば部活動として申請できるんだって。あとひとり。うん、楽勝楽勝♪」

「はあ……それ私も人数に入ってるわよね？」

「うん。とーぜん」

「私、入るなんて一言も言ってないんですけど」

ずっと美羽の活動に律儀《りちぎ》に付き合っている立夏だ。今さらだが一言くらいは言いたい。

「大丈夫大丈夫。リっちゃんのお仕事には差《さ》し障《さわ》りがないようにするから。えーと、確か今月は雑誌の読者モデルが一件に子供服メーカーのイベントが一件だったよね？　そこはちゃんと外しておくから」

「ちょっと、なんで知ってるのよ！」

「だってリっちゃんのママとSNSでやり取りしてるし」

立夏は啞然《あぜん》とする。目の前のこの少女が、容姿以上に他人を惹きつける話術や雰囲気《ふんいき》を持っていることをすっかり忘れていた。実際、つい去年の暮れ近くまで彼女とお世辞《せじ》にも良好とは言い難い関係だった自分が、今ではなんだかんだで毎日のようにこうして一緒にいるのだからまったく侮《あなど》れない。一緒にいて楽しいのがまたさらに侮れない理由だ。

「ていうか、部員を集めるだけなら男子を断らなきゃいいでしょ。十人にでも二十人でも簡単に集まるじゃない。女子だって、友達に言えば人数を集めるだけなら……」

「そんなのダメだよ。ちゃんと手芸に興味を持って来てくれる人じゃなきゃ」

「だったら私はどうなるのよ……もう、美羽って我《わ》が儘《まま》よね」

「リっちゃんは別。それに、本当は協力してくれるって判ってるし」

当然だと言わんばかりに美羽は微笑んだ。手芸同好会の設立当初は美羽目当ての男子が大勢押しかけてきていた。そんな不純な連中を片《かた》っ端《ぱし》から追い返したのは、立夏だったりする。

「まずは、やっぱりあたしたちがちゃんと本気で手芸をやってるんだっていうところを見せないといけないよね。文化祭って、そのいい機会だと思わない？」

「言っておくけど私は作らないからね。見せるものなんて無理だから」

「うん、リっちゃん、ちょっと不器用だもんね。そっちはそのうちね」

「なっ⁉　だ、だからなんでそういうこと知ってるのよ！　またお母さんから聞いたのね⁉」

家庭科の授業以外には、ほとんど裁縫《さいほう》なんてしない立夏なのだ。嫌いというのとは違うが、あまり器用なほうではないと自覚している。

「あはは、そんなの一緒にいたらすぐ判るって、友達だもん」

「うっ……」

美羽に『友達』と言われると、なぜだか無性に気恥《きは》ずかしくなった。

「大丈夫、作品はあたしが作るから。っていうか、もうずっと前から準備はしてるんだよ」

「あっそ。でも、同好会じゃ展示する場所もないんじゃないの？」

「だからこそ、リっちゃんが必要なんじゃない」

「はぁ？　どういうことよ」

「ふっふっふ、それはね——」

美羽は、立夏にこっそりと耳打ちする。途端に立夏の顔色が変わった。

「あなた、そんなこと考えてたの⁉」

「ね？　面白そうでしょ」

そう言って、美羽はイタズラっぽく笑う。生き生きした笑顔に立夏はつい見惚れてしまう。

去年、自分との確執《かくしつ》でこの笑顔を曇らせたことを思うと、立夏は彼女に甘くならざるを得ない。

「はあ、仕方ないなあ。何よ、そのやる気は」

「だってお姉ちゃんと、ひなに負けてられないもん。あたしも、ここで頑張らないとね」

「……理由がそれって、シスコン？　まぁ、あなたの姉妹って何にしても有名だけど」

「うん！　自慢の家族ですよー♪」

美羽は、最高の笑顔で胸を張る。あの日から、四人で必死に作り上げた家族は、誰の前に出しても恥ずかしくないものだ。美羽はそれを確信している。そしてそれは、美羽の揺るぎない自信でもあるのだった。


俺、瀬川祐太は絶賛就職活動中である。どちらかといえば、もはや延長戦の時期だが。

いろんな企業の二次募集に応募したり、夏には公務員試験も受けてみたが、今のところ二次、三次に進んだところはあるが色よい返事は届いていない。

しかし、何故どこの企業も「～をお祈り致します」ってメールや手紙が来るのだろうか。祈るくらいなら内定をくれ、と言いたくなるのだが、先方にも都合というものがあるんだろう。学校の成績は決していいとは言えず、突出した技能も部活経験もない自分が、履歴書に書けることが少ないのも自業自得だ。「特技・子育て」とか書きたい。

「はあ……」

出るのはため息ばかりなり、という状況ではあるが、俺は今日もバイトに勤《いそ》しんでいる。

「じゃあ、瀬川くん。この校了紙をダブルチェックしてくれるかな」

「はい、判りました」

出版社でのバイトは、俺にとってかなりためになっている気がする。もう少し早くよし子伯《お》母《ば》さんに紹介してもらえばよかったかもしれない。

「あれ、湯川《ゆかわ》さん、バイトに校了任せてるんですか？」

「いや、僕も見たよ。確認のためのダブルチェックだって」

好々爺《こうこうや》然とした老編集者が、俺の直属の上司である湯川さんだ。児童書や参考書を中心に扱っているこの出版社の中では、ちょっと変わった人として有名だった。

「あの……これ、俺、やってもいいんですか？」

「大丈夫だよ。僕も確認するからさ」

そんなことを言いながら、自分の仕事をほとんど全部俺にやらせようとするのだ。

バイトなのに作家さんとの打ち合わせにも同席したりする。他の部署の人たちに言わせれば、人手不足とはいえ、あまりそういうことはしないものらしい。

俺としては信用して貰《もら》っているのか、湯川さんがサボりたいからなのかは判らないけれど、知らない世界を垣間《かいま》見る新鮮さがあって毎日大変だけど楽しい。

「瀬川くん、キミの自宅って、近所だよね」

「はい。自転車ですぐですよ」

「そうか。じゃあ、これも頼んじゃおうかな」

「それって終電になっても大丈夫だから、ってことですよね？　俺、明日二次面接があって」

「うんうん。夕方からだよね。聞いてるよ。手帳に書いてある」

湯川さんは、ポケットからボロボロの手帳を取り出した。頑《かたく》なにスマホを持たない彼は、自分の予定を完璧《かんぺき》に手帳に記入しているのだ。いったいどれだけの情報が詰まっているのか想像もつかない。時々横目に見ても、小さい字がびっちり書かれているのが判るだけだ。

「……判りました。やります」

「ありがと。夜勤手当つけるし、夕食は経費で食べてね。あ、雑誌のほうの原稿も催促《さいそく》メールお願いしていいかな。この歳《とし》になると、どうにもモニターを見てると目がチカチカしてね」

わざとらしく目をこする湯川さん。ついさっきまでパソコンでニュースを読んでいたのを知っているんですが……。しかし断ることもできず、俺は今日も午前様が確定したのだった。

美羽ちゃんの通う中学校では文化祭は二日間開催される。一日目は生徒とその保護者に向けた催《もよお》しで、二日目が一般開放日だ。都内の学校にしてはわりと生徒数が多いのもあって毎年かなり賑《にぎ》やかな催しになっていた。そのせいか二日目なんかは入場制限がかかって、校門の前に行列ができることもあるほどだ。

俺たち家族はもちろん毎年一日目に招待されている。二日目のまさに『お祭り騒ぎ』といった賑やかさも楽しいが、やっぱり保護者として招待される特別感みたいなものはあったりする。

なにせ、空ちゃんも美羽ちゃんも学校ではちょっとした有名人だ。

「美羽ったら『絶対に見にきて』なんて言ってたくせに、どこにいるのかしら」

空ちゃんが呆れたと言いたげにため息をつく。

「なにか準備があるんだよ、きっと」

とは言ったものの、美羽ちゃんの活躍を見にきたのにその本人がいないとなるとちょっと困ってしまう。俺はもちろん、一緒に来たこの人たちも……

「ミウ、ワタシにもナニをするのか教えてくれナイのヨ」

なんて言いながらサーシャさんはウキウキしている。何か知ってるのかな？

「僕には『一番いいカメラを持ってくるように』とおっしゃられただけでしたな。むろん、美羽様を撮影するのに半端なカメラなど持ち込むはずもない！　しかし、出会いから三年……初めて美羽様に命令らしい命令をされてしまった！　そして追い打ちをかけるようなこの放置プレイ……！　正直ゾクゾクしている！」

若干一名、大喜びしている人がいたが他人のフリをしておこう。

「おいたんおいたん、らいかせんせいは？」

「残念だけどお仕事だってさ」

「だから、今日は私で我慢してね」

「ううん！　ひな、しおりちゃんといっしょでうれしーよ！」

「ありがと、ひなちゃん」

萊香《らいか》さんを誘ったものの残念ながら断られ、たまたま家に来ていた栞《しおり》ちゃんが「行きたい」と言うので一緒に来ることになったのだ。栞ちゃんはもともと明日見学に来る気だったそうだ。

それにしても、やっぱり教師という仕事は忙しいのか、ここしばらく萊香さんとは会えていない。ひなは小学校で平日は毎日会っているというのに。なんだか萊香さんが近くて遠い。

仁村のやつも就職が決まった途端に遊びまくっててちっとも顔を出さないし、なんかこう、自分だけ置いていかれた気分だ。

「ていうか、俺も早く就職決めないとなぁ……」

頭をよぎるのは相変わらず上手《うま》くいっていない就職活動のことばかりだ。

「おいたん、げんきだして」

ヤバい、顔に出ちゃってたか？　しまったなぁ。笑顔、笑顔。

「い、いや、おいたんは元気だよ、ごめんな、ひな」

「ヒナ、心配しなくても大丈夫。ユウタはたとえシュウショクできなくても、ワタシが養ってアゲルしネ」

「いや、サーシャさん……それだけはちょっと……」

それではまるでヒモじゃないですか……とは、良かれと思って言ってくれているのであろうサーシャさんには言えなかった。

「瀬川くんも往生際《おうじょうぎわ》が悪いね。就職などという自《みずか》ら資本主義活動の歯車に成り下がる行為はやめて、僕とモラトリアムに耽溺《たんでき》すればいいんだよ」

「それもお断りします」

佐古先輩は俺の大学残留をまだ諦《あきら》めてないらしい。そんなに寂しいのか……

「ソロソロ始まるみたいヨ」

華《はな》やかな音楽と共に校内放送で文化祭の開会が宣言された。

入場を待ち構えていた招待客たちがぞくぞくと校内に入っていく。俺たちも順番を待って生徒たちお手製のアーチをくぐった。

「やっと入れたワ。ミウはどこにいるのカシラ」

「こんなところでグズグズなどしておれませんぞ。校内をくまなく探索しましょう！」

「ソウネ、行くわヨ、シュンタロウ！」

「はっ！　お供いたします！」

「ちょっと、二人とも！」

美羽ちゃん原理主義な二人はいてもたってもいられなくなったのか、俺たちを置いて校内へ向かって走っていってしまう。

「はぐれたら困るのに……」

「大丈夫だよ、どうせみんな美羽のクラスに行くだろうからそこで会えるよ」

空ちゃんは余裕だった。さすがはこの中学の卒業生だな。

「わたがし！　ひな、わたがしたべたい！」

さっそく外の模擬店《もぎてん》でわたがしが売っているのを見つけたひながぴょんぴょんと飛び跳ねた。

「って、まだお昼前だぞ。お菓子の前にまずどこかでお昼を食べてだなぁ」

「いいじゃないですか、今日くらい。ほら、ひなちゃん一緒に行こう」

「うん！」

「じゃあ、俺たちも……」

「あ、いいですよ。ひなちゃんはしばらく私が見てますから」

「え、そ、そう？」

「はい。あとで、美羽ちゃんのクラスで落ち合いましょう」

そう言うと、栞ちゃんはひなと手を繋《つな》いで綿菓子の屋台へと歩いていく。

気づけば、俺と空ちゃんの二人だけがその場に残される。

「ど、どうしよっか？」

「うーん……とりあえず、その辺をぶらぶらしてみない？」

「そうだね……それもいいか」

空ちゃんは俺が頷くと、ぱっと花が咲いたような笑顔になる。

「えへへっ、お兄ちゃんひとりじめ♪　久しぶりだよ」

なんて言ってくれるし、こういうのも悪くないか。


立夏はどくんどくんと自分の心臓が早鐘《はやがね》を打つのを感じていた。

芸能界の仕事に憧《あこが》れて自ら飛び込んだくせに、いざという時にはどうしようもなく緊張してしまうのが情けない。しかも今日は仕事ではなく文化祭という学校行事なのだ。言わばここはホームグラウンド。この程度で緊張していてはとても大きな舞台は務まらない。

立夏は気合いを入れ直すと、隣にいる美羽を見た。相変わらず緊張のきの字もない余裕の笑顔を浮かべている。判っているのだ。小鳥遊美羽が生まれながらのスターだということは。人を惹きつける天性の才能があり人に注目されることが当たり前のように身体《からだ》に染みこんでいる。

そんな彼女を妬《ねた》ましいと思ったこともある。実際、今でもその才能や度胸を羨《うらや》ましく感じている。正直、芸能界には興味がないと言い切る美羽を、もったいないと思うほどだ。

「いよいよだね、リっちゃん。準備はいい？」

「当たり前じゃない。誰に向かって言ってるのよ」

誰よりも才能を認めている相手だからこそ、美羽の前では強がらなければならなかった。

「やっぱり、リっちゃんはすごいね」

ふと、美羽が呟《つぶや》く。その時はじめて美羽の手が小刻みに震えていることに気づいた。

「あたしの作った服、みんなに認められなかったらって思ったら怖くて震えが止まらないよ」

「美羽……」

自分は何をバカなことを考えていたのだろう。

どんなに才能があっても小鳥遊美羽という子は、自分と同じ中学生の女の子なのだ。

「しっかりしなさいよ！　心配しなくてもあなたが作った服はこの私が完璧に着こなしてあげるわよ！　だから、いつもみたいに自信満々で笑っていなさい！　そのほうが美羽らしいわよ！」

「リっちゃん……」

気づけば立夏は美羽の震える手を思いきり摑《つか》んでいた。

自分がそんなことをしたことがまったく理解できず、立夏の頬がカーッと熱くなる。

これではまるで、自分が美羽を励《はげ》ましているようだ。

「やっぱり、リっちゃんとお友達になれてよかった」

「な、なにを急に……」

いつの間にか、美羽の腕の震えが止まっている。顔にもいつもの憎たらしいまでに魅力的な笑顔が戻っていた。

「行こう、リっちゃん」

二人は手に手をとって〝ステージ〟に飛び出した。

俺たちが美羽ちゃんのクラスにいると、廊下《ろうか》から歓声が聞こえてきた。

お客だけじゃなく生徒たちも何事かと顔を出す。

「なんだろう、すごい騒ぎになってるけど……んんっ？　あれ、美羽ちゃんじゃないか⁉」

よーく見てみると人垣の向こう側に見慣れた金髪が見え隠れしていた。

やがて、人垣を波のようにかきわけて、ひとりの女の子が現れる。髪をセットして薄《う》っすらとお化粧《けしょう》もしていたけど、その面影《おもかげ》には見覚えがあった。野際立夏さん。最近、美羽ちゃんと仲良くしてる女の子だった。野際さんは制服ではなく、おしゃれな服に身を包み廊下を歩いてくる。腰に手をあて颯爽《さっそう》と進む様子はまさにモデルといった感じだ。

「みなさーん、あたしたち手芸同好会でーす！」

すると、聞き慣れた声が耳に飛び込んできた。

「あたしたちの作品、展示中でーす！　じゃんじゃん写メって拡散しちゃっていいですよ！」

野際さんの後ろについて、ビラを配っているのは美羽ちゃんだった。

近くにいた生徒が持っていたビラを覗《のぞ》き見ると『手芸同好会会員募集！　本気で手芸したい人集まれ！』という太文字に女の子らしい装飾がちりばめられていた。

「ここのとこずっと縫《ぬ》い物してると思ったら、こういうことだったのね」

空ちゃんが呆れたような感心したような顔で言った。

「ミウ！」

「あ、ママ！　来てくれたんだっ」

「当たり前ジャナイ。大事なムスメの初舞台なんだモノ」

「初舞台だって、照れるなぁ……」

「美羽ちゃん！　すごいね、あの服！　ぜんぶひとりで作ったのかい？」

「えへへ、とーぜんです。……なんて、ママにいっぱい教えてもらったけど」

美羽ちゃんは少し照れた様子で言った。

「美羽、すごいじゃない！」

「ほんと、自分でお洋服を作っちゃうなんて……美羽ちゃん、やっぱりサーシャさんの娘だね」

「お姉ちゃんも栞さんもありがとう。まだまだ衣装替えがあるから、最後まで見ていってね」

美羽ちゃんはとても嬉《うれ》しそうだった。きっと、こうして反響を聞くまではすごく不安だったに違いない。ひながトコトコと野際さんのところへ歩いていく。

「ねえねえ」

「えっ、な、なに？　あなた、美羽の妹さんよね」

急に下から声をかけられ、野際さんがひなを見下ろす。

「ひなだよ！　ねえ、このおよーふくはみうねーたんがつくったの？」

「ええ、そうよ。素敵《すてき》でしょ？　まあ、私が着こなしてるからだけどね」

イタズラっぽく笑って、野際さんはくるっとターンしてみせる。さすがはモデルさんだ。

「うん、おねーたんかっこいいね！」

「っ！　と、当然よっ」

ひなが満面の笑みで野際さんに言うと、野際さんは真っ赤になりながら胸を張ってみせた。

「で、どう？　あたしの作った服」

「ンー……四十点カシラ？」

「えー、ちょっと厳《きび》しくない？」

「ダッテ、ミウはプロになりたいんデショ？　これが今のミウの実力ヨ」

「プロとしての採点なら四十点でも高評価じゃないかな。だって美羽ちゃんは今日はじめて自分の作品を披露《ひろう》したんだろ」

俺が言うと、美羽ちゃんは少し考えて。

「……そっか。そうだよね！　ママ、見ててね。このあとまだいくつも残ってるんだから。立夏ちゃん、このまま一階までめぐって、それから二着目だよ。頑張ってね」

「任せなさい！　何着だって着こなしてみせるわ」

強がってはいたけれど、野際さんも注目をあびてかなり緊張しているみたいだ。

「美羽ちゃん！　美羽ちゃんは着替えないのーっ⁉」

その時、男子のひとりが美羽ちゃんに声をかける。

「俺も美羽ちゃんのモデル姿が見たいよ！」

「美羽ちゃん！　写真撮っていい⁉」

男子たちもそんなつもりはなかったのだろうと思う。だけどそれは美羽ちゃんの作った服と、その服を着こなすモデルの野際さんをないがしろにしてしまう提案だった。

どきりとした。去年もこれと似たようなことがあったのを俺たちは知っていたからだ。

どこに行っても注目を集めてしまう美羽ちゃんに、モデルとして芸能界でなかなか芽の出ない野際さんは嫉妬《しっと》した。俺にはそんな彼女の気持ちがよく判る。仁村に、萊香さん、佐古先輩、俺の周りには才能溢《あふ》れる人がたくさんいる。だけど、嫉《ねた》むだけじゃ何も得ることはできない。俺のように自分は自分だとすっぱり諦めてしまうのも一つの方法だけど、野際さんはそこで負けるもんかと踏ん張ったのだ。ただ、あの時の彼女はやり方を少し間違えてしまったけれど。

俺たちは内心でハラハラしながら二人の返答を見守った。

だけど意外にも最初に口を開いたのは美羽ちゃんではなく、野際さんだった。

「あなたたち、そんなこと言ってたらせっかくのチャンスを逃《のが》すわよ。美羽の作った服も、それを着て歩くこの私も、近い将来こんな間近じゃ見られなくなるんだから」

男子たちはぽかーんとしていた。代わりに、それまで男子たちにはばまれて遠巻きに見ているしかなかった女子たちが一斉《いっせい》に歓声をあげた。

「立夏ちゃーん！　こっち向いてーっ！」

「カッコイイ！」

その瞬間から廊下は野際さんのステージになったのだ。

「あ、あのぉ……美羽様……」

「あ、佐古さん。来てくれたんですね！」

「え、ええもちろん！　美羽様のご招待とあらばこの佐古俊太郎《しゅんたろう》、地の果てであろうが駆けつけます！　……ところで、僕は美羽様を撮影しても……」

「佐古さんの撮った写真を手芸同好会の勧誘に使おうと思ってるんです！」

「え……あ、それは光栄なのですが……あの……でもぉ……」

「リっちゃんのこと、素敵に撮ってあげてくださいね♪」

それは、まさに小悪魔《こあくま》の笑みだった。こうして美羽ちゃんは最高のモデルと専属カメラマンを手に入れて、自分の夢に向かって大きな一歩を踏み出したのだった。


窓から差し込む夕日が教室をあかね色に染めていた。

二日間の文化祭を終えて美羽と立夏はすっかり気が抜けて座り込んでしまっていた。

今も、クラスのみんなが校庭で行われている後夜祭で盛り上がっている中、二人はぐったりと机によりかかっていた。

「疲れたね、リっちゃん」

「それはこっちのセリフよ。私が二日間で何回着替えたと思ってるの」

「でも、二日目も大評判だったね。リっちゃん」

「ふん、当然よ。……まあ、あなたの作った服もなかなかよかったわよ」

そう言って、立夏はぷいっと顔をそらす。やけに頬が赤く見えたのは夕日のせいだということにしておこう。

学校全体をランウェイにして繰り広げられた手芸同好会のファッションショーは評判を呼び、

二日目にはネットで写真を見た人たちが大勢押しかけて文化祭は学校始まって以来の大盛況となった。ただ、騒ぎが大きくなりすぎた分、いろんな人に迷惑もかけてしまった。許可は取っていたものの、先生たちはずいぶんと苦労したようで、来年も同じことをするのは難しい。

「でも、結局騒いでたのは男子ばっかりだったわね。美羽目当ての他校の男子があんなに大勢おし寄せてくるなんて思わなかった。あそこまでいくとむしろ同情するわ」

「ははは……まあ、昔からだし」

「あなたの友達の杉原《すぎはら》さんだっけ？　彼女が来てくれなかったら大変なことになってたわよ」

「サっちんね。サっちんはいつもあたしのこと助けてくれるの。大事な友達だよ」

「ふーん……サっちんにリっちゃん……あなたのネーミングセンスってどうかと思うわ」

「もちろん、リっちゃんも大事なお友達だよ」

「べ、別にそんな言葉期待してないわよ！」

美羽はこの二日間で立夏との距離がぐっと縮まった気がしていた。

結局のところ、手芸同好会の宣伝になったかどうかは判らないが、それだけでも十分以上の成果だと思えた。

「ねえ、後夜祭始まってるわよ。行かないの？」

「いいや。どうせ、今年も男子に呼びだされて告白されて、それを断ってるだけで終わっちゃうだろうし」

「あなたも災難ね。普段なら腹立つところだけど、今日だけは同情する」

「ありがと」

校庭から音楽が聞こえてくる。きっと後夜祭のダンスが始まり、みんなが踊っているのだろう。今頃、美羽と立夏がいないと気づいた男子たちが騒いでいる頃かもしれない。

せっかくの心地よい疲れと達成感だから、もう少し味わっていたい――そう思った時だった。

「あ、あの！」

教室にうわずった声が響く。振り返ると、入り口に眼鏡をかけた知らない女子が立っていた。

低めの身長で、とびきりの美人というわけではないけど、雰囲気が可愛らしい女の子だ。

「えーと……どなた？」

「わ、私、昨日の、ファッションショーを見て！　それで、ど、どうしても小鳥遊さんにお願いがあって！」

写真を撮らせてほしい、とでも言われるのだろう。

美羽はゆっくりと立ち上がる。今度こそ本当に最後のお仕事だ。

「私にも……あんな素敵なお洋服作れますか⁉」

「え……？」

「ずっと、編み物とかは好きだったんです。でも、それってオシャレとかそういうのじゃなくて……えっと、だから……」

「ちょ、ちょっと待った！」

「は、はい！」

「それってもしかして、手芸同好会に入りたいってこと……？」

「……はい、迷惑じゃなければ……」

眼鏡の少女は恐る恐るそう口にした。

美羽と立夏は思わず顔を見合わせる。

「やった！　部に昇格だーっ！」」

さっきまでの気怠《けだる》げな様子から打って変わって、二人は歓声を上げて飛び跳ねる。

二人が頑張った分のご褒美《ほうび》を、神様が用意してくれたのだ。

まだ彼女たちは知らない。翌日から入部希望者が殺到《さっとう》し、二人がてんてこ舞いになることを。

それはもしかしたら、美羽が初めて自分で手に入れた、成功の姿だったのかもしれない。


興奮《こうふん》気味に帰ってきた美羽の報告を聞いて、その夜の小鳥遊家は幸せに包まれていた。

「ミウ、よかったワネ！」

愛娘《まなむすめ》を抱きしめるサーシャさんを、少し悔《くや》しそうに見つめるのは菜香さんだった。

「……私も見たかった。写真じゃ不満」

「まあまあ織田くん。僕が腕によりをかけた写真だよ。美羽様の素晴らしさを余すところなく捉《とら》えているのだから安心したまえ」

「……むう」

久しぶりに来てくれた菜香さんは、手作りのパンとジャムを持参してくれて、夕飯は洋風なご馳走《ちそう》が並んでいる。作ったのはサーシャさんと莱香さん、そして空ちゃんだ。

「美羽、凄《すご》いね。自分で部を作っちゃうなんて。私が中学の時とは大違いだよ」

「えへっ、まあ、あたしだからね！　ほとんどリっちゃんのおかげだけど」

成功に気をよくする美羽は胸を張る。

「ソウネェ。デザインと縫製《ほうせい》はもうヒトツだったワネ。特訓シナイト」

「ママ、望むところよ！　家庭科の先生も顧問をしてくれることになったけど、ママもコーチしてね！　今回の文化祭の出展人気投票は二位だったけど、来年は一位取るんだから！」

一位はどこかの部活が行ったメイド喫茶《きっさ》らしい。それってもしかして合唱部だろうか。

「あはは、美羽は負けず嫌いだからね。私も、今年こそ地区大会で一位を取って全国大会に出るんだ」

成績優秀な娘たちで、俺は幸せだ。学校の成績についても文句なしだし、部活でまで好成績を残すなんて、二人とも凄いな……俺と違って。

やっぱり俺も、もっと頑張って履歴書に書けることを増やしておくべきだったかなぁ。

「……一いって、一ばんってことだよね」

嬉しそうな美羽ちゃんをニコニコしながら見ていたひなが、何故か俺のそばに来て尋《たず》ねた。

みんなに聞こえないような小さな声を不思議に思いながら、俺も小声で答える。

「そうだよ。二人とも、凄いよね」

「……うん」

あれ？　なんだか様子が変だぞ？

「ひな、どうかしたの？」

「……なんでもない」

そう言ったひなは、笑顔を作る。ちょっとだけ無理をした感じで。小学校で悩みでもあるのだろうか。一年生になってからずっと元気だったから、俺も油断していたかもしれない。

「なにかあったら、おいたんに言うんだぞ。茉香さんもいるんだし」

「なんでもないってばっ。あっ、ひなもみうねーたんにおようふくつくってもらおっ！」

俺の心配が伝わったのか、ひなは慌てたように手を振って美羽ちゃんのほうに走り出す。

うーん、やっぱり変だよな。あとで空ちゃんたちとも相談しておかないと。

「……祐太」

その時、写真を見ていた茉香さんが俺のほうを向く。いつも通りの真《ま》っ直《す》ぐな視線。

「就職活動、うまくいってる？」

おおふっ、ド直球ですね！　俺は絶句してしまい、その表情を見ただけで茉香さんは頷いた。

「大変かもしれないけど、頑張って。ひなちゃんも、頑張ってる」

「はい、判ってます……」

そう答えた俺に、茉香さんが一つの提案をしてくれた。それは、言われてみればその通りのことで……俺は、遅ればせながらその提案を検討することにしたのだった。

第三章　目指すもののために

PAPA NO IUKOTO WO KIKINASAI! Listen to me, girls. I am your father!

CHAPTER 3

街路樹が黄色に染まり葉を落としている。季節はそろそろ冬へと移ろうとしていた。

当然、大学では俺の周りは就職も内定し、卒業旅行や卒論の話で盛り上がっている。

そして、俺、瀬川祐太《せがわゆうた》はというと一向に決定打のない就職活動に少々疲れ果てていた。

いや、疲れるなんて言ってはいられない。なんと言っても俺は一家の大黒柱だ。パパを自認する俺としては、この手で稼《かせ》いで三姉妹を養いたい。それがパパってもんだろう？

三姉妹がそれぞれ、しっかりした相手と幸せになるまでは俺が……くっ、嫁に出すと思うだけで込み上げてくるこの気持ちはなんだろう。空《そら》ちゃんは法的に結婚が許される年齢を既《すで》に越えている。いやいや、少なくとも大学を卒業するまであと五年は、一緒に暮らせるはずだ。でも美羽《みう》ちゃんは高校はうちから通わないとか言っちゃってるしなぁ。家族で暮らせる生活はあまり長くないのかもしれない……考えると泣きそうだよ。

だからこそちゃんと就職して、三姉妹をしっかり支えたい。もしも出ていくことになっても、ちゃんと帰ってこられる場所でありたい。

卒論は順調に進んでるし、単位の取りこぼしもない。あとは就職先が決まるだけ……なんだけどなぁ。幸いにして数年前と比べると改善しているらしい就職戦線には、まだ俺の希望に適《かな》う募集が定期的に追加されている。誰かが内定辞退した結果なんだろうけど、正直有り難い。

俺は日課となった就職支援課での募集チェックとエントリーシート提出を終えると時計を確認する。

結構、ギリギリかもしれない。俺は自転車乗り場へと急いだ。

タダでさえ忙しいバイトと就職活動の最中、俺はもう一つの用事を入れたのだ。清水《きよみず》の舞台から飛び降りるつもりで決断したことは、俺の就職活動に少しだけ希望の光を灯《とも》している。勧《すす》めてくれた萊香《らいか》さんに感謝しつつ、俺はペダルを漕《こ》ぐ。辿《たど》り着いた先には、こう書かれていた。

——自動車教習所。俺は、予約時間ギリギリに教習所に駆け込んだ。

「すみません！　促成コースの瀬川《せがわ》ですけど！」

「おー、待ってたぜ。今日も、しごいてやるからな！」

出てきたのは、いかつい顔の指導教官だ。なんでこの人はこんなに顔が恐いんだろうか。

「宜《よろ》しくお願いします！」

荷物をロッカーに預けて、俺は教官についていく。

就職時に提出する履歴書に書くことがあまりにも少ない俺に、萊香さんが勧めてくれたのは、普通自動車運転免許を取ることだった。萊香さんが調べてきてくれたこの教習所は、促成コースであれば一カ月で免許に必要な単位が取れるという。就職戦線に間に合うのだ。

「免許があると、営業の仕事に受かりやすいと聞いた。身分証明書としても便利」

言われて気づけば、莱香さんも仁村《にむら》も、佐古《さこ》先輩ですら免許を持っているのだ。

俺が免許を取っていないのは、時間がなかったことと池袋《いけぶくろ》に住んでいて交通手段に困らなかったこと。それに何より、お金がかかるのが大きい。

「お金の問題だったら、貸してもいい。夏のボーナス、使ってないから」

莱香さんにそこまで言って貰《もら》って、やらなきゃ男じゃない。

「いえ、大丈夫です。ちょうど、出版社のバイトで稼いだお金を貯《た》めてあるんですよ」

実際、免許を取ろうと貯金していたのだが、忙しさにかまけて先送りしていたのだ。俺は、一縷《いちる》の望みをかけて教習所に通うことにしたのだった。

――しかし……縦列《じゅうれつ》駐車って、誰が考えたんだろうね。難しすぎるよ！


織田《おだ》莱香は、放課後の教室でテストのプリントを採点していた。一年生のテストは、授業を聞いていた子なら間違いようのない問題が主《おも》だ。難しいことを教えるよりも、勉強が楽しいということや正確に作業をするよう指導するほうが大切なのだ、と正担任も言っていた。

男の子は総じてテストの後ろに行けば行くほど字が汚くなって、集中力が切れているのを感じさせる。女の子は基本的に男の子より丁寧《ていねい》だ。ひとりひとり違う特徴があって、全部可愛《かわい》い。

表情はいつものようにぴくりとも動かないが、莱香は周辺に柔《やわ》らかい空気を纏《まと》っていた。

「……？」

莱香が手を止めたのは、よく知っている字の子供の答案だった。

いつも元気で授業に取り組んでいる彼女であれば、間違いようのない問題が空欄《くうらん》になっている。莱香は首をかしげる。ここは、何か難しかっただろうか。ひなちゃんの利発さを考えると少し不思議な気がした。男の子なら、設問の一つや二つ、答えるのをすっかり忘れて進んでしまうことなど珍《めずら》しくもないけれど。

「うん。こういうこともあるね」

もしかしたら調子が悪かったのかもしれないし、たまたま授業中に聞いていなかったのかもしれない。他の子もよく間違えている問題だ。ひながいくら賢《かしこ》くても、たまにはミスくらいあるだろう。莱香は「こたえをわすれないようにきをつけましょう」と赤ペンで書いた。

本当なら、自分の口から伝えてあげたいけれど……それは、あまりよくないかもしれない。

——祐太《ゆうた》に、伝えればいいかな。莱香は微《かす》かに破顔した。

先生になったばかりの頃には余裕がなくて、それにひなちゃんのこともあったからあまり会えなくなっていたけれど、今は……違う。

そのことを思っただけで、莱香は珍しい笑顔を顔に浮かべてしまう。その可愛らしい表情は、職員室の男性独身教師たちのみならず、父兄やおませな上級生たちの間でも噂《うわさ》になるほどだったが、当然のように莱香はまったく気づかず、ただ、週末の予定を思い浮かべているのだった。

また、忙しい一週間が過ぎようとしていた。今週は、就活はそれほど戦果も悪くない。結果待ちが二つと、二次面接に進んだのが一つ。それ以外はエントリー中だ。でも、心身共に疲労していのは変わらない。バイトはまだそれほど忙しい時期でもないので、出勤しても掃除やお茶くみを含めた雑用が中心なのだが、湯川《ゆかわ》さんは絶《た》え間《ま》なく仕事を見つけてくれるので休むヒマは全然ない。さらには、自動車教習所に通い始めたのがスケジュールを圧迫していた。俺は、大学のゼミに顔を出したあと、教習所に行くまでの空《あ》いた時間をキャンパスの学食でぼーっとすることで精神力の回復を試みていた。またあのいかつい教官に会うと思うと挫《くじ》けそうになる。学科に実技、一カ月で免許に辿《たど》り着くお急ぎプランを選んだこともあり、ほぼ毎日教習所に通わなければならないのだ。でも、おかげでもうすぐ仮免許まで辿り着けそうだ。車の免許が取れたら、レンタカーでも借りて、三姉妹と一緒にドライブにだっていける。

　なにより、空欄ばかりの履歴書の特技欄に書くことができるのは気分的に有り難い。免許があればエントリーできる会社も増えるだろうし……それに、週末は……

「あー、瀬川ちゃん。ご無沙汰《ぶさた》だね」

　まるで俺がいるのを知っていたかのように現れたのは、仁村浩一《こういち》だ。学食にいる女の子たちに気さくにウインクしたりしながら、俺に近づいてくる。

「瀬川ちゃん、この間はごめんね。折角誘ってもらったのに美羽ちゃんの文化祭行けなくて」

「ああ、そのことか。気にしなくていいよ。大成功だったから」

　そう答えて、俺は首をかしげる。そういえば、内定が取れてるはずの仁村はこのところ忙しそうだ。ひなのピアノも聴きに来なかったしな。仁村は大げさにため息をついてみせる。

「そっかー。見たかったたな。美羽ちゃんの作った服」

「デートを優先しといてそんなことを言うなんて、デリカシーに欠けますよ、って美羽ちゃんは言うと思うぞ」

「……キツイねー。瀬川ちゃん、機嫌悪い？」

「んー、まあ疲れてはいるな。就職は決まらないし、バイトは予想より忙しいし、教習所にも通い始めちゃったからなあ。空ちゃんたちと過ごす時間もないくらいだよ」

ため息をつく俺の肩に、仁村はぽん、と手を置いた。

「パパは大変だねぇ。俺の内定、一つくらい分けてあげたいよ」

「お前の内定、広告代理店とか派手《はで》なところばっかりだろ。俺には向いてないよ」

まあ、それでも給料が高くて、池袋から通えるならやぶさかでないけどね。

「あはは、俺の内定は転勤がある仕事だしね。瀬川ちゃんの条件はハードル高いって」

「判ってるよ。それよりいいのか？　仁村も忙しいんだろ。主《おも》にデートだろうけど。気に入ってるって言ってた女の子はどうしたんだよ」

ひなのピアノを辞退してまで会いに行った女の子がいたはずだ。仁村にしては結構珍しいので、もしかすると本命ができたんじゃないかと想像したのだが……仁村は急に渋い顔になる。

「あー、あの子ね……あの子は、ちょっとなぁ……」

「ケンカでもしたのか？」

「いや、順調だよ。ていうか順調すぎるくらい」

「それのどこに問題があるんだよ」

「順調すぎて相手の女の子が『両親に会ってほしい』とか言い出しちゃってさ。今は少し距離を置いてる感じかな」

……根っからの遊び人だと判っているが、こういうとこはさすがに呆《あき》れるよな。

「妹の聡美《さとみ》もそうだけど、女の子ってどうしてこうすぐに結婚って方向に行くのかなぁ。もっと今を楽しもうよ、今を」

「……おまえ、絶対いつか痛い目見るぞ」

「いやいや、痛い目ならけっこう見てますよー。相撲《すもう》部でしょ、アメフト部に空手部、あとはガテン系の人たちとか、さすがにこれ以上怖いお兄さんっていったら『や』のつく自由業の人くらいでしょ。そのへんはさすがのオレも気をつけてるから安心してよ」

「いや、別に心配してないから。むしろ一度本気で痛い目にあうべきだと思ってる」

「うわっ、瀬川ちゃんひどくない⁉　友達でしょ！」

友達だから言ってるんだよ。まったく、どうすればこいつのこの悪癖《あくへき》は治るのだろうか。それ以外は欠点がないほどいいヤツなのになぁ。

そんなやりとりをしていると、俺たちのテーブルに女の子たちがやってくる。

「祐太くん、久しぶり」

また仁村目当ての子か……なんて思ってたら違った。菅谷《すがや》ミキちゃんと、その友人たちだ。

彼女が会長を務めるテニスサークルの女子たちだった。同期の中でも美人度の高いグループで、口研とは先代の会長さんが佐古先輩の幼馴染《おさななじ》みだったこともあってサークルぐるみで仲が良い。

前会長が卒業し、あとを引き継いだのがミキちゃんだった。テニスサークルと名乗ってはいるが、テニスのみならず旅行に飲み会と楽しいことならなんでもするというスタンスは、ミキちゃんの代になっても続いているらしい。

「どうしたの？　学食でおしゃべりしてるなんて珍しいね。二人ともいつも忙しそうなのに」

「あはは、まあね。ミキちゃんこそ、もうゼミ以外は大学に用事なさそうだけど」

「ふふっ、私たちは次の合宿の打ち合わせ。卒業旅行もかねてるから、みんな行きたいところがバラバラでなかなか決まらなくて」

「決まらないのは先輩たちがあれもこれもって欲張るからですよ。付き合わされる私たち後輩の身にもなってください」

そう言ったのは俺たちの一年後輩で、同じくテニスサークルの田中亮子《たなかりょうこ》ちゃんだった。

一時は口研に入るかもというところまで話が進んだのだが、結局こうしてテニスサークルのほうに入ることになった。結果として亮子ちゃんはテニスサークルに入ってよかったんだと思う。今となってはお下げで眼鏡の野暮《やぼ》ったい少女だったことが信じられないくらい可愛くなっちゃってる。なんだかんだでサークルではみんなのまとめ役らしいし、次の会長かもしれないな。

「瀬川先輩からも言ってください。オーロラを見るのがどれだけ大変か」

「……オーロラ。海外ですか。そっちは相変わらずアグレッシブだなぁ」

なんにしても今から旅行の計画を立ててるってことは、みんな無事に内定をもらったってことだろう。羨《うらや》ましい。それに比べて俺は……あ、なんかへコんできた。

「なんだか笑顔が空虚《くうきょ》だよ？　どうしたの祐太くん」

乾いた笑みを浮かべる俺を、ミキちゃんが心配そうに見てる。

「あー、そっとしておいてあげて。なかなか就職が決まらなくて落ち込んでるんだ」

「ええっ⁉　この時期にまだ内定が一つもないって、それ大丈夫なんですか⁉」

亮子ちゃんは目を見開いた。正直すぎる言葉に、俺は思わずテーブルに突っ伏してしまう。

「こらっ、亮子ちゃんっ」

「あ、す、すいません……」

「いや、いいんだ……本当のことだし……それに心配してくれてるんだろ？」

起き上がってそう言うと、亮子ちゃんはすまなそうに手を合わせていた。こっちこそ気を遣《つか》わせてすみません、だよ。ミキちゃんは俺の顔を見てなにやら考えてるみたいだ。

「祐太くん、これから時間ある？」

にこっと笑うと、そう俺に尋《たず》ねた。

「まあ、今日は夕方まで特に用事はないけど」

「じゃあ、遊びに行こうよ。たまには私たちと遊んで！」

「テニサーと？　おお、行く行く！　オレは行くよ！」

「そうね、おまけで仁村くんも。今日は、瀬川くんを元気づける会だよ！」

「えー、オレはおまけなの？　……まあ、いいか。ほら、瀬川ちゃん、行こうよ。ちょっとは気分変えたほうがいいって。暗い顔してたら、受かる面接も受からないよ」

確かに、仁村の言う通りかもしれない。いつまでも鬱々《うつうつ》としていてもなにもいいことはない。むしろ面接の印象が悪くなるくらいだ。

「……そうだな。たまには遊ぶか」

俺は気を取り直して立ち上がった。仁村とミキちゃんたちの心遣いが有り難かった。


ひとしきりボーリングで体を動かして遊んで、気分が上向きになった俺は電車に揺られてバイトに向かった。追い詰められた感じで面接を受けたら、そりゃあ受かるものも落ちるよな。気晴らしは大切みたいだ。ミキちゃんに感謝だな。

都内の大きなビルの一画にフロアを持つ小さな出版社。そこが俺のバイト先だった。

いわゆる編集部という場所を想像すると若い編集者が電話をかけまくってたり、鞄《かばん》を持ってあちこち飛び回ってるとか、そういういかにも慌ただしい職場をイメージするだろう。バイトを始めるまで俺もそうだった。

だけど、そういうのは本当に大きな出版社の週刊誌を作っているようなところの話で、俺が働くのはもうちょっと落ち着いているというか……要するに普段はさほど忙しくない。

とはいえ、校了直前になるとさすがに大騒ぎだけど。ちなみに今は、あんまり忙しくない時期のはずだ。俺はいつも通りに自分のバイトしているフロアに向かう。

「ああ、待っていたよ瀬川くん」

初老の男性が俺の姿を見つけて手招きをする。

「湯川さん、なにかトラブルでもあったんですか？」

湯川さんは眼鏡をかけて白髪《しらが》の頭を丁寧に撫《な》でつけた、見るからに真面目《まじめ》そうな人だ。

よし子伯母《こおば》さんとは古くからの知人で、俺をここのバイトに雇ってくれた恩人でもある。

編集部では一番の古株ながら特別な役職についているわけでもないらしく、いつも本の山に埋《う》もれるようにしてお茶をすすっている。はっきり言って謎な人だ。

「ふむ……まあ、トラブルと言えばトラブルかもしれない。あくまで僕にとってだが」

湯川さんは思案顔をする。

本題を切り出す前に妙に遠回しな言い回しをするのも湯川さんの謎な部分だ。

「君、矢木沢《やぎさわ》先生とは面識があったよね」

「ええ、まあ……」

矢木沢先生はこの編集部で作っている雑誌に小説の連載を持っている作家さんだ。

今でも少なからずいる紙と万年筆で原稿を書く人で、原稿の受け取りには必ず直接先生のところへ出向くことになっている。最近ではその役目は俺が任されていた。

「じゃあ、先生の連載は読んでるよね？　他の作品も読んだことある？」

「はい。全部じゃないですけど、文庫になってる作品はだいたい」

俺が答えると、湯川さんはにっこり笑って俺の肩にぽんと手を置く。

「ならよかった。じゃあ、これよろしく」

「は……？」

渡されたのはノートパソコンと分厚い原稿用紙の束《たば》だった。

「あの、これ、なんですか？」

「なにって、矢木沢先生の原稿だよ。今度、連載をまとめて本にするの知ってるよね。その紹介文を君に書いてもらおうと思って」

「……………えええええええっ⁉」

驚きすぎて危うくノートパソコンごと大事な原稿を落っことすところだった。

「ちょ、ちょっと待ってください！　そんな大事な文章、俺が書いちゃまずいでしょっ！」

「どうしてだい？　君、ちゃんと読んでるんでしょ？　それに文学部なんだし、論文の一つくらい書いたことあるでしょ」

いやいやいや、そういう問題じゃないと思う。

だって俺はただのバイトだし、面識があるからってそんなの理由にならないだろう。

「……って、待ってください。そういえばこの紹介文って湯川さんが書くことになってたんじゃなかったですか？」

「ああ、うん。そうだね。でもほら、僕もいい歳《とし》だし、若い人の感性で書いたほうが読者にも通じるというか、今日はちょっと腰の具合が悪くてあんまり座ってられないというか……そういうわけだから、あとよろしく」

よく見れば、湯川さんはすっかり帰り支度を終えていた。そしてとても腰が悪いとは思えない軽《かろ》やかなステップですると俺の横をすり抜けて、エレベーターのほうへ逃げていく。

「ああっ！　ちょっと湯川さん！」

「あ、そうだ。ついでに資料の返却もお願いするよ」

軽い音がしてエレベーターの扉が閉まる。

そうして湯川さんは自分の仕事を全部押しつけて帰っていった。

「マジですか……」

編集部に取り残された俺は、ただただ途方に暮れて……教習所に電話して、今日の教習をキャンセルしたのだった。


俺が編集部を出たのは翌朝だった。通勤ラッシュの波に逆らうようにして自転車を漕ぐ。やっとのことで池袋に到着した時にはもうクタクタだった。それでも疲れた顔は見せまいと、玄関を上がる前に自分でほっぺたを叩《たた》いて気合いを入れたりした。

「ただいま」

「お兄ちゃんっ」

ちょうど朝練に出るところだった空ちゃんが驚いた顔をする。

「あ、空ちゃんはこれから朝練？　頑張ってね」

「そうだけど……って、お兄ちゃん、なんだか顔色悪いよ」

「いや、寝てないってだけだから、寝たら大丈夫だよ」

「もう、ちょっと無理しすぎだよ」

名のある作家さんの作品を紹介するというので、ちょっと気負《きお》いすぎて何度も何度も書き直してたら結局は不眠不休で朝まで……という体《てい》たらくだ。

「叔父《おじ》さん、仕事で遅くなるって連絡はくれたけど、徹夜の朝帰りですか？　体は大事にしてください。仮眠くらい取りましょうよ！」

リビングから美羽ちゃんが顔を出す。さらにひなにサーシャさんまで。

「おいたんおつかれさま？　ひながよしよししてあげゆっ」

「ありがとな。でも、みんなこれから学校だろ？　俺のことは気にせず行っておいで」

心配してくれるのは嬉《うれ》しいけど、みんなが出掛ける邪魔《じゃま》になるのは申し訳なかった。俺はなんとか最後の気力をふりしぼって、笑顔で送り出したあと、ソファにへたり込んだ。

「ユウタ、ホントに大丈夫なノ？」

サーシャさんが心配そうに覗き込む。

「大丈夫です……ちょっと眠いだけですから」

「寝るならちゃんとベッドで寝たほうがいいワヨ？　添い寝シテあげましょうカ？」

「い、いえ！　大丈夫ですっ」

サーシャさんに耳元で囁《ささや》かれて俺は慌てて飛び起きた。

まったくもって心臓によろしくない。けど、おかげでちょっと頭がシャキッとした。

「そうだ、寝る前にエントリーシート書いておかないと。ありがとうございます、サーシャさん。おかげで目が覚めました」

「それはヨカッタ。でも、あまり無理しないデ」

「大丈夫ですよ。これが終わったらすぐに寝ますから」

家族共用のノートパソコンを引っ張り出してエントリーシートを書き始める。あっと言う間に項目が埋まっていく。もはや手慣れたものだった。それだけエントリーシートが無駄《むだ》になってるってことなんだけど……

「ユウタ、シュウショクカツドウ、大変じゃナイ？」

「まあ、ちょっとしんどいです。けど、これぱっかりは避《さ》けて通れないですから」

俺はディスプレイに向かってキーボードを叩きながら返す。

「フフッ、モシ、ユウタさえよければ、ワタシのカイシャに就職しない？　ワタシもユウタなら安心だしネ。来てくれるとウレシイワ」

冗談めいた言葉に、心から心配してくれてるのを感じて、俺は感謝と情けなさを同時に感じて、サーシャさんの顔を見られない。でも、だからこそ真剣に答えた。

「それは、何だか違うような気がするんです。三姉妹の保護者として、俺、サーシャさんに頼るだけじゃなくて、頼られる存在になりたいんです。だから……」

「ゴメンナサイ。余計なことを言っちゃったワ。ソウよね、ユウタならダイジョウブ」

サーシャさんは笑って流してくれる。判っていてもつい言ってしまうほど、俺が心配をかけていたってことなんだろうな。もっと頑張ろう。家族に心配をかけないですむように。

そう自分に言い聞かせた途端、携帯が鳴った。面接の返事かと慌てて携帯を取り出す。

「はい、瀬川ですっ……湯川さん、なにかあったんですか？　ええっ!?　か、書き直し!?」

それは、採用の通知ではなく、さっき帰ってきたばかりのバイト先からで。

「……はい、判りました。また、夕方に……」

「どうかシタの？」

電話を切るとサーシャさんが聞いてくる。

「えーと、夕方にバイトが入りました……」

「イマ帰ってキタばかりジャナイ」

「まあ、俺のミスなので……仕方ないです」

驚いた様子のサーシャさんに力なく答えると俺は立ち上がる。なんだか一気に疲れがおしよせてきた気がする。さっさと寝てしまおう。


職員室に呼び出された空は、緊張しながら考えた末の答えを告げた。

「そう、小鳥遊さんがそう決めたのなら仕方ないわ」

合唱部の顧問を務める教師は空の返答を聞いて少し残念そうに言った。

「すみません。せっかくのお話なのに……」

「気にしないで。それより、コンクールも近いのにこんな話を持ち出してごめんなさい」

「いえ、ぜんぜん大丈夫ですっ。むしろ、自信がつきました。ありがとうございます」

空はそう言って頭を下げると職員室をあとにした。

「小鳥遊！」

待ち構えていたように合唱部の仲間たちが駆け寄ってくる。

「顧問から呼びだしって、何があったんだ⁉」

「大機《だいき》、少し落ち着けって」

「で、でもよぉ修二《しゅうじ》！」

「ごめん、心配かけちゃったね。でも、別に怒られたわけじゃないよ」

「そ、そうなのか……？」

心配そうにしていた大機の顔からふっと力が抜けた。陽子《ようこ》が肩をすくめる。

「何言ってるんだか。前島《まえしま》くん、いつも叱《しか》られているあなたとは違うのよ？」

「いつもってのは余計だっつーの！」

大機が真《ま》っ赤《か》になる。そんな友人たちの様子を見て空はくすりと笑う。中学生の時から始まった彼らとの関係もそろそろ五年だ。空にとって、ここは居心地の良い場所だった。

「それで、先生の用事ってなんだったの？」

教室に場所を移し話を続ける。大機の代わりだというように修二が尋《たず》ねた。

「うん、先生の母校の音大の推薦《すいせん》を受けてみないかって誘われたの。特待生もあるって」

「音大の特待生⁉　マジかよっ、すげーじゃん！」

「ありがとう。でも、断っちゃった」

空はあっさりと答える。陽子が目を丸くする。

「どうして？　空さん、特待生取れたらいいなって言ってたじゃない」

家計の負担が少ない特待生になれれば、祐太たちに負担をかけずにすむ。合唱部で全国上位に入れれば、そういう誘いもあるかもしれない。それは空の漠然とした希望だった。目の前に来たチャンスをあっさりと断ったという空に、陽子が驚くのも無理はない。

「そうなんだけどね……先生の母校って愛知県なんだって」

「なるほど、そういうことね」

「小鳥遊さんにはちょっと難しいか」

陽子と修二の二人はすぐに理由を察した。ところがひとりだけよく判っていない人物がいた。

「ん？　なんで愛知だとダメなんだ？」

「家から通えないからだよ」

察しの悪い友人に修二は肩をすくめて解答を告げる。

「あ、そっか。そういうことか！　妹、まだ小学生になったばかりだもんな」

「でも推薦とか、もうそういう話が出てくる時期なんだな……」

高校最後の合唱コンクールを目前に控え、仲間たちの間でもその後の進路の話が出るようになっていた。来年の今頃はもう合唱部を引退して、受験勉強のまっただ中にいてお互い別々の目標に向かっているはずだ。そう思うと空の中に少なからず寂しさが募る。

「空さんは、音大を目指すことにしたの？」

「うん。少し前までは私なんかには無理だって考えもしなかったんだけど……それじゃダメな気がして、チャレンジだけはしてみようかなって」

恥《は》ずかしそうに空は言う。そんな気になったのはつい最近なのだ。

文化祭で自分で作った服でファッションショーをしてみせた美羽。小学生になって、毎日新しいことを頑張っているひな。夢を叶えて小学校の先生になった莱香。それと、自分たちのために、懸命《けんめい》に就職先を探す祐太。サーシャだって日本に新しい会社を作ってまで頑張っているのだ。

みんなが頑張っているのに、自分だけが前に向かって努力をしていないのはおかしい。

長女としては、妹たちに置いていかれたくないし、ライバルに負けたくはない。

とにかく一歩、勇気をだして踏み出してみよう。そう思ったのだ。

「そのためにも、奨学金《しょうがくきん》取りたいんだ。成績が凄《すご》くよかったら返済しなくていいものもあるんだって。特待生だと、部活中心になっちゃいそうだし……うちは、妹の面倒もみないと、ね」

「小鳥遊ならいけるって！　俺が保証する！」

「あんたじゃなんの保証にもならないっての！」

いきなり現れた前部長、岡江清美《おかえきよみ》が流れるような動作で大機にコブラツイストを決める。

「話は聞かせてもらったわ、小鳥遊さん！　夢を叶えるための音大への進学、そして家族に負担をかけたくないというその気持ち……私、感動したわ！　全面的に協力する！」

「あ、ありがとうございます。清美先輩」

はにかむ空を、幸せそうに眺める清美。合唱部は自分のハーレムと言い切る彼女にとって、空は掌中《しょうちゅう》の珠《たま》である。いつも励《はげ》ましてくれる清美のことを空も慕《した》っていた。

「まずは、全国制覇ね。冬期合宿を組みましょう。私が先生にかけあってあげる！」

「は、はい、頑張りますね、先輩！」

勢い込む清美に釣《つ》られるように、空はぐっ、と拳《こぶし》を握った。

「って、いいから放せえええ！」

ギリギリと締めつけられながら大機が絶叫する。

「あら、ごめん前島。忘れてたわ」

「技かけたまま忘れるな！」

清美は技の餌食《えじき》にしていた大機をするっと放す。

「とにかく、小鳥遊さんの夢を叶えるために、私も頑張るわ。引退したけど、合宿に参加するから。そう、コーチとして！　合唱の基礎はまず走り込みからよ！」

「あの、でも、清美先輩は受験勉強があるんじゃ……」

「水くさいこと言わないで！　受験なんかより小鳥遊さんのほうが大事に決まってるじゃない！」

「いや、受験大事だろ。ていうか、小鳥遊もそんな重たいこと言われたら困るだろ」

「ええい、うっさい前島！　今から感動的な抱擁《ほうよう》をしようって時に水を差すんじゃないわよ！」

「あだだだだだっ！　だからいちいち技をかけるなあああっ！」

ジャレ合う二人を見ながら、空はまるで中学時代に戻ったような気分になる。

一度合唱を諦《あきら》めた自分がここにいるのは、仲間たちのおかげだ。あれから五年を経《へ》て、合唱部でやってきたことが、自分が次のステップに進む糧《かて》になっている。そのことがなんだか嬉しくて、空は、歌いたくて堪《たま》らなくなる。歌は、いつだって空を支えてきてくれたのだ。

久しぶりに伯母さんが家にやってきたのは、ちょうどみんなが出払っている時だった。きっとそれを狙《ねら》ってやってきたんだろう。よし子伯母さんは苦労人でもある。ちゃんと俺の立場を考えて、子供たちの前で叱らないようにと気遣《きづか》ってくれたんだろう。

つまり……お説教コースだな。とほほ。自覚があるだけに情けない。

伯母さんにお茶を出して、俺は神妙に縮こまった。

「それで、就職先は決まりそうですか？」

「う……まだです」

さあ、何と言われるだろうと覚悟《かくご》を決める。条件を変えろって言われるかな……でも、通勤時間と転勤ナシは、俺にとっては何より大切なことで……

「そうですか」

伯母さんはそれだけ言うと、湯飲みに口をつける。この間が居たたまれない。さっさと叱ってくれないかと思ってしまう。

「あら、ちゃんとお茶を淹《い》れられるようになったのですね。美味《おい》しいですよ」

「あー、バイト先でお茶好きの人に教えられまして」

「ああ、湯川さんでしょう。あの人、そこはうるさいから。アルバイトは上手《うま》くいっているようですね。いい人を紹介してくれたとお礼を言われましたよ。祐太さんの頑張りの成果です」

「は、はい」

あれ？　就職の話は「そうですか」の一言で終わり？　まさかそんなはずが。この時期に決まっていないのはもはや少数で。

「なんて顔してるんですか、祐太さん。別に叱りに来たわけじゃありませんよ」

伯母さんは可笑《おか》しそうに俺を見て顔を綻《ほころ》ばせる。

「祐太さんがへこたれていないか、見に来たってところでしょうかね」

「え……？」

「あなたの決めた条件だと、厳《きび》しいのは判っていましたから。でも、頑張れるだけ頑張りなさい。あなたにとって譲《ゆず》れない一線なのでしょう」

この家で三姉妹と暮らす。それだけが俺の望みだと伯母さんはちゃんと判ってくれている。

「頑張ります！」

「ああ、頑張りすぎて倒れないように。それだけは注意させてもらいますよ」

「はいっ、もちろん！　二度と同じ過《あやま》ちはしません」

さっきまでびくびくしていた俺が張り切って答えるのに、伯母さんはまた微笑を浮かべた。

「じゃあ、みんなの近況を聞きましょうか。ひなさんの習い事はどうですか？」

「すごく熱心にピアノの稽古《けいこ》をしてます。プールも嫌がらずに通っていますよ。空ちゃんは音楽大学への進学を考えているみたいです」

「それはそれは。それもいいお話ですね」

「進学せずに働くって、やっと言わなくなってくれてホッとしてますよ」

伯母さんと俺は顔を見合わせて笑い合う。空ちゃんの性格は、みんなよく判っているから。

「祐理《ゆり》さんたちも喜んでいるでしょうね。三姉妹が順調に育っていて」

リビングの端《はし》に飾ってある写真を眺めながら、伯母さんと俺はしみじみそう思った。

「美羽ちゃんの文化祭のファッションショーは、ご覧になったんでしたっけ？」

「日曜に見に行きましたよ。あの歳であれだけちゃんとした服を作るなんて、さすがはサーシャさんの娘さんというところでしょうか」

ひとしきり三姉妹の話をして、話題は俺のバイトに戻る。紹介者なので気になるのかな？

「まあ、順調というかなんというか。正直、かなり忙しいです」

「忙しい？　あなたの事情はお伝えして、時間の融通《ゆうずう》は利かせてもらえるよう湯川さんにはお願いしていたはずですが」

「いや、その湯川さんですよ。最初は校了時だけ忙しかったんですけど、最近、なんだか仕事がどんどん増えて、っていうか増やされてて。で、自分は『腰が痛い』とか『孫が遊びに来る』とか言って帰っちゃうんですよ。この間だって、作品の紹介文を書けって――」

笑いながら愚痴《ぐち》ると、伯母さんは驚いたような顔をしている。

「あ、いや、嫌なんじゃないですよ。ただ、これを俺がやってもいいのかなって心配になっちゃって。ど素人《しろうと》ですよ、俺」

「まあ、まあ、祐太さん……ずいぶんと目をかけられたのですね」

「は……？」

「お礼は少しは社交辞令かしらとも思ったのですが……本気のようですねぇ」

嬉しそうに伯母さんが笑う。今度は俺が驚く番だ。頼りにはされてるかもと思ってはいたけど、あれが『気に入られた』って対応なのだろうか。正直、あまり理解ができない。

「あの方はとても頑固《がんこ》で真面目ですよ。誰よりも仕事には責任とプライドをお持ちです。それを祐太さんに任せてくれるのは、信頼されているということでしょう？」

……なんだかいつも軽いノリで「やっといて」なんて言うからどうも実感が湧《わ》きません。

「……そうですか。祐太さんもなかなかやりますねぇ」

嬉しそうにそう言われて、実感のない俺はポカンとしてしまう。その日、伯母さんは上機嫌で夕飯まで作ってくれた。その夕飯は祐理姉さんの味によく似ていて……俺とひなたちは歓声をあげてとてもたくさん食べたのだった。


週末。俺はひとり池袋を走っていた。いや、別に走る必要はないんだけど、どうしても駆け足になってしまう。今日は、バイトは休みにしてある。夕方から教習所は予約済みだ。先日、仮免許を取得した俺は、約束通り息を切らして通い慣れたマンションを目指した。

──通い慣れたっていっても、玄関先まででですけどね！

枯《か》れ葉が舞う向こう側に、すらりとした姿が見えた。遠目にも目立つ長い髪と、女優さんも真《ま》っ青《さお》の美貌《びぼう》。スタイルは分厚い冬服の上からでも判る巨乳と柳腰《やなぎごし》。向こうも、俺を見つけて小さく手を振ってくれる。その口元が微《かす》かに微笑《ほほえ》んでいる気がして、俺は胸を高鳴らせる。

確認するまでもなく、織田莱香さんである。

「すみません、遅れましたか？」

「そんなことない。むしろ早すぎ」

指さした公園の時計は、待ち合わせの十分前だ。俺は頭をかく。

「あ、ごめんなさい。莱香さんが待っててくれたから、遅刻したのかと……あれ？」

言いかけて、なぜ十分も早く着いたのに、エントランス前に莱香さんがいたのか判らなくなる。思わず顔を覗き込むとなぜか、みるみるうちに莱香さんの顔が赤くなる。

「祐太、バカ」

「え？　え？」

意味不明の言動に、俺は目を白黒させる。莱香さんは、いきなり俺の手を取った。

「行こう。時間が惜《お》しい」

「は、はい」

莱香さんの手が冷たい。もしかして、ずっと外で俺を待っていてくれたのだろうか。

強く手を握ると、莱香さんは迷わず握り返して俺を引っ張っていく。

行き先は、マンションの裏手にある駐車場だった。莱香さんの愛車が駐《と》められている。

赤いスポーツカーを前に、莱香さんは俺の手を放す。ちょっとだけ名残惜しい。

莱香さんの愛車には、白いステッカーが貼られていた。それを見て気が引き締まる。

「では、これから、路上教習を始めます。祐太は、私の言うことを何でも聞くように」

とびきりの美人教師に宣言されて、俺は一も二もなく頷いたのだった。


教習所に通うことを勧められて頷いたものの、実際のところ我が家には自家用車はない。それに、教習所での練習は一コマずつ有料だ。練習時間を増やすと必然的にお金と時間がかかる。バイト中心で生計を立てている我が家にとって節約は重要な課題だ。

それをよく知る萊香さんは、最初にこう言ってくれたのだ。

「仮免許を取れれば、私の車で練習できる。週末、あけておくから」

その言葉に励まされて、俺は必死で教習所に通ったのだ。萊香さんに会いたかったから。

ここのところ家にも顔を出してくれないし、たまにこちらから近況報告的なメールをしてみるも、何事にも無駄がない人なので「楽しそう」とか「かわいい」とか簡潔《かんけつ》かつ率直《そっちょく》な感想が返ってくるだけ。折角近くに住んでいるのに、社会人と学生の壁は厚かった。

ひなから萊香さんの様子を聞く機会はたくさんあるけど、ゆっくり話せる時間なんて、萊香さんが卒業して以来、ほとんどなかった気がする。

「じゃあ、エンジンかけて」

「は、はい」

運転席に俺、助手席に萊香さんが座り、車の鍵《かぎ》を渡される。教習所の車と違って車高が低く、座るポジションから違って緊張するな。キーを差し込むと、クラッチを踏んで……

「あれ？　ク、クラッチはどこに……」

「左上。少し場所が違うかもしれないけれど、感覚は同じ」

そう言われれば、車によって少しずつペダルの位置は違うんだよね。上手くできるかな……

「ほら、祐太。ここ。シートの位置を下げたほうがいい」

萊香さんが俺の足下に身を乗り出し、足の位置を調整してくれる……って、み、密着度高いです！　髪の毛が俺の足にかかって、俺は別の緊張で身を固くする。

「じゃあ、エンジンかけて」

「は、はいっ」

俺はキーを回す。セルモーターの回る音がして……ぷすん、とエンストした。

「……もう一回」

萊香さんの視線が冷たい……気がする。うう、俺、いまちょっとかっこ悪い？

かくして、俺は美しい指導教官から、四時間にわたって特訓を受けることになるのだった。


密室で、二人きり。久しぶりに会った祐太に、萊香は不思議な胸の高鳴りを覚える。

──なんだか、少し会わないうちに、祐太、変わった。

萊香は、真剣にハンドルを握る祐太の横顔を眺めて、気づかれないよう吐息《といき》を漏らす。

四年生になった祐太が、就職活動で苦労していることを萊香は知っていた。

でも、萊香には協力する余裕はなかった。自身も、教師として就職したばかりで忙しかったし、大好きなひなと同じ学校に配属されたことは、禍福《かふく》の両方を運んできた。

毎日ひなの成長を見られる代わりに、小鳥遊家に行くのが躊躇《ちゅうちょ》されるようになってしまったのだ。ひとりの児童とだけ親しくするのはよくない。副校長の心配は当然だった。

「祐太、ハンドルに近づきすぎ。もっと姿勢よく」

「は、はいっ」

初心者にありがちなハンドルに食いつきそうな状態の祐太の肩を押して姿勢を正させる。

真剣な顔が好ましい。三年の間、ほとんど毎日のように隣にいた彼が、今の自分のそばにいないのが不思議な気がした。しかも見ない間に、一段と……男らしくなった気がするのは莢香のひいき目だろうか。たぶん違うと思う。彼は、本当に三姉妹を支えられる大人の男性になりつつあるのだ。莢香たちの力を借りなくても、自分で空たちを育てられる人に。

そう思うと、ちくりと胸が痛む。実際、サーシャが来たこともあり、昔みたいに祐太たちを支える役割は莢香に求められていないのだ。空たち自身も、自分のことは自《みずか》ら支えられる歳になっている。嬉《うれ》しい反面、莢香は寂しさを感じてしまう。

「交差点に近づく前にウインカーを出して。遅いと危ない」

「わ、判りました！」

返事をしながら、車線変更に四苦八苦《しくはっく》する祐太に莢香はくすり、と笑ってしまう。

「あっ、ら、莢香さん、笑いましたね？　俺、真剣なんですよ⁉」

「笑ってない。祐太の気のせい」

すました顔で、莱香はそう答えた。

「笑いましたよ！　莱香さん、俺を誤魔化《ごまか》そうとしても無理です！　俺には判るんですから！」

「うん、知ってる」

くすくす、とそんな感じで幸せが唇《くちびる》から零《こぼ》れ出す。莱香としては、とても珍しいことだ。学校で何人の男性教師に話しかけられても、こんな気持ちになることはない。祐太は、特別だ。

「それで、次はどこに行けばいいですか？　あまり混んでる道は恐いんですけど。そろそろ、少し休んだほうがいいんじゃ……」

「じゃあ、休憩《きゅうけい》までにさっきのコースをもう一周」

「ええっ、そ、それって、一時間くらいかかりますよ！　俺、死んじゃいます！」

「ひなちゃんは、毎日小学校で頑張ってる。祐太は頑張れない？」

「あと一周ですね！　任せてください！」

気合いを入れ直した祐太の横顔に、莱香は心の中でごめんなさい、と告げた。

もう休んでもいいくらい祐太が頑張ったことは判っている。でも。

祐太と二人だけの時間を、もう少しだけ過ごしたい。そう思ってしまったから。

「つ、疲れました……」

「私もドキドキした。人の運転は緊張する」

いつも通りの無表情だけど、柔らかい空気は莱香さんの機嫌がいいことを伝えてくれる。

休憩で入った喫茶店《きっさてん》は、池袋でも有名なお店だ。お礼代わりに俺がご馳走《ちそう》すると約束していたのだ。可愛らしい内装は、とても男子だけでは入れない店ともいえる。

「これだけ練習すれば、試験は大丈夫ですよね」

「判らない。来週も練習したほうがいいかも」

萊香さんの回答に、俺は頬《ほお》が緩《ゆる》むのを感じる。来週も教えて貰《もら》えるってことだ。

二人で車に乗っていた時間、久しぶりにびっくりするくらいおしゃべりした。

俺が話したのは、最近の空ちゃんや美羽ちゃんのこと。サーシャさんの仕事のこと。大学でのこと。就職活動に苦戦していること。バイトが大変だけど楽しいこと。

萊香さんからは、学校の先生になってからのいろいろな出来事。ひなのこと、ご両親の近況や、職員室の中での人間関係なんかを、とりとめもなく語りあった。

俺が一時間話したら萊香さんが十分話すくらいの比率だけど、大学時代でもこんな密度で話せる機会はそんなになかったような気がする。会う頻度《ひんど》は下がっていたけれど、萊香さんは本当に相変わらずで、俺はとてもホッとしている自分に気づいていた。

「なんだか、嬉しいです」

「……なにが？」

「萊香さんが変わってなくて。先生になってからあまり会えなかったので、やっぱり学生時代とは違うのかって思ってました」

正直な言葉に、萊香さんは困った空気を醸《かも》し出す。

「別に私は変わらない。少し忙しいけど。だけど、仕事は楽しい。子供たちは可愛い」

わずかに目尻《めじり》を下げる莱香さん。小学校の先生は本当に天職だったようだ。可愛いものが大好きで感情表現が苦手だった超絶美女は、大学時代よりもずっと柔らかな空気を纏うようになった。

「凄《すご》いな、莱香さんは」

「祐太だって凄い。大学生の頃から、ずっと凄い」

俺の感想に、莱香さんは何故《なぜ》か力強くそう答えてくれた。

「……ありがとうございます。まあ、まだ就職、決まらないんですけどね」

照れくさくて茶化《ちゃか》す俺に、莱香さんは首を振った。

「ひなちゃんたちを一番に考えているから決まらないだけ。祐太の良さを判ってくれる人は、必ずいる。私には、判る」

言い切ってくれる莱香さんの気持ちが有り難い。そこに、大きなパフェが運ばれてくる。

「これ……大きいですね」

「うん、会長が喜びそう」

二つも頼んだのは、多すぎただろうか。俺たちは顔を見合わせる。どちらからともなく、くすくすと笑う。その時、ふと窓の外に見知った顔を見つけた。

「あ、空ちゃんだ」

ちょうど交差点のところで友達と別れて信号待ちをしている。

「莱香さん、空ちゃんを呼んでもいいですか？」

「うん、もちろん」

俺はすぐに空ちゃんの携帯に電話をかける。

空ちゃんがポケットから携帯を取り出すのが見えた。

『お兄ちゃん？　どうしたの』

「左を見て。そうそう、二階の窓際の席だよ」

空ちゃんはすぐにこちらに気づいて手を振った。

「茱香さんもいるんだ。上がっておいでよ。パフェ、一緒に食べない？」

『ほんと？　やった！』

空ちゃんは思わずその場で飛び跳ねて喜んだ。通行人が何事かと驚いて彼女をまじまじと見る。真っ赤になった空ちゃんは慌《あわ》てて店に駆け込んでくる。

「はー、もう恥《は》ずかしかったぁ」

「ははは、信号待ちしてる人みんな見てたね」

「もう、言わないでよ、お兄ちゃん」

空ちゃんはまだ赤い頬を手でパタパタとあおぐ。

「茱香さん、お久しぶりです。いつもひながお世話になってます」

ぺこりと空ちゃんが頭を下げる。ところが茱香さんは空ちゃんを見つめたまま首をかしげ。

「誰？」

「だ、誰って、空ちゃんですよ！　茱香さんっ」

「空ちゃん……？」

　萊香さんは、いつもは無表情な顔に驚きの表情を浮かべる。

「びっくりした。ほんの少し会わなかっただけなのに、空ちゃん、すごく大人になってる」

「そ、そんな、大して変わってないですよ」

「でも、すごくキレイになった。違う人みたい」

「そ、そんな……」

　照れる空ちゃん。俺も萊香さんに同意した。

「本当にこの一年で空ちゃん、ぐっと大人っぽくなりましたよね。俺もたまにハッとしますよ」

「もうっ、お兄ちゃんまで！　やめてってばぁ」

　空ちゃんはまた真っ赤になって俯《うつむ》いた。

　こういうところは初めて会った時から変わらないなぁ…と、俺は少し嬉しくなった。

「そういえば、空ちゃんは音大を受けることにしたんだね。倍率高いと思うけど、頑張って」

　萊香さんが助け船を出すように話題を変えた。

「あ、はい。私も美羽みたいに夢を叶える努力がしてみたいっていうか、やる前から『無理だ』って諦めちゃうのは卒業しようと思って。ここまで来たんだから、最後まで頑張ってみます」

　輝くような笑顔を、何故か萊香さんは眩《まぶ》しそうに見つめる。

「空ちゃん、変わった。凄く……」

　言いよどむ萊香さんは、何故か少しだけ目を伏せた。

「いいな……」

不意にポツリと萊香さんの口からそんな言葉がこぼれた。

「どうしたんですか？　萊香さん」

「ううん、なんでもない」

そう言うと、萊香さんは急に立ち上がった。

「そろそろ仕事があるから先に帰る。今日は会えて楽しかった。教習所と就職活動、頑張って」

「え、ちょっと萊香さん……？」

テーブルのレシートの上に多めにお金を置くと萊香さんは店を出ていってしまう。

引き止める間もなかった。

「お兄ちゃん、私なにか気を悪くするようなことを言ったかな」

「いや、そんなことないよ。どうしたんだろう」

急用でも思い出したのだろうか。さっきまで、あんなに楽しそうだったのに。そうやって自分で勝手に納得して、俺はこの日のことを深く考えなかった。だけど何もかもが同じままではいられない。投げ込まれた小石が水面《みなも》に波紋《はもん》を描くように、誰かの小さな変化が周囲を巻き込んで大きなうねりになることだってあるのだ。そのうねりが大きな波になってまた俺のところに押し寄せてくるとは……この時は思いも寄らなかった。

萊香さんのおかげで実りある週末を過ごした俺は、機嫌よく過ごしていた。

サーシャさんを含んだ五人の団らんのあと、驚愕《きょうがく》の事件が起こるまでは……

「なあ、ひな、久しぶりに一緒にお風呂に入るか？」

「んー、やだ」

言下の拒否。予想外の展開に、俺は目を見開く。

「ええっ⁉　なんで⁉」

「だって、小学生はパパとおふろに入らないっておともだちがいってたもん」

「なん、だと……」

恐ろしい事実だった。それは統計的に明らかなのか、はたまたひなの通う小学校だけの状況なのか、是非《ぜひ》とも詳細なデータを要求したい。これは死活問題だ。小学生は一年生でもパパとお風呂に入らない。この事実を受け入れるということは、この先もうひなとお風呂に入ることは一生ないということになるのだから！

「そうだよね、あたしもお父さんと一緒にお風呂に入ってたのは保育園までだったなー。お姉ちゃんは？」

「わ、私はもう覚えてないくらい小さい頃だけだよ」

ここに二人も「パパとお風呂に入るのは保育園まで」を実践《じっせん》している人間が存在していた。

「ジャア、ヒナはワタシと一緒に入りまショウカ」

「うん、いいよ！」

パパはダメだけどママはいいのか⁉　いいに決まってるか……とほほ。

「せっかくだから、ミウとソラもどう?」

「えー、そんな大勢で入ったら狭《せま》いじゃん」

「サーシャさん、私もう高校生ですから……」

「アラ、オンナ同士で入るのに歳は関係ないデショ?」

「か、関係ありますよっ。ほら、美羽は一緒に入ったら?」

「ちょっ、なんであたしだけ……はぁ、ま、たまにはいっか」

「みんなでおふろっ♪　みんなでおふろっ♪」

ひなが上機嫌に歌いながら、サーシャさんと一緒にお風呂場へと向かう。

ふと、リビングを出て行ったと思っていた美羽ちゃんが戻ってきて、

「そうだ、お姉ちゃんは叔父さんと二人で入ったら?　背中流してあげると喜ぶよ♪」

「み、美羽ーっ!」

言うだけ言うと、美羽ちゃんはあっという間に逃げ出してしまう。

「…………」

「…………」

残された俺と空ちゃんは、思わず顔を見合わせる。

そしてお互い恥ずかしくて、しばし無言の時間が過ぎるのだった。

小鳥遊家のお風呂場は久々に賑《にぎ》やかな声に包まれていた。

「ヒナ、シャンプーしてあげましょうカ？」

「ええー、いいよー。ひな、じぶんでできるもん」

「じゃあ、ミウ、背中流してアゲル♪」

「いいってば。なんか、恥ずかしいし」

「ハァ……寂しいワ、子供たちがすっかりオトシゴロにナっちゃって。ユウタのキモチちょっとダケわかるカモ」

サーシャは湯船の中で残念そうにため息をつく。

「ママってば贅沢《ぜいたく》だよ。こーんなに可愛い娘たちと一緒にお風呂に入れるだけありがたいと思わなくちゃ。ねー、ひな」

「ねー、みうねーたん」

「まあ、ヒナも言うようになったワネ。ユウタ、ちょっとカワイソウだったケド」

「いいんだよ。あっちはあっちで、二人きりにしてあげたほうが」

「アラ、ソラとユウタってそんなにイイ感じなの？」

「うーん……というか、叔父さんが今頃になってお姉ちゃんがひとりの女の子だって、やっと気づいたって感じ？　いや、まだそこまでいってない……なんだか綺麗《きれい》になったなぁ、くらい？」

「ソレはまたズイブンと遅いこと……デモ、ユウタらしいワネェ」

「だよねー。あたしなんかまだまだ子供扱いだし、失礼しちゃう」

「シカタナイわヨ。ユウタの頭の中は『自分が娘たちを守るんだ！』ってコトでイッパイだったんだモノ。デモ、この先は違うワヨ」

「ふーん、それってママの宣戦布告？」

「フフッ、なんと受け取ってクレてもイイノヨ」

お風呂場では自然と親子の会話も弾む。これが日本で言う『裸の付き合い』というものなのかもしれない。

「ねえねえ、なんの話？」

「ひなにはまだちょっと早いかな」

「ソウネ……デモ、きっとスグにわかるようになるワ」

いつか、ヒナから恋の相談をされる日が来るのだろう。

その時を思うと自然とワクワクしてくる。祐太は複雑だろうけど。

サーシャはほんの少し先の未来を想像して、ひとり微笑むのだった。


一足先にひなが眠ったあと、俺はまた採用情報のチェックだ。

状況はどんどん厳しくなっていくものの、ちょっと前よりだいぶ気持ちに余裕がある。

画面を見ながら、焦《あせ》っていない自分が嬉しい。でも、早く就職を決めたいよな。

「お兄ちゃん、まだ起きてたの？」

しばらくパソコンと睨《にら》めっこしていると、空ちゃんがやってきた。

お風呂上がりらしく、髪の毛がしっとり濡れている。こうして見ると昔に比べてずいぶんと長くなった。本当に萊香さんが見違えたのも無理はないかも。

「もうちょっとだけ。空ちゃんは気にせず先に寝てて」

「うん……」

そう言ったあとも、背後に感じる空ちゃんの気配はなかなか消えない。

「……あのね、今度の大会でいい成績を残せば、音大の奨学金《しょうがくきん》を貰えるみたいなの。顧問の先生も推薦状《すいせんじょう》を書いてくれるって。だから、頑張るね」

「応援するよ。でも奨学金が貰えなくても、大丈夫だからさ」

「……言うと思った！　私がそうしたいんだよ。それに……お兄ちゃんには自分がしたいことしてほしいの」

え？　俺がしたいこと？　俺が首をかしげると空ちゃんが、ふぅっと息をつく。

「お兄ちゃんが就職で苦労してるのって、私たちのためでしょ？　その気持ちは嬉しいし、私たちもお兄ちゃんにそばにいてもらいたい。でも、そのせいでお兄ちゃんが自分の好きな仕事選べないのは、嫌だよ。自分の夢を叶えてほしいの。萊香さんみたいに」

「空ちゃん、俺は……」

確かに、この家から通える職場に限定して職種もなにもバラバラな会社を受けまくっている。端《はた》から見たら、仕事に夢を持っていないように思えるかもな。でも違うんだ。

「ありがとう、空ちゃん。でもね、俺の夢はもう半分くらい叶ってるんだ」

「そう、なの？」

「君たちのそばにいること。それから、みんなを立派に育てること」

姉さんと義兄《にい》さんが、安心して見守ることができるように。

いつしかそれが俺の人生の目標になっていた。

「ね？　半分は叶ってる。まあ、残りの半分は俺ひとりじゃ力不足かもしれないけど」

「ううん、そんなことない。お兄ちゃんは、立派なパパだよ」

空ちゃんはそう言ってくれた。

その笑顔だけで俺はいくらでも頑張れそうな気がしていた。


小鳥遊家が幸せな夜を過ごしている頃、池袋のマンションではひとりの美女が天井を見つめていた。織田莱香は、自分の心に問いかける。

「……今日の私、少し、変」

大好きな空ちゃんと話している時に、心に差した影。莱香は、それが恐くて逃げ出したのだ。

抱いたことのない気持ち。それは、空の気持ちを知っているから、湧《わ》き出す気持ち。

自覚してしまったら、止められない。たった一つの真実。

「――私は、瀬川祐太が、好き」

三姉妹が好き。子供たちが好き。ロ研の仲間たちのことも、好き。だけど祐太の好きだけは、特別の好き。四年近い歳月をかけて、莱香は遂《つい》に自分の気持ちに辿り着いたのだった。

第四章 路上観察研究会よ永遠に

PAPA NO IUKOTO WO KIKINASAI! Listen to me, girls. I am your father!

CHAPTER 4

きっちりとしたスーツに、普段と違ってムースで固めた髪の毛。一足しかない革靴《かわぐつ》を履《は》いて、玄関の鏡でネクタイを整《ととの》えた。ふと、鏡の中の自分を見つめて笑ってしまう。今までで一番パパみたいな姿をしているような気がしたからだ。俺の人生には父親の影が薄い。実の父は小さい頃に死んでしまった。信吾義兄《しんごにい》さんだって生前にはほとんど親交はなかったのだ。

大学の入学式でネクタイが上手《うま》く締められなくて焦《あせ》ったことを思い出す。あの時は祐理《ゆり》姉さんが呆《あき》れながら直してくれた。でも姉さん、考えたらさ、俺、ネクタイ締めるような人と一緒に暮らしたことないんだよ。今では、共に大学時代を過ごしたオシャレな仁村《にむら》の助けもあってネクタイの締め方も三種類くらいは使い分けできるようになっている。

「よし、大丈夫だな」

「アラ、ゴメンナサイ。ネクタイくらい直してあげたかったノニ」

ニコニコと見送りに来てくれたのは、サーシャさんと三姉妹だ。

「叔父《おじ》さん、今日、最終面接なんですよねっ。頑張《がんば》ってください！　あたし、応援してます」

「お兄ちゃん、緊張しちゃダメだよ。普段通りにしてたらいいんだからね」

美羽《みう》ちゃんと空《そら》ちゃんからエールを送られる。制服を着た美少女二人に励《はげ》まされて、気合いが入らないなんて男じゃない。まして、この子たちは俺の娘みたいなものなのだ。

「うん、頑張るよ」

力強く頷《うなず》く。今日の最終面接は誰もが知る大手企業だ。しかも本社は新宿《しんじゅく》にある。転勤不可のエントリーシートを書いてもここまで残してくれただけに、大本命とも言える。今まではここまで残れなかったので、もしかしたら運転免許を取ったことが功《こう》を奏《そう》したのかもしれない。

莱香《らいか》さんからも応援のメールが届いている。みんなの気遣《きづか》いが嬉《うれ》しい。

「おいたん、がんばってね！　ひなも、ずーっとおうえんしてるから！」

「ああ、ひな。俺、頑張るよ」

力強い天使の励ましに、俺は笑顔で応《こた》えた。サーシャさんが満面の笑みを浮かべた。

「ジャ、今日は、コレで送り出しまショ！」

彼女が取りだしたのは、妙に黒っぽい以外はなんの変哲もない石ころだった。

「なんです？　それ」

「コレはヒウチイシよ」

火打ち石か？　名前の通りの火をつける時に使うアレか。

「なんでまたそんなものを……」

「ニホンではオシゴトに出かけるダンナ様にはこうやって……」

サーシャさんはカチカチと火打ち石を打ち合わせて俺の背中に向けて火花をとばす。

「ネ？　こういうのキリビって言うのヨネ」

「へぇ、よく知ってますね」

「キリビってなに？」

見ると空ちゃんたち姉妹が不思議そうに火打ち石を覗《のぞ》き込んでいた。そうか、さすがに三人とも知らないか。最近はテレビでもあんまり時代劇やってないしね。切り火とは、厄除《やくよ》けなどの意味を込めて玄関で火打ち石を叩《たた》き火花を飛ばす験担《げんかつ》ぎの一種だ。

「あー、時代劇で見たことあるかも！」

と、テレビドラマ大好きな美羽ちゃんが声を上げた。

「ていうか、ママはどこでこんなの覚えてきたの」

「こっちでシゴトをはじめたからニホンの文化を勉強シてるの。それでドラマとか見てるンだけど、そしたらジダイゲキにハマっちゃっテ。コレ、一度やってみたかったノ。エっと、こういうのゴウニイレバゴウニシタガエって言うのヨネ？」

なんかちょっと違うけど、まあいいか。そうか、ここ最近サーシャさんの作る料理が和食ばかりなのはそういうわけだったのか。そういえば、美羽ちゃんもなかなかドラマに影響されやすいタイプだった。なんというか、親子だなぁと思う。

「デモ、ユウタがドウシテモって言うならロシア式でもイイわヨ？」

「あの……ロシア式って？」

「モチロン、力一杯のハグと情熱的なキスヨ！」

「いえ！　これで充分です！」

カンカン、と場を清《きよ》めるような音が響き、火花が散る。

「ウン、これでダイジョウブ。ユウタ、今日はきっと上手くいくワ」

満足そうなサーシャさんに、美羽ちゃんが小悪魔《こあくま》的な笑顔を浮かべる。

「ママばっかりずるい。じゃあ……叔父さん、あたしも！」

そう言うと、美羽ちゃんは俺の手を引っ張る。つんのめった俺の頬《ほお》に、温かな感触。

「ふふっ、勝利のおまじないです！」

ほっぺにキスされてしまった。赤い顔になる俺と美羽ちゃん。空ちゃんが悲鳴を上げる。

「み、美羽っ！　何してるのよっ！」

「お姉ちゃんも、おまじないしてあげたら？」

「なっ、なっなっ……そんなのっ！　恥《は》ずかしいでしょっ！」

「そう？　叔父さんの勝負の日なんだからお姉ちゃんが一番にしてあげればよかったじゃない」

真《ま》っ赤《か》になっている空ちゃんに、美羽ちゃんは澄《す》まし顔だ。

「アラアラ、さすがミウ。ヨウシャないワネ」

苦笑するサーシャさん。ところが、その隣でひなが何故《なぜ》か難しい顔をしていた。

「そらねーたんは、一ばんにおまじない……したかったの？　一ばんがよかった？」

「えっ、う、ううんっ。ひな、お姉ちゃんは、そういうこと言ってるんじゃなくてっ」

なぜか慌《あわ》てて手を振る空ちゃん。俺は、ひなを抱き上げた。

「じゃあ、ひなもおまじないしてくれるかな。おいたん、頑張るから」

ひなは、空ちゃんの顔と俺の顔、そして美羽ちゃんとサーシャさんを見る。

何故か、ひどく迷った様子で、それでも結局、俺の頬にキスしてこう言ってくれた。

「がんばれ、おいたん！」

「おう！」

三姉妹の応援があれば、俺は無敵になれる。目指せ正社員！　自宅通勤！

俺は、胸を張って玄関を出たのだった。


俺はまず新宿にある大学に向かった。面接の時間までかなり余裕がある。卒論の執筆もそろそろ佳境だ。この分ならたぶん冬休みより前に片がつくだろう。教授からもお墨付《すみつ》きをもらって、少しだけ気が楽になる。少しだけ軽い足取りでキャンパスをあとにする。面接前に軽く食事でもしておいたほうがいいかもしれない。だけど、スーツを汚したら困る……

「君、ちょっといいかな」

つまらないことを考えていた俺に、その男は突然声をかけてきた。

「悪いね、ちょっと聞きたいことがあるんだが」

鋭い眼光を放つ男は、ただならぬ雰囲気《ふんいき》を纏《まと》っている。俺が答える前に、男は動いた。

「この写真の男を知っているかい？」

そう言いながら男はスマートフォンの画面を俺に見せてくる。そこに映っていたのは……

「んおっ⁉」

思わず声が出てしまった。だって、そこに映っていたのは俺のよく知る男——仁村浩一《こういち》その人だったからだ。こちらの反応に気づいた男は、鷹《たか》のような目つきになる。

「知っているんだね？　もしかして親しいのかな。できれば彼が今どこにいるのか知っていたら教えてもらいたいんだけど」

「し、親しいっていうか、同じ学部なので……あと、かなり有名なやつなので」

「なるほど、確かに君の前に話を聞いた学生も同じことを言っていた。この男は女性とみれば誰彼構わず声をかけるナンパ男だと」

「は、はは……まあ、そうですね」

仁村には悪いが否定はできなかった。いや、それよりもだ。咄嗟《とっさ》に誤魔化《ごまか》してしまったが、なぜ仁村を捜《さが》しているんだ？　この男は何者なのだろう。俺はあらためて観察してみる。短く刈《か》り揃《そろ》えた髪に薄い色のサングラス、口ひげ、そして服の上からでもわかる妙に筋肉質な身体《からだ》。どう見ても普通のサラリーマンと思えない。そう、たとえば『や』のつく自由業の方々……？

しつこい質問に生返事を繰り返すと、男は諦《あきら》めたのかやっと解放してくれた。

「もし、居場所がわかったら、連絡もらえるかな。もちろん、それなりのお礼はさせてもらう」

「は、はいっ」

俺は思わず名刺《めいし》を受け取る。男が立ち去ってからその名刺を見ると名字と電話番号、それにメールアドレスのたった三つしか書いていなかった。怪しい。とてつもなく怪しい。

「おいっ、瀬川！」

呆然《ぼうぜん》としていた俺に駆け寄ってきたのは、文学部の悪友、吉岡《よしおか》と小出《こいで》だった。

「瀬川、おまえもさっきのやつから仁村のこと聞かれたか？」

「ああ、そうだけど……」

小出はやや興奮気味に聞いてくる。

「やっぱそうか、俺らも聞かれたんだよ、さっき。つーか仁村のやつ今度こそマジでやばい女に手を出しちゃったんじゃねえのか⁉」

「間違いない。ありゃヤクザだろ」

就活のために髪の色を黒くした吉岡が、ずばり核心をついてきた。

「や…まさかそんな……」

最悪の予想を吉岡もしていたらしい。仁村、何やってるんだよ！

「瀬川、おまえ仁村がどこにいるか知ってるか？」

「いや、俺も最近はあまり会ってないけど、前に会った時は普通だったぞ」

「やべーって伝えてやれよ。俺もメールはしといたけど、返信ナシなんだ」

「あ、でも、あんまり深入りして、お前まで狙《ねら》われないように気をつけろよ。なんたって三姉妹がいるんだから、瀬川は自分を大事にしないとな」

うう、小出、ほろりとすることを言ってくれるじゃないか。

「ああ、気をつけるよ。ありがとうな」

キャンパスに戻る二人を見送って、俺はすぐに佐古《さこ》先輩に電話をした。

「佐古先輩！　た、大変なんです！　仁村がっ、仁村がっ」

『落ち着きたまえ瀬川くん。大変だけじゃ何が起こっているかわからないよ。まずは深呼吸だ』

佐古先輩に言われた通りに深呼吸。そうだ、落ち着いて冷静に対処しないと。

まずは今、何が起こっているのか先輩に伝えるんだ。

『ほう……仁村くんが何者かに追われていると？』

一通りの状況を説明すると、佐古先輩は少し声のトーンを落とす。

電話の向こう側でも先輩が真面目《まじめ》な顔をしているだろうことは伝わってくる。

「しかもですよ、仁村のことを根掘り葉掘り聞いてきた男、なんかもうどっからどう見てもカタギじゃないっていうか、すごい殺気を放ってるっていうか！」

『だから落ち着くんだ。心配なのは判るが憶測《おくそく》で悪いことばかり想像しても意味はないよ。それより、仁村くんとは連絡が取れたのかね？』

「いえ、まだです。それにさっきの男にあとをつけられて電話聞かれたらマズいと思って」

『それは良い判断だ。君はそのまま連絡はせずにいたまえ。仁村くんのことは僕に任せるんだ。君はこれから面接だろう』

「いや、でも……」

『捜しているということは、仁村くんはまだ見つかっていないということだ。彼がしぶといのは君もよく知っているだろう』

「そう、ですね……」

女性関係で何度もトラブルに見舞われても、なんだかんだで大ごとにはならずにすんできた男だ。今回もそうだと信じよう。

『それより、君も注意したまえ』

「さっき、小出にも言われましたけど……そんなに危ないんでしょうか？」

『相手の素性が判らない以上、気をつけるに越したことはないということだよ』

それから佐古先輩に安全策として尾行されていないか確認する方法や、判らないまでもそれを上手く巻く方法とかを伝授してもらった。電話を終えると、俺は大きく息を吐《は》く。

「よし、とにかく今は面接に行かないと」

仁村のことは心配だが、今、俺にできることはないのだから気持ちを切り替えよう。

「あ、そうだ、萊香さんにも伝えておいたほうがいいよな」

仕事中にこんな連絡をしたら心配させてしまうかもしれない。俺は躊躇《ちゅうちょ》する。

だけど、何も知らせないままあとから聞かされるのはきっと萊香さんはすごく嫌がるはずだ。

俺は現状をメールすると、まずは今日の戦場に向かう。俺は、土壇場《どたんば》に強い男だ。そう自分に言い聞かせて。


萊香は職員室で祐太からのメールを見ていた。『仁村がピンチかもしれません』そんなタイトルのあとに状況を知らせる内容の文面が書いてあった。最後は「萊香さんは心配しないでください。俺たちが何とかします。また報告しますね」で結ばれている。

なんとも祐太らしい不器用だが気遣いのあるメールに莢香の顔からは微かな笑みが零《こぼ》れる。

莢香《おだ》は返信せずにスマホを鞄《かばん》に戻す。終業の時間までは、きちんと規則を守らなければ。

「織田先生、今夜の懇親会《こんしんかい》のことでちょっとご相談が」

その時、男性教師から機嫌のいい声が投げかけられた。莢香はすっかり忘れていたが、懇親会は「教師同士の交流を深めよう」という目的で月に一、二度行われている単なる飲み会だ。既婚《きこん》女性はほとんど来ない愚痴《ぐち》に満ちた交流会に、莢香は一度で興味をなくしたのだが、社会人の悲しさ、強く誘われて仕方なく今も参加していた。よりによって今日もあったとは。

「場所は駅前の居酒屋さんなんですけど、ここの軍鶏鍋《しゃもなべ》は絶品ですよ。お酒の種類なんかも豊富で……あ、織田先生って日本酒いけます？」

ニコニコと嬉しそうに話す男性教師を前に莢香はまったく別のことを考えていた。仁村は大丈夫だろうか。間違いなく女性関係のトラブルだと思うが、彼は百戦錬磨《れんま》だ。簡単に捕まりはしないだろう。ロ研時代のいろんなことが思い出されて、莢香は久しぶりに心が沸《わ》き立つのを感じていた。自分にメールをくれた祐太の、仲間の繋《つな》がりを感じさせる心遣いが嬉しかった。

「それで、二次会は近くのカラオケボックスで……って、織田先生？　聞いてます？」

莢香の脳裏《のうり》にひらめくものがあった。おそらく仁村が向かう場所はあそこだ。ちょうどタイミングよく、終業のチャイムが鳴る。今からは、織田先生ではなく、ロ研の織田莢香の時間だ。

椅子《いす》を鳴らして立ち上がると、莢香は男性教師に無表情に告げた。

「すみません、今日は参加できなくなりました。会費は払いますので、請求してください」

「えっ、あ、いや、そんな急に⁉」

「すみません。これから用事がありますので。では」

萊香はそう言い切ると、顎《あご》が外《はず》れそうな顔の男性教師を残して颯爽《さっそう》と職員室をあとにした。

その後、その男性教師は萊香の機嫌を損ねたのではないかと独身軍団に責められることになるのだが、それは萊香にとって、あまりにも取るに足らない出来事であった。


せっかくみんなに送り出してもらった最終面接だ。仁村のことはいったん置いて、真剣に取り組まないと。そうは思っても、ふとした隙《すき》に仁村の心配をしてしまうのは止められなかった。

仁村のことだからきっと大丈夫だろうとは思うのだが、今回ばかりはなんだか胸騒ぎがするというか、あれはただごとじゃないような気がする。

仁村の実家に連絡したほうがいいだろうか。もしかすると俺の思い過ごしで明日には仁村のやつがひょっこり現れるかもしれない。そうなるとむやみに騒ぎ立てて心配をかけるのは申し訳ない。逆に全部俺たちの取り越し苦労で今頃は実家に帰っていて、「いやー、またドジっちゃった」とかヘラヘラ笑いながら言い放つ……なんてことも仁村ならないとは言い切れない。

などとひとりでいろいろと想像を巡らせながら、何とか面接を終え家路を歩いていた時だった。突然、物陰《ものかげ》から現れた何者かが俺の行く手をふさいだ。その男は、トレンチコートに大きめの帽子《ぼうし》をかぶり、さらにはサングラスにマスクまでしている、どこからどう見ても一分の隙もなく完全に不審者だった。すぐさま佐古先輩や小出に言われた言葉が頭をよぎる。『君も注意したまえ』『自分を大事にしないとな』俺だけの問題じゃない。もしも、三姉妹に何かあったらとマズいと、わざと電車を何度も乗り換えたし、遠回りして家に帰っているのに、先回りされていた。その事実は俺の素性《すじょう》や仁村との関係まで知られていることを意味していた。まさか、空ちゃんたちにも……！

「だ、誰だ……昼間の男の仲間か！」

俺は、背中に冷や汗がつたうのを感じながら不審者に向かって言い放つ。

ところが、不審者は途端にバタバタと慌てはじめた。

「ちがうよ！　オレだよ、オレ！」

すると、男がサングラスとマスクをとってみせる。そこに現れた顔は——

「って、仁村⁉」

「しーっ！　瀬川ちゃん、声が大きいって！　事情はあとでちゃんと説明するからっ。それより、こんな人目につく場所にいるとやばいんだ！　瀬川ちゃんちに入らせてっ」

仁村はしきりに辺りを気にしながら言った。相当、追い詰められてる感じだった。

「判ったよ。判ったから落ち着け」

「ありがとう、瀬川ちゃん……持つべきものは友達だよね……」

仁村は珍《めずら》しく涙目になって言う。よく見ればやたら疲れた顔をしているし、服はあちこち汚れ、いつもはふんわりナチュラルにセットしてある髪もぼさぼさだった。

ずいぶんひどい目にあったみたいだな。今に痛い目見るとは言ったけど本当になるとは。

俺はよれよれの仁村を抱えるようにして自宅に招き入れたのだった。


我が家は、ちょうど夕飯時だった。最終面接の結果はまだ出ないけれど、努力賞ってことなのか、豪華《ごうか》な手料理が並んでいる。ところが、三姉妹はぽかんと口を開けて一点を見つめている。俺とサーシャさんも同様だった。仁村の様子が、面白《おもしろ》いのだ。

「いやー、咄嗟に逃げ出したはいいけど財布を落っことしちゃってさー。家に帰ろうにも連中に見張られてるから近《ちか》づけないし、携帯は電池切れだしで、もう困っちゃって」

仁村は夕飯をもの凄《すご》い勢いでかきこんでいた。いつものスマートかつ小洒落《こじゃれ》た様子はどこへやら、体育系の部活から帰ってきたばかりの少年みたいな食いっぷりだ。美羽ちゃんが、驚いた顔で仁村に麦茶を注《そそ》ぐ。目だけでお礼を言って、仁村は食べるのを止《や》めなかった。

「仁村さん、すごい食欲ですね。そんなに食べてなかったんですか？」

美羽ちゃんの問いに、仁村はやっと口を開く。

「うん。だいたい丸二日くらい何も食べてなかったんだ」

二日と聞いて、ひなは目を丸くした。仁村は肩を落とす。

「……それに、八王子《はちおうじ》からここまで歩いてきたし」

「歩いて⁉　それってすっごい距離ありますよね⁉」

「オレもまさか学祭のイベント以外でこの距離を歩くとは思わなかったよ」

ちなみに我が多摩《たま》文学院大学には八王子キャンパスから新宿キャンパスまで夜通し歩くという謎の伝統行事がある。俺と仁村は一年の時に参加して、その時に「もう二度と参加しない」と心に固く誓《ちか》っていた。そのくらいツラくてしんどいイベントだったのだ。仁村はヘラヘラと笑っているが、飲まず食わずで一晩歩き通しというのは相当堪《こた》えたはずだ。

「丸二日ぶりの食事っていうのもあるけど、サーシャさんの作る料理は美味《おい》しいなぁ。なんていうの、お袋の味ってやつ？」

「ソレ、作ったのワタシじゃなくてソラヨ」

「え？　空ちゃんが作ったの？　いつの間にこんな腕を上げたの。これならいつでもお嫁に行けるね！　ってか、大学生になったらまず俺がほっとかないけどね！」

「え、遠慮《えんりょ》しておきます」

疲労と極限状態のせいか、仁村は妙《みょう》にテンションが高い。

「ふー、食った食った。いや、生き返りました。ごちそうさまでした」

テーブルの上に何もなくなった頃、仁村は殊勝《しゅしょう》な態度で頭を下げる。

「いや、それはいいんだけどさ。いつも仁村にはご飯作って貰《もら》ってたんだし。それより、何があったのかを……」

俺が問いただそうとした時だった。ピンホーン、と玄関のインターフォンが鳴る。

「えっ、こんな時間に……？　まさか……」

不安そうな声を出したのは……仁村だった。おい、なんだよ、その怯《おび》えよう。とはいえ、放っておくわけにもいかない。俺は、少しだけ緊張しながら玄関に向かう。

「……はい、どちら様ですか？」

恐る恐るドアを開けた俺を待っていたのは、どう見ても不審者以外の何者でもないよく知った人物と、街灯の明かりに照らされて冴《さ》え冴《ざ》えと輝く美貌《びぼう》の女神だった。


久しぶりに口研のフルメンバーと三姉妹、そしてサーシャさんが集まって仁村を囲んでいた。

何だか、仁村の妹さんが家出した時を思い出すな。腕組みした佐古先輩が口を開く。

「それで、なんであんなヤバそうな人に追われてるんだね？」

仁村は言いにくそうに目線を彷徨《さまよ》わせる。

「おい、みんなにこれだけ心配かけたんだから、事情くらい聞かせろよ」

「う……判ってるんだけど、これ以上迷惑は……」

「洗いざらい話したまえ。今さら水くさいじゃないか」

「佐古先輩の言う通りだ。俺たちに遠慮するなよ」

「大丈夫、私たちは……仲間」

珍しく、茱香さんも熱い言葉を口にする。

仁村は、感動したように顔を上げ、鼻を啜《すす》った。

「ありがとうございます……全部、話します。実は、オレを追ってるのは警察なんです」

………警察って？　みんなが一斉《いっせい》に黙り込む。やっと起動したのは三分は経《た》っていたろうか。

「瀬川くん」

「はい、佐古先輩」

佐古先輩が目で合図を送ってきたので、俺は仁村の後ろにまわって羽交《はが》い締《じ》めにした。

「え？　ちょ、なに？」

困惑する仁村。すかさず佐古先輩が次の指示を出す。

「織田くん、一一〇番だ」

「了解」

続いて萊香さんがスマホを取り出した。

「ちょーっ！　まっ！　待った待った！　待ってください！　ていうかさっきまでの熱い友情はどこに行ったんですか⁉」

「仁村、友達にきちんと罪を償《つぐな》わせるのも友情だろ？　友達に説得されて警察に行くっていうのは、自首扱いになるはずだから、少しは罪も軽くなるよ」

「なんかいいこと言った風《ふう》だけどそれってオレのことなんも信用してなくね⁉　いや、瀬川ちゃん、最後まで聞いてよ。そもそもオレはなにもやってないってば！」

「……犯罪者はみんなそう言うんだ。残念だよ、仁村」

「瀬川くん、その通りだ。女癖《おんなぐせ》は悪くても本当はいい奴だと思っていたのだが……やはりリア充にはいい奴などいないのだな。僕は絶望したよ。やはり信じられるのは天使だけだ！」

「お願いだから話を聞いてーっ！」

ジタバタと暴れる仁村を俺と佐古先輩の二人がかりで取り押さえる。

「ちょっと、叔父さんたち！　気持ちは判るけど落ち着いてくださいっ！」

「そうだよ、お兄ちゃん。一応、仁村さんの話も聞こうよ！」

美羽ちゃんと空ちゃんが止めてくれる。いやでも、万一犯人をかくまったとか言われて空ちゃんたちに何か悪い噂《うわさ》でもたったら……躊躇《ちゅうちょ》する俺の手を、ひなが引っ張った。

「おいたんっ！　ひとのはなしはさいごまできかなきゃだめなんだおー！　わるいこでも、きちんとおはなししないとなかなおりできなくなるんだから！」

「ひなちゃん、偉い。さすが一年生」

あ、萊香さんがいきなり裏切ってスマホをしまいました。

「祐太《ゆうた》、会長。仁村くんの話、最後まで聞こう。言い訳はさせてあげないと。うん」

そう言って、萊香さんは心配そうな三姉妹を抱きかかえて確保する。

「ソウネ、コーイチは、そんなハンザイが犯《おか》せるホド、オオモノじゃないとオモウワ」

何事もなかったかのように人数分のお茶を用意してくれていたサーシャさんが笑う。

「フッ……ありがとうございます。やっぱり、美しい女性は真実を見抜くんですね」

いや仁村。確かに女性陣は庇《かば》ってくれてるけど、全然、信用はされてないからな。

気づけば時間は十時をまわっていた。サーシャさんがひなを寝かしつけてくれている間に、少し時間をおいてみんな落ち着いてから仕切り直すことになった。

「で、犯罪じゃなかったらなんで警察に追われてるんだよ」

「実は、オレが最近お付き合いしてた子がさ、警察官だったんだよ」

仁村の話によると、ちょっと年上でキツめな美人のその女性は最初自分はＯＬだと名乗っていたらしい。非常に身持ちの堅い子で、口説《くど》くのには苦労したと仁村は自慢げに語ったが、正直どうでもいい情報だった。重要なのはこのあとだ。実はその彼女は新人とはいえ現役バリバリの警察官だった。しかもただの警察官ではなかった。正確には彼女がではなく、彼女の父親が警視庁のキャリア官僚《かんりよう》だったのだ。それも、トップクラスの役職らしい。

「ある日、いきなり人相《にんそう》の悪い人たちが大挙《たいきよ》して押しかけてきて、わけが判らないまま彼女の実家に連れていかれたんだよ。そんで彼女のお父さんが開口一番こう言うわけ。『うちの娘と交際したければ、警察官になれ！　俺が鍛《きた》え直してやる！』って」

「なんかすごいな、そのお父さん……」

彼女がどういうつもりだったのか判らないけど、父親の気持ちは判る。仁村みたいなちゃらちゃらした男に娘は任せられないって思ったんだろうな。でもまあ、娘が気に入った男と付き合うこと自体は認めているわけで……うん、俺よりは心が広いかもしれない。

「それで、仁村くんはどうしたんだね」

「そりゃ逃げましたよ！　そしたら彼女のお父さんが『うちの娘を弄《もてあそ》んだ！』って大激怒しちゃって、しかも彼女、警察官の間じゃファンクラブ的なものがあるくらい人気だったらしく、都内の警察官たちにあっという間にオレの顔写真が出回っちゃって……」

犯罪者じゃないから警察としては動けないものの「俺たちのアイドルに手を出した若造に警察官の底力を見せてやる」とばかりに非番の警察官《ファンクラブの会員》たちが仁村の捜索《そうさく》を始めたというのだ。

俺と佐古先輩、そして莱香さんはアイコンタクトで合意する。

「仁村、諦《あきら》めて警察官目指せば？　公務員は安定してていい職業だよな」

「うむ、それがいい。というわけでこの件は一件落着だ」

「仁村くん、おめでとう」

俺たちは拍手で送りだすことにした。

「ちょ、ちょっと待って！　諦めるの早くない⁉」

仁村は納得いかないらしく俺にすがりついてくる。

「うん。警察官って市民を守る立派な職業だよね。仁村さん、頑張ってほしいな」

「そーだね。仁村さん格好いいから、制服似合いそうだし！」

空ちゃんと美羽ちゃんもちょっと視点は違えど俺たちと同意見だった。

「え？　空ちゃんと美羽ちゃんがそう言うなら……って、いやいや！　そうじゃなくてさ！　警察官になるのって試験めちゃくちゃ大変なんだって！　なってからも昇進試験だのなんだのって勉強しなきゃいけないし、オレにも一応は将来の目標的なものがあるんだよ⁉」

「なんだよ、その目標って」

「……社長になって社員をみんな可愛い女の子にするんだ」

うん仁村。そんな夢、初めて聞いたよ。追い詰められすぎて頭がお花畑になっているらしい。

とはいえ、本人には本人の目標や夢があるのだから、周りから無理矢理決められるのは可哀《かわい》相《そう》だ。さて、そうなるとこの先どうするか、だ。

「相手がケイサツなら、この家もすぐに見つかるんじゃないカシラ？」

ひなを寝かせて戻ってきたサーシャさんが首をかしげた。言われてみれば仁村が頻繁《ひんぱん》に俺の家に遊びに来ていることはすぐに調べられるだろうから、バレるのも時間の問題だろうな。

「じゃ、じゃあオレどうしたらいいの⁉　もう瀬川ちゃんちくらいしか頼れるとこないよっ」

「ワタシのジムショにクる？　オフィスのほうならいいワヨ。ベッドもナニもナイけど」

「いやいや、池袋《いけぶくろ》や新宿からは離れたほうがいいんじゃないですか？　人目も多いですよ」

警察から逃げるなんて考えたこともないから難しいな。その時、佐古先輩が眼鏡を光らせた。

「実は僕に一つ心当たりがある。人目につかず住み込みで働けて、ついでに女性もいっぱいだ」

「ほんとですか⁉」

仁村の目が輝いた。たぶん、「女性もいっぱい」がツボだったんだと思う。判りやすい。

「さあ行きましょう！　すぐ行きましょう！　今すぐ行きましょう！」

「落ち着きたまえ、仁村くん。今日はもう遅い。明日になってからだよ」

さっきまで泣きそうになってた男が今度は大喜びしていた。

「やっぱおまえ、警察学校で根性叩き直してもらったほうがいいんじゃないのか」

「やだよー。ていうかさ、むしろ警察官みたいな堅い職業は瀬川ちゃんに向いてると思うんだよね。どう？　オレの代わりに今からでも」

「んなことしたら就職浪人まっしぐらじゃないか。それだけはどうしても避《さ》けたいから毎日必死で就活してるんだぞ」

「はは……今までいろんな修羅場《しゅらば》をくぐってきたつもりだけど、今回ばかりはもうダメかと思ったよ。まさか警察官を使ってオレを追い詰めるなんて、女って怖い……」

いや、追い詰めてるのは彼女さんじゃなくて彼女のお父さんだと思うぞ。まあ、この調子じゃすぐに別れるだろうな。しかし、ちょっとホッとしたよ。本当に何か犯罪に巻き込まれたのかと思った。でも安心してみると、俺も人の心配してる場合じゃないんだよな……

「「はあ……」」

俺と仁村が二人してため息をつくと、釣《つ》られたように佐古先輩までため息をつく。

「うむ、人生の岐路《きろ》というヤツだね。考えてみれば、僕も同じだよ。君たちがいなくなって、八王子の部室には僕しかいないんだ……。美羽様やひな様と会うこともできず、路上観察で面白い電柱や建造物を眺めても、昔ほど心が沸《わ》き立たない。思えば、織田くんに出会ってからだ。人間観察を楽しむ君を見て、僕も初めて天使以外の人間に興味が湧《わ》いたのかもしれない。織田くんのおかげで瀬川くんも仁村くんも来てくれたわけだし……はあ、織田くん、瀬川くん、仁村くん……君たち、もう一回、一年生に入学し直して僕と口研を……」

「会長、ウザい。祐太も仁村くんも、今日は、ウザい」

かくして妙に落ち込んでしまった男子三人は、莱香さんをはじめとするたくましい女性たちに冷たい目で見られることになった。全部仁村が悪いと思います。はい。

翌日、俺たちは羽柴《はしば》さんが運転する車で八王子へと向かった。

わざわざ羽柴さんを呼んだのは「相手は警察だ。公共の交通機関を使えばすぐに足がつく」という佐古先輩の主張からだった。そんなわけで莱香さんの車ではなく直接は仁村との繋《つな》がりがない羽柴さんが送るという徹底した隠蔽《いんぺい》工作だ。巻き込んですみません。

あまりに手慣れているので以前にもなにかあったのでは……と佐古先輩を疑ったのは内緒だ。

車は一路八王子を目指して走り続け、やがて駅の裏手にある懐かしいあの店の前で止まった。

「あらぁ！　仁村クンも瀬川クンもお久しぶりじゃなぁい！」

野太い声で出迎えてくれたのは、カフェ＆バー・クリエのオーナーのヒロミちゃんだった。

「ヒロミちゃん、電話で伝えた通りだ。悪いがしばらく彼をかくまってあげてくれたまえ」

「んもう、そのくらいお安いご用よ。それに、仁村クンなら大歓迎だわ」

「ちょっと待ってくださいよ！　隠れ家ってクリエですか！」

「何か問題があるかね。仕事は慣れたものだし店の奥にはひとりくらいなら寝泊まりできるスペースがある。ついでに客もあまり来ないので見つかる心配も薄い。至れり尽くせりじゃないか。警察にしても、新宿や池袋ならともかくここまでわざわざ探しに来ないだろうしね」

まあ、言われてみればそうかもしれない。しかも、八王子には仁村が借りっぱなしにしている六畳一間のアパートもあるのだ。クリエは死角と言えそうだ。

「フフッ、警察はウチの店には近づかないわ。大人の世界はいろいろあるのよ？」

ヒロミちゃんのウインクには、異様な説得力があった。ところが、仁村はご不満のようだ。

「百歩譲《ゆず》って、隠れ家として最適なのは認めますけど、肝心《かんじん》の女の子がいないじゃないですか！」

そこ、肝心なのか？　目的変わってない？

「あらぁ、女の子ならいるわよ。ねー、みんな、出てらっしゃい？」

ヒロミちゃんが声をかけると、店の奥から綺麗《きれい》どころが飛び出してくる。

「あー、仁村くんだ！　久しぶりっ、話は聞いたよっ」

「なんか、追われてるんだって？　すっごい、ドラマみたい」

「ねえねえ、どんな悪いことしたの？　やっぱり不倫《ふりん》？　不倫なの!?」

現れたのは、言うまでもなく多摩文学院大学テニスサークルの皆さんです。

「ごめんね、うちの後輩たちにバレちゃった。その代わり、奥の部屋、寝泊まりできるように片付けといたから。お布団《ふとん》は、ヒロミちゃんのお下がりだけどね」

現会長のミキちゃんが申し訳なさそうな顔で手を合わせた。

「もう、みんな騒いじゃダメだって。仁村くんは逃亡犯なんだからね」

「はーい、会長すみませーん」

「いや、ミキちゃん……オレべつに犯罪者とかじゃないんだけど……」

心配するな仁村。誰も聞いてない。ついでに言えば、無罪とはちょっと違う状況だしな。俺は、お父さんに同情する気持ちも大きいのだよ、判る？

「それじゃ、今日は仁村くんのためにぱーっと飲みましょうか！」

ミキちゃんの音頭《おんど》で、女の子たちが歓声を上げる。ヒロミちゃんも満面の笑顔だ。

「いいわねーっ！　住み込みのイケメンアルバイトが来た記念よ！　今日はサービスするわ！」

「やった！　ヒロミちゃん話せる！　仁村くん、あたしの好きなカクテル覚えてる？」

「はいはい。ミキちゃんはモスコミュールだよねー」

ミキちゃんに促《うなが》されて、落ち込んでいたはずの仁村はいきなりエプロンを着け始める。

さっきまでの落ち込んでいた様子はどこへやらだ。まあ約束通り女の子がたくさんいたから満足なのかもしれない。俺はニコニコしているミキちゃんにグラスを渡す仁村のイケメンぶりに、微《かす》かな嫉妬《しっと》を覚えたりするのだった。


仁村のことも片付いたし、俺はそろそろ帰ろうかと思ったのだが、サーシャさんに「家のことは任せて」と言って貰《もら》い、久しぶりに飲み会に参加することになった。

考えてみれば、先日のボーリングで久しぶりにミキちゃんたちと遊んだけど、新宿に行ってからはゼミとバイトで同期と遊ぶ機会なんてほとんどなかった。もうすぐ卒業だと思うと、これも残り少ない貴重な機会かもしれない。が、俺は肝心なことを忘れていた。酒に弱いってことを。

「どうしてなんですか！　どうして、内定取れないんですかっ」

「いや、僕に聞かれてもだね……」

「俺、そんなに欲張りですかねぇ。そりゃある程度初任給はほしいですよ、でもそこは最優先じゃないっていうか、大事なのは家から通えるってとこで、それ以外望んでない！　でも！　取れないんですよ、内定がっ」

「ちょっと、誰か助けてくれたまえ！　僕は酔っ払いと奈良漬《ならづ》けは苦手なのだよ！」

「聞いてるんですか！　佐古先輩！」

「聞いてるってば！」

俺が珍しく逃げ腰の佐古先輩と語らっていると、冷たいグラスが差し出された。

「はい、瀬川くんお水」

「あ、ありがとう、ミキちゃん」

ミキちゃんの優しさが心に染み渡る。仁村も苦笑している。

「ていうか、瀬川ちゃん、だいぶ溜《た》まってるみたいだね」

「うるせ……」

俺は水を一気に飲み干す。冷たい水が熱くなったノドに心地よかった。

「だいたい、仁村こそどうするんだよ、就職。内定もらってたんだろ」

「あー……それなんだよねぇ。内定式とか、もう近いからなぁ」

警察官の娘さんが諦めるのが何時《いつ》か判らない以上、この隠遁《いんとん》生活も終わりが見えないのだ。

「最悪、今年は諦めるよ。それか、このままここで働かせてもらおうかなー」

「あらぁ、仁村クンなら大歓迎よぉ」

ヒロミちゃんがわざわざ店の奥から顔を出して言う。

「なんなら、このまま雇われ店長になってくれてもかまわないのよ？　そしたらアタシも本業のほうに力を入れられるし」

そういえば、この店はヒロミちゃんが半分趣味でやっているのだった。

ていうか、ヒロミちゃんの本業ってなんだろう。聞きたいような、聞くのが怖いような……

「えー、仁村くんがここの店長になるの⁉」

「そしたら私たち毎日通うよねー」

「うんうん。とりあえずクリスマスはクリエで決まりだよね」

「マジで？　みんな来てくれるなら、オレ、ずっとここにいようかなーっ」

仁村ならカフェのマスターも似合うだろう。というより、なにをやらせてもそつなくこなせてしまいそうだ。正直、仁村の器用さが羨《うらや》ましい。仁村がテニスサークルの面々と「自分が店長になったら」の話で盛り上がっているのを横目に、俺はまたなんとも言えない気分になる。

これが内定を取れる人間と取れない人間の差なのだろうか。

「やれやれ、仁村くんのあの切り替えの早さはどうなっているのだろうね。つい昨日まで死にそうな顔をしていたというのに気楽なもんだ」

「そう言う佐古先輩はどうなんですか」

「なんだい瀬川くん、まだ僕に絡み足りないのかね」

「違います。俺たちが卒業したら、ロ研は佐古先輩ひとりになっちゃいますよ。いいんですか？」

するとと佐古先輩は珍しく真面目な顔をする。

「瀬川くんの言う通りだな。実は、そろそろ僕も卒業というものをしてみようかと思ってね。卒業論文の作成に取りかかってはいるのだよ」

「え……本当、ですかっ⁉」

　一気に酔いが覚めるほど驚いた。

「言わば僕の路上観察研究の集大成ともなる論文だ。期待していてくれたまえ」

　佐古先輩は自信ありげに笑う。そりゃそうだろう。留年は趣味でしていただけなんだから、この人。ものすごく優秀だしすごい卒論になりそうだ。それに卒業さえしてしまえば、佐古先輩なら勤め先なんて選《よ》り取り見取りってトコじゃないか。山ほどツテはありそうだし。なんだか、自分だけが足踏みをしているようなそんな気がしてしまう。情けない。

「はぁ……内定ほしいなぁ……もう面接もエントリーシート書くのも疲れたよ」

「……祐太、気にしすぎ」

　俺と佐古先輩に背中を向けてる位置でちびちびお酒を飲んでいた莱香さんが呟《つぶや》いた。

「え……？」

「祐太にはいいところがたくさんある。堂々としているべき」

　言い切る言葉は力強いが、いかんせん、自信を持つには結果がですね……

「むしろ、企業に見る目がない。私なら、祐太にすぐ内定を出す」

「はは……ありがとうございます」

「何故笑うの？　私は本気」

　情けない顔をしてしまう俺に、莱香さんはきっ、とキツイ視線を向ける。真《ま》っ赤《か》な顔で。

「私なら、いつでも祐太を採用する。どうして笑うの？」

「ら、萊香さんっ……か、顔が、顔が近いですっ！」

「近いと何が問題？」

ぷう、とふくれる萊香さん。モチロン問題なんてないですが、それが大変問題な気がしますがっ！　ら、萊香さん、酔ってるでしょ!?　吐息《といき》がかかる距離で、萊香さんが——

「確保——————————っ！」

バアンとドアがハデに開いて、入ってきたのは見知らぬ美女だった。

「仁村浩一！　乙女《おとめ》のハートを盗んだ罪で、逮捕する！」

黒髪でショートカット、スレンダーなスタイルの……美人女性警察官だった。

「あっ、あああっ！　美由紀《みゆき》ちゃんっ!?」

真《ま》っ青《さお》になった仁村の顔を確認するまでもない。逃げる原因になった女の子だろう。

「ど、どうしてここが……」

うーん、やっぱり過去にバイトしていた先なんてすぐにばれるってことかなぁ。と、思いきや、ヒロミちゃんが怒りの形相で女の子の前に立ちふさがる。

「あら……この店のこと、いったい誰に聞いたのかしら。事と次第によっては、大事《おおごと》になるわよ？」

ゴゴゴゴゴ、と不思議な擬音が響きそうな迫力でヒロミちゃんは彼女を睨《にら》む。女性警察官も負けていない。真《ま》っ直《す》ぐにヒロミちゃんを睨み返す。

「別に親の力は借りてません。この子たちに聞いてきました！」

ばっ、と彼女が後ろを振り向くと、ドアの外には……数十人の女性が仁王《におう》立ちしていたのだ。

「仁村くん……あなたって人はっ！　まさか卒業まで連絡してこないつもりだったの⁉」

「私には、コーイチしかいないって。あんなに話したのに、この人たちは、誰なのっ⁉」

口々に叫《さけ》びながら、どやどやとクリエに踏み込んでくる。ひとり増える度《たび》に、仁村の顔色は蒼《あお》くなり、最後には紙より白くなっていた。

「明美《あけみ》ちゃん、蓉子《ようこ》さん、桜《さくら》、みどりさん、聡子《さとこ》たん、香《かおり》ちゃん、真琴《まこと》さん……」

おー、全員名前覚えてるんだ。仁村すごいなー。全然羨ましくないけど。ヒロミちゃんも、毒気を抜かれたように顎《あご》をかくん、と落とす。

「え、えーと、どういうことかしら。一応、説明して貰える？」

「……仁村くんのアパートを訪ねたら、この子たちに会ったんです。みんな、仁村くんと……その、いろいろあったみたいで。それで、みんなで話し合うしかないかなって、大学を案内して貰ってたら、仁村くんのいそうな場所を知ってるって人が」

「はーい。それは、私でーす！」

元彼女軍団の後ろから現れたのは、佐古先輩の幼馴染《おさなな じ》みであるテニサーの前会長さんだ。

「せ、先輩っ！　どうして⁉」

「ふふっ、ここかな、と思ってね。仁村くん、大学中の女の子に手をつけてそのまま逃げるなんてずるいでしょ？　卒業も近いことだし、きちーんと、責任取ったほうがいいよ？」
二、三十人はいる元彼女たちと、そのリーダーのように立つ女性警察官に睨まれ、仁村はカウンターの奥で壁際に追い込まれていた。

「は、はは、ははははは。い、いやあ、俺、参ったなぁ……」

「仁村くん、どの子が一番好きなのか。はっきりして貰いたいわ。それから、父さんたちの捜査で、あなたと関係があった、ないし続いている女性が他にも沢山も見つかっているの。全員に、この場所と状況を伝えておいたから。やっぱり、こういうことははっきりさせないとね」

な、なんという男前な……。真剣な顔の女性警察官は、どん、とカウンターの前に座る。

「ピーチフィズ、お酒少なめで！」

それを皮切りに、女の子たちが仁村を囲むように座り、口々に注文を始める。刹那《せつな》、ヒロミちゃんの顔が仁王から恋する乙女に変わった。

「う――んっ！　これって、恋の修《しゅ》・羅《ら》・場《ば》♪　クリエはいつだって恋する女性の味方よ！　仁村クンっ、今日のこの子たちの飲み代、ぜーんぶあなたのバイト代に付けとくから！　心ゆくまで話し合ってちょうだい！」

「えっ、そ、そんなっ！　お、俺っ、急用がっ！」

脱兎《だっと》の如《ごと》く裏口から飛び出そうとした仁村は、いつの間にかクリエを取り囲んでいた多摩文学院大学運動部連合の皆さんに首根っこをひっつかまれてお店の中に戻らされましたとさ。

まあ、大学時代思いきり遊んだツケだと思って仁村には頑張ってほしい。

俺は酔っ払って眠ってしまった萊香さんを背中で支えながら、そんなことを思っていたのだった。ちなみに、佐古先輩も歴女《れきじょ》の幼馴染みに付き合わされて大変だったそうだ。合掌《がっしょう》。

ある日の放課後、前島大機《まえしまだいき》は唐突に気づいた。学校の空気が妙《みょう》なのだ。

廊下《ろうか》を歩けば女子が自分のことを見てなにかヒソヒソと話している。あまりよく知らない先生から「頑張れ」などと声をかけられたりする。どうやらみんなが大機のことを好意的な目で見ているらしいということは判るのだが、その理由がいまいち思いつかなかった。

そこで大機は部活の時に友人の谷修二《たにしゅうじ》に聞いてみることにした。ところがこの話をした途端に、修二が……いや、その場にいた全員がまるで珍獣《ちんじゅう》でも見ているような顔をする。

「大機、それ本気で言ってるの？」

「へ？　なにがだ？」

「空気が読めないやつだとは思ってたけど、まさかここまでとはね……」

修二が、そして陽子《ようこ》が口々に驚きとも呆《あき》れともつかない感想を漏《も》らす。

「おい、なんなんだよ！　俺、なんかしたのか⁉」

「あのね、前島くん。たぶんそれって、私たちが全国大会に行くことになったからだと思うよ」

困惑して涙目になりつつあった大機に空が優しく伝えた。合唱部は昨年準優勝に終わった地区大会で今年、見事に優勝した。強豪《きょうごう》ひしめく関東地区で優勝するのはそれだけで快挙《かいきょ》だ。しかも今年の合唱部にはひときわ注目を集めるスターが、『学園の聖女』と呼ばれるようになった空がいる。そのため部活内だけでなく学校全体が合唱部の全国大会出場に沸いていたのだ。

「マジか……そんなに盛り上がってるなんてぜんぜん知らなかった」

「むしろ大機が今まで気づいてなかったことにビックリだよ」

真相を知った大機は驚いていた。そしてすぐに満面の笑みを浮かべる。

「じゃあ、俺たち今すげー人気者ってことか⁉　まいったなぁ、こりゃ」

「ほんと、おまえは昔から切り替えが早すぎるよ……」

そんな友人に修二は呆れてため息をこぼす。

「前島くんにとって全国大会は口に咥《くわ》えた肉みたいなものね」

するとと、陽子がニヤリと笑いながら言った。

「口に咥えた肉ってなんだ？」

「肉を咥えた犬が川のそばを通りかかって、水面《みなも》に映った自分の姿を見て思わず吠《ほ》えちゃう。その拍子に肉を川に落としてしまうというあの話よ。知らないかしら？」

「ああ、つまり今まさに大機は川面に映った自分の姿を見たわけだ」

「そういうこと。あとは本番で大ポカをしないことを祈るだけだわ」

「さすが花村《はなむら》さん、いい例えだね」

「ふふ……谷くんも、理解が早くて好《この》ましいわ」

「だああ！　なんかよくわかんねーけどすっごいバカにされてる気がする！」

楽しそうに話す修二と陽子を見て、大機は雰囲気《ふんいき》の違いに気づく。なんだか二人の態度が柔《やわ》らかい。修二から告白はしたものの相変わらず保留状態らしい二人の関係だが、少しは進展したということだろうか。これは親友のために喜ぶべきだろうか。

「もうっ、二人とも意地悪しちゃダメだよ」

玉砕《ぎょくさい》したものの、まだ諦め切れず慕っている少女が優しく声をかけてくれた。感激だ。

「空さん、あなた少し勘違いをしているわ。これは意地悪ではなくて、友情の表現よ」

「やっぱバカにしてるだろ⁉」

「そう怒るなって大機。花村さんは地区予選を突破したからって浮かれるなって言いたいんだよ。言い方はきついけど、綺麗《きれい》なバラにとげがあるのは仕方ないだろ？」

クールな修二の言う通りだった。地区予選の突破はあくまでスタートラインだ。本当の勝負はこの先の全国大会だ。そのために合唱部は最後の練習に余念がない。そして彼らの間には、他にも全国大会で結果を残さなければならない理由があった。

「浮かれたりしねーよ。俺らはなんとしても全国大会で上位入賞しないといけないからな」

「だな。こんなところで満足してられない」

「そうね、空さんのためにも……ね」

全国大会でいい結果を残せば、音大を目指す空の望みが叶うかもしれないのだ。空のために頑張ろう！　誰が言い出したわけでもなく合唱部の中には自然とそんな空気が広がっていた。

そのおかげか、部員全員が一丸となって練習に集中していた。

「みんな……ありがとう」

空は嬉しそうに、でもほんの少しだけ申し訳なさそうに笑う。

「あのさ、小鳥遊《たかなし》……」

「ん？　なに、どうしたの前島くん」

「えーと、あー……」

前島大機は、今でも小鳥遊空が好きだった。空気の読めない彼ですら、もう空が自分以外の誰かを思っていることは知っている。これ以上困らせるつもりはない。一方通行の気持ちだとしても、大機は空のために頑張りたい。でも、うまく言葉にできる器用さはなくて。

「が、がんばろうな、全国大会」

「うん。がんばろうね、みんなで」

大機が精一杯紡《つむ》いだ言葉に空は笑顔で応《こた》えてくれる。その笑顔が眩《まぶ》しくて痛い。

初めて会った時には、引っ込み思案で男子と話すことすら苦手だった内気な少女は、今や誰もが憧《あこが》れる美しく淑《しと》やかな女性になろうとしている。その変化を間近で見てきたのだ。陽子も、修二も空の変化を目を細めて見守っている。小鳥遊空は、美しく羽ばたこうとしていた。


――空ちゃん、綺麗《きれい》になったなぁ。最近、正直に言って驚くことが多い。

俺は、照れくさそうに家族の前に立つ自慢の長女に見惚《みと》れてしまう自分に気づいていた。

高校時代に、こんな可愛い子が近くにいたら大変だっただろうな。そんなことを思っていると、ちょんちょん、とサーシャさんに脇腹をつつかれて、慌ててグラスを持つ。

「それじゃ、お姉ちゃんたち合唱部の全国大会出場を祝って……かんぱーい！」

「「かんぱーい！」」

美羽ちゃんがグラスを高々と掲《かか》げて乾杯の音頭をとると、集まったみんながそれに続いた。

こうして集まってみると結構な大人数になっていた。うちの家族はもちろん、よし子伯母《こおば》さんに信好《のぶよし》さん、莱香さんや佐古先輩、仁村はあいにくとクリエで元彼女たちとの話が連日続いていて来られなかったが、お向かいの栞《しおり》ちゃんとそのお母さんも来てくれていた。

今日は、空ちゃんが合唱部で地区大会に優勝したことと全国大会に出場するお祝いなのだ。

学校でも保護者も交えたお祝いはあったんだけど、今日のパーティは俺と美羽ちゃん、ひな、サーシャさんの四人で企画した身内のお祝いなのだ。

「おめでとう、空ちゃん。すごいよねっ、全国大会だよ！」

「ありがとう、栞さん。実は私もまだちょっと実感がなくて。それより、周りがものすごく盛り上がってるからびっくりしちゃってます」

空ちゃんははにかみながら答えた。うんうん、凄いことだよね。俺も鼻高々だ。

「空ちゃん、おめでとう」

「ありがとうございます、莱香さん」

「空ちゃん、ピアノ続けてる？」

「はい。時々弾いて忘れないようにしてます。ひなにも教えてますし」

「そう、よかった。少しでも役に立ったなら嬉しい」

「すごくためになりました、また教えてくださいねっ」

みんなが次々と空ちゃんに声をかけていくのを眺めていると、ふとあの人が珍しく空ちゃんの写真をバシバシ撮っていることに気づいた。

「どうしたんですか、佐古先輩。いつもは美羽ちゃんとひなの写真ばかり撮ってるのに」

「失礼な。僕だってこの場の空気くらい読むさ」

「それは、珍しいこともあるもんですね」

「まあ、美羽様から今日は主役を撮るようにと命じられたというのもあるのだがね」

佐古先輩は手慣れた手つきでレンズを交換しながら続ける。

「確かに僕が普段選ぶ被写体ではない。だが、何故か今日の彼女は撮っておかねばならない気がするのだよ」

佐古先輩はカメラを構え、みんなに囲まれて笑う空ちゃんをファインダー越しに覗きこむ。

「それってどういう意味なんでしょうか」

「ふむ……趣味とはいえこれでも十数年カメラを構えてきた直感というやつかな」

直感か。なんとなく佐古先輩らしくない言葉だ。でも、確かに近頃の空ちゃんはぐんぐん大人っぽくなっている。成長期なのも確かだろう。だけど、それだけじゃないような気もする。

「つまりだね、少女の変化とは唐突で突拍子もないということなのだよ。たとえばつい先週までは僕の守備範囲だったはずなのに、気づけばすっかり女の顔になっていたりする。なんという残酷《ざんこく》な運命か！　それはあたかも天使が翼をもがれたかのような……」

「あの、佐古先輩、その話って長いですか」

「うむ、まあ、要するにだ」

佐古先輩はオホンと一つ咳払《せきばら》いをする。

「女の子が変化するのは一瞬だ、ということだよ。空くんは、きっと、そういう時なのだね」

「確かに髪が伸びて、莱香さんに負けないくらい美人になってますよね」

ひいき目に見てしまう分を差し引いても、遜色《そんしょく》のない美女になりつつあると思う。初めて会った時は子供だったのになぁ。感慨《かんがい》深く見守る俺に、何故か佐古先輩は呆れ顔だ。

「まあ、それもあるが……いや、僕の口から言うのはマナー違反だ。自分で考えたまえ」

「え、そんな、他にも何かあるってことですか⁉」

佐古先輩は答えもせずに、信好さんと場所を争うようにシャッターを切りまくっている。

「ねーたん、きれいになったね！　ひなも、きれいになれるかなあ」

眠そうにしながら俺の腕を摑《つか》む末姫に、俺は笑顔で頷《うなず》く。

「そりゃあなれるよ。だって、ひなは空ちゃんや美羽ちゃんの妹なんだから」

「……そうだね！」

それに、祐理《ゆり》姉さんの娘だからね。俺は、壁に掛かっている姉さんと義兄《にい》さんの写真に微笑《ほほえ》む。写真の中の姉さんも、笑顔を返してくれているような気がした。

「お兄ちゃん、どうしてそっちにいるの？　こっちにお肉残ってるよ」

「はーい。じゃあひな、お肉食べるか」

「うん、ひな、はやくおっきくなりたいもん！」

——義兄さんは、なぜか微妙な笑顔のような気もしたけれど。

その後、お祝いは夜まで続いた。途中、ひながピアノを演奏したり、それに合わせて姉妹で歌ったりと、むしろ俺たち祝う側のほうが楽しい時間を過ごした気がする。

みんなが帰ったあと、莱香さんが片付けを手伝うために残ってくれた。明日も仕事があるだろうからと断ったのだが、莱香さんは頑《がん》として譲《ゆず》らなかった。莱香さんの手伝いのおかげで早く片付けが終わって、俺たちはサーシャさんの淹《い》れてくれたロシアンティーでホッと一息つく。

「あ、すごい。お姉ちゃん、ニュースにもなってるよ」

ネットを見ていた美羽ちゃんが声をあげた。ローカルニュースだが、空ちゃんの高校が数年ぶりに全国大会に出場することが掲載《けいさい》されていた。

「ほら、お姉ちゃんも載ってる」

美羽ちゃんが記事の隅《すみ》にある写真を指さす。そこには、しっかりと空ちゃんの歌う姿を撮った写真が載っていた。

「ウソっ、やだ、こんなアップで……もう、恥《は》ずかしいなぁ」

「アラ、よく撮れてるジャナイ。すごく美人に写ってテル」

「そらねーたん、きれい！」

「うん、これは保存しないと」

「もうっ、莱香さんまで……」

みんなの言う通り、そこに写る空ちゃんはまるで別人のようだった。

一瞬の表情の違いだけで、こんなにも大人びて見えるのかと俺は少し驚いていた。

「あれー、叔父さん見とれてます？」

「えっ、あ、いや、その……」

気づけば食い入るように見てしまっていた。どうしたんだろ、俺。なんか恥ずかしいな。

「でも、お姉ちゃんすごいなぁ。あたしも負けてられないなぁ」

「なに言ってるのよ、私が頑張れたのは美羽のおかげなんだよ」

「え？　あたし？」

「美羽が文化祭であんなにすごいファッションショーをしたのを見て、私も自分のやりたいことをやってみようって思ったの。そうだよ、あれがきっかけで音大を目指すことにしたんだから。美羽は、デザイナーを目指すんでしょ？」

「一応、そのつもりなんだけど、お姉ちゃんと違ってまだまだぜんぜんだよ。入り口にも立ててないって感じ」

「それでも、自分から動き出すのってすごいと思う」

「うわ、お姉ちゃんにそんな風《ふう》に言われると照れるな」

珍しく美羽ちゃんが照れて赤くなっていた。

「みんなすごい……。その歳《とし》から大きな夢があって」

萊香さんが二人を見ながらぽつりと呟く。

「なにを言ってるんですか、萊香さんはもっとすごいじゃないですか」

「私……？」

「だって、ちゃんと小学校の先生になるっていう夢を叶えたじゃないですか」

空ちゃんの言う通りだ。夢を持つのはすごく良いことだけど、多くの人がそれを叶えられずに大人になっていく。残念だけど世の中とはそういうものだ。

「ううん、私なんかまだぜんぜん。いつも副校長に怒られてる」

「ええーっ、莱香さんが⁉」

「副校長は厳しくて、怖い……でも、尊敬してる」

あの莱香さんが心底怖がっている。いったいどんな人なんだ……その副校長って。

「それと、私にはもう一つ夢がある。そっちはまだまだ叶えられそうにない」

「へー、莱香さんのもう一つの夢ってなんですか？」

そうやって気軽に聞いてみたら、なぜか莱香さんは俺の顔をじーっと見つめた。

「……ナイショ」

そう言って、莱香さんはぷいっと顔をそらす。

いったいなんだったんだ……

「ねえねえ、ひなにも！　ひなにもきいてっ」

「お、そうか。ひなも将来の夢があるのか？」

「うん！　ひなね、およめさんになりたいっ」

「なに……⁉」

それは聞き捨てならないぞ。ていうか、お嫁さんになりたいということはもちろん相手が必

要だ。もしかしてひなに誰か好きな人がいるとか……⁉

いや、待て。これはきっとあのパターンだ。そう全世界のお父さんの夢のセリフ――

『おおきくなったらパパのお嫁さんになる！』

そうだ、そうに違いない！

「ひな、いったい誰のおよめさんになるのかなぁ……？」

「んーとね……トーマス！」

「なにいいいいいいいっ⁉」

夢、やぶれる。……じゃなくて！

「が、外国人⁉　と、トーマスって誰だ⁉」

「叔父さん落ち着いてください。子供番組のキャラクターですよ」

「あ、そうなの……？」

「しかも人間じゃなくてゴリラです」

ご、ゴリラか……それはちょっと勝てそうにないな。いろんな意味で。

「あのね、ひな、お嫁さんになるってどういうことかわかってる？」

「ううん！」

空ちゃんが質問するとひなは実に力強く首を振った。そうか、やっぱりあんま意味わかってなかったのか……

「でも、ひな、ママみたいになりたい！」

その言葉に、みんながハッとなる。

「そうか、ママみたいに……か」

ひなをお嫁に出すなんて想像するだけで泣きそうになるけど、同時に嬉しさもある。お嫁さんの意味は判らなくても、ひなの心にはちゃんと母親の……姉さんの姿が残っているのだ。

「ミンナ、いつの間にかこんなに成長してたのネ」

いつの間にか将来の目標を語るようになった三姉妹。娘たちの成長は嬉しくもあり、同時にどこか寂しさもあった。

「ママは？　ママには夢ってあるの？」

「ワタシは……そうね、カイシャをもっと立派にシタイとかそういう目標はあるケド、ユメっていうのはないかもシれないわネ」

「ええー、そうなんですか？　まだ若いのに……」

「アリガト、ソラ。でも、ワタシにとって今がイチバン理想的なのカモって最近は思うのヨ。シゴトは大変だケド、充実しテルし、こうして可愛いムスメたちがそばにいテくれル。あとはステキなコイビトがイれば最高なンだケド？」

最後にサーシャさんは俺に向かってウインクをする。冗談……ですよね？

少したじたじになりながらも、俺はこの家のことに思いを巡らせる。

なんだかんだと今まで大変だったけど、サーシャさんの言うように気づけばいい形に落ち着いたと思える。最高ではないかもしれないけど、最良ではある。そんな感じだ。

——ああ、そうだ。ちょうどいい機会かもしれない。

不意にあのことが頭に浮かぶ。俺の夢といえば、これしかないしな。

「あのさ、いい機会だからみんなに聞いてほしいことがあるんだ」

俺は、少し姿勢を正してからそう切り出した。

そんな俺の雰囲気《ふんいき》を察してくれたのか、空ちゃんたちも神妙《しんみょう》な顔で俺を見つめた。

「私、席を外そうか？」

「いえ、莱香さんも聞いていてください」

「……わかった」

席を立とうとしていた莱香さんが座り直したのを見てから、俺はあらためて続ける。

「本当は就職が決まったらみんなに言おうって決めてたんだけど、予想より難航《なんこう》してるから。これ以上先延《の》ばしにするのはどうかと思って」

いざ、口にしようとすると勇気がいる。でも、俺も自分の夢を叶えたいんだ。

「俺、空ちゃんたちの後見人になりたいんだ」

「後見人……、そういえば以前にも叔父さん、言ってましたよね」

あの時はサーシャさんの同居問題のほうが大きくて、あっさり流されてしまったけどね。

「うん。後見人っていうのは、簡単に言えば国が認めた美羽ちゃんたちの保護者だよ」

判りやすいように、俺は自分がこれまで調べてきたことをかいつまんで三人に説明した。

後見人になれば、この先、正式に『親』として振る舞うことができるということを。

「ちなみに、空ちゃんと美羽ちゃんには後見人、ひなの場合は養子ってことになると思う。でも、それは書類上のことで今までと何も変わらない。ただ、俺の覚悟《かくご》というか気持ちというか……ちゃんと胸を張って君たちの『パパ』だって言えるようになりたいんだ」

ずっと諦めていなかったことなんだが、あらためて聞かされて三人とも戸惑っているようだった。前回は空ちゃんに「ならなくていい」って言われておしまいだったっけなぁ。

「叔父さんが、パパかぁ……なんかちょっと変な感じだけど、あたしは別にいいですよ」

美羽ちゃんがそう言ってくれて、俺は少しだけホッとする。

「おいたんがパパになるの？　じゃあひなのパパは？　パパが二人？」

「ヒナには、まだチョット難しかったかもしれないワネ」

「そうですね。まあ、今すぐにってわけじゃないんで、少しずつ理解してもらおうと思います」

「あはっ、私は……いい。今のままで」

美羽ちゃんとひなの答えは聞いた。残るは……

「空ちゃん……？」

「だって、私、高校生だし。すぐに大学生になるし。だから、このままでいいよ」

無理に作ったような笑顔で、空ちゃんは俺を見る。

少しずつ空ちゃんの言葉の意味が頭に入ってくる。それは紛《まぎ》れもない拒絶だった。

「でも、空ちゃん、後見人になれば一緒に住んでいても邪推《じゃすい》されたりは」

「私はこのままがいいの！」

空ちゃんが声を上げる。そんなに俺が後見人になるのは嫌なんだろうか。

「空ちゃん、どうして……」

ずっと考えていたことに賛成して貰えなくて、俺は……ちょっとショックだった。さらに説明しようとした時。

「祐太、止めたほうがいい。空ちゃんは、もう子供じゃない。自分で考えられる」

はっきりとそう言ったのは、莱香さんだった。空ちゃんが、目を見開く。

「莱香さん……」

「ら、莱香さん、でも……」

「ンー、ワタシもライカに賛成ヨ。ユウタ」

二人の女性が、優しく空ちゃんを見ている。俺は、混乱する頭で空ちゃんを見た。

「……お兄ちゃんの気持ち、嬉しい。でも、私は、今のままでいさせて」

そう言って、空ちゃんはもう一度微笑む。その笑顔は、莱香さんやサーシャさんに負けないくらい綺麗で、俺は、もう何も言うことはできなかった。

「……空ちゃん、偉い。私も……」

その時、黒髪の超絶美女が、そう呟いたことに俺は気づかなかった。

サーシャさんと美羽ちゃんが、視線を交わして諦めたような笑顔を浮かべる。

ひなは、きょとんとして俺たちを見つめていた。

歯車が大きな音を立てて回り出す。俺だけが、まだ気づかないままだったのだ。

第五章　卒業・旅行

固く強《こわ》ばった身体《からだ》が小さく震えている。深呼吸して落ち着かないと、そう思うのに、薄くしか開いてくれない唇《くちびる》からはちっとも空気が入ってこない。どうしよう。舞台で歌われている曲は、既《すで》に最終フレーズに入っている。もうすぐ自分たちの出番が来て舞台に出なければならない。先輩たちがずっと目指して叶わなかった全国の舞台に。高校一年生の少女は、怯《ひる》んでしまう自分にぎゅっと目を瞑《つむ》る。合唱部のみんなは、この全国大会で好成績を残そうと頑張《がんば》ってきた。大好きな副部長の未来がかかっているからだ。自分が足を引っ張ったら……

「大丈夫……？」

その時、温かいしなやかな指先が、強ばった少女の手を包んだ。

空《そら》は震えている少女の姿に昔の自分を思い出していた。そして人見知りであがり症だった自分を導いてくれた先輩たちがいたことを。この子は昔の私だ。

「ね、誰だって怖いの。私も先輩にこうしてもらったんだよ。落ち着いて」

「ふ、副部長……でも、音を外したり歌詞を忘れたら……失敗しちゃったら……っ！」

「自信を持って。私たち、いっぱい練習したよね。いつもと同じ。歌は、私たちの味方だよ」

冷たかった手に温《ぬく》もりが戻ってきたようだ。震えが止まった少女を空は温かく見つめる。

「私ね、中学までは人と話すのが凄《すご》く苦手だった。クラスでも独《ひと》りぼっちで、いつも下を向いてた。それ以外にも辛《つら》いことがあって、一度は、合唱部も辞《や》めちゃったの」

静かな声なのに、控《ひか》え室にいる全員が空の話を聞いていた。

「でも、ずっと歌が好きだった。みんなで歌うのが好きだったの。どん底の辛さの中で、一緒に歌っていた友達が迎えに来てくれた。仲間がいてくれて、私、少しずつ変われた気がする。ね、今日も私と一緒に、歌ってくれる？」

こくり、と少女は頷《うなず》いた。憧《あこが》れの先輩に支えられて、彼女の唇に笑顔が戻る。花村陽子《はなむらようこ》が、前島大機《まえしまだいき》が、谷修二《たにしゆうじ》が、それぞれの顔でその様子を見つめていた。緊張が解《と》けていく。

「空さんは、ほんとに別人みたいに変わったわよね。出番直前に後輩を口説《くど》いてどうする気？　やっぱり聖女っていうより、天然悪女よね。自覚がないのが怖いわね」

「えっ⁉　陽子ちゃん？　く、口説くって何？　私、そんなことしてないよっ⁉」

「んー、まあ聖女っていうのも人の心を惹《ひ》きつける存在だから、悪女と言えなくもないよね」

陽子の呆《あき》れ顔に、くすくす笑いながら修二が肩に手を置く。陽子は振り払わなかった。

「へっ、まあ小鳥遊《たかなし》がいなかったら、俺たちだってここで歌ってたか判らないしな。あの日、小鳥遊を迎えに行ったメンバーは、結局高校でも一緒に歌ってる」

背が伸びても悪戯《いたずら》っ子みたいな空気は変わらない大機。最近は後輩女子に人気があることを空でさえ知っている。彼は、鼻の下をこすると全員のほうを向く。会場から拍手が聞こえてきた。前の高校が退場していく気配がして、入場の合図が送られる。

「出番だ、みんな、精一杯歌おう」

合唱部のみんなの顔をひとりひとり見つめて、部長の大機の号令で、合唱部は動き出す。

「ふふっ、空さんのおかげで、いい雰囲気《ふんいき》ね。素敵な演説だったわ」

隣を歩く陽子に囁《ささや》かれて、顔をしかめてみせる。でも少し嬉《うれ》しかった。昔とは違うと、成長したのだなと自分でも思えたから——少しはお兄ちゃんに相応《ふさわ》しくなれたんじゃないかって。

十七歳になった恋する少女の歌声は淡《あわ》い想《おも》いを乗せてステージを圧《あっ》し、彼女に憧れの視線を向ける後輩たちを支えて響く。小鳥遊空は確かに、バトンを渡す側になったのだった。


『学生音楽コンクール声楽部門全国大会』の会場は、静まりかえっていた。

地区大会を勝ち抜いた高校生たちの熱唱が終わり、今、その結果が発表されようとしているのだ。壇上《だんじょう》には出演した生徒たちが緊張した顔で並んでいる。俺たちの自慢の長女も。

「第七九回、学生音楽コンクール声楽部門の第三位は……」

空ちゃんの学校名が呼ばれて、俺たちは思わず座席から立ち上がった。

「お姉ちゃん、すごいっ！　全国で三位！」

「そらねーたん、おめでとーっ！」

一斉《いっせい》に拍手する俺たち。そして会場からも拍手がわき起こる。

「ソラはアンナニ素晴らしかったのに、優勝させないなんて、ケチヨネ……ぐすっ」

「よ、陽子、よかった、よかったなっ！　うおおおおおおおおおっ」

壇上では空ちゃんたち合唱部の面々《めんめん》が抱き合って喜んでいる。あ、前島くん、空ちゃんに特攻するとは、許せないぞ！　と思ったら陽子ちゃんのほうが先を越してくれた。ナイスだ陽子ちゃん！

懸命《けんめい》に拍手しながら、俺の視界は曇《くも》っていく。

嬉しそうな空ちゃんの笑顔と、泣いてるみたいな陽子ちゃんをもっと見ていたいのに変だな。

気づくと俺は、花村先輩と並んで号泣していた。俺はひなを抱きしめる。

「おいたん、おねーちゃん、さんばんだったんだよね？」

「ああ、そうだよ。全国で三番だ。お姉ちゃん、頑張《がんば》ったよな！」

「うん。そうだね……でも、もしかしたら……」

何故《なぜ》か、ひなは少しだけ難しい顔をする。でもその顔はすぐに綻《ほころ》んで、壇上の姉への拍手を再開した。ステージの上の空ちゃんは、光り輝いて見えた。


「本当におめでとうっ！」

家に帰る道すがら何度もかけられる声に、空ははにかみながら礼を返す。

「祐太《ゆうた》、いい加減に泣き止《や》めば？」

「ぐすっ、判ってます。でも、すごいなって、全国なんですよ！　ううっ」

「あーあ、叔父《おじ》さん、涙もろくなっちゃって、そんなとこまでお父さんにそっくり」

「フフッ……なんだか、不思議だな」

空は、祐太が長いこと自分たちの前で涙を見せなかったことを思い出す。祐太は祐理《ゆり》たちの葬儀《そうぎ》の時ですら、姉妹の前では泣かなかった。それからの日々は大変過ぎて、悲しむ余裕もなかったのかもしれない。祐太が普通に泣いたり怒ったりするようになったのは、一緒に暮らすようになってからずいぶん経《た》っていたと思う。特に、ひなのお手柄の『びょうきごはん』を食べた時から、祐太は涙もろくなった。けれど、いつだって嬉し涙ばかり。

祐太は辛い時には泣かないのだ。もしかしたら、ひとりで泣いているのかもしれないけれど。

空の願いは、ずっとたった一つ。祐太の隣にいること。ちゃんと対等の立場で……楽しい時だけじゃなくて悲しい時も……結婚式のフレーズのようだと思って、ひとり顔を赤くする。

就職が決まらない愚痴《ぐち》さえ言って貰《もら》えない今は、まだ夢には遠いけれど。

――待ってて、お兄ちゃん！　もうちょっとだけ、誰のものにもならずに、私が大人になるのを待ってて……お願いだから。いつもは蓋《ふた》をしている想いが、成果を出した高揚《こうよう》からか自分の胸に溢《あふ》れ出すのを感じて、空は上気した頰《ほお》を押さえてこっそりと吐息《といき》を漏《も》らした。

「おめでとう、空ちゃん」

そう声をかけられ空はハッと現実に戻った。空を覗《のぞ》き込むようにして柔《やわ》らかい表情を見せるのは、空の最大のライバルの莱香《らいか》だった。この美しい人を見る度《たび》、空は焦《あせ》ってしまう。綺麗《きれい》で優しくて、そして祐太を好きな人……

「ありがとうございます、莱香さん」

「ステージで歌う空ちゃんは、とてもステキだった。もう大人の女性だね」

「……まだまだ、みたいです。子供扱いしかしてもらえません」

「そうなの？」

「莱香さんこそ……先生になってから、また、素敵になった気がします」

「そうかな。そうだと嬉しい」

莱香は微《かす》かに微笑《ほほえ》む。先生になって、どんどん表情が豊かになっている。空はそのことに気づいていた。ただでさえ超絶美女なのに、その上があるなんて思わなかった。

ライバル宣言をしてから、ずいぶん長い時を過ごしている。それはきっと、莱香なりに空を気にかけてくれてるからだと思う。まだ敵《かな》わない、素敵な女性なのだ。

でも……負けたくない。追いつきたい。空はそう思えるようになった自分が誇《ほこ》らしかった。


全国大会初出場で、三位という素晴らしい結果を残した空ちゃんと違って、俺の就職戦線は冬休みに入っても終わりが見えなかった。最後の希望だった大企業も「お祈りメール」しか届かなかったのだ。

バスを降りると、凍《こご》えそうなほど冷たい空気が足下からせり上がってくる。そうだった。この時期は山側から吹き下ろす風のせいで身を切るような寒さに襲《おそ》われるのだ。

寒い。体もだが、心が寒いよ。久しぶりの八王子《はちおうじ》は俺を冷たく迎えた。外の寒さから逃げるように足早に就職支援課へ向かう。冬休みの午前中にもかかわらず、ちゃんと仕事を始めている受付の人に尊敬の眼差《まなざ》しを送りつつ、事情を話して求人の書類を見せてもらった。

……思った以上に少ない。ある程度予想はしていたけど、なかなかどうして目《ま》の当たりにすると寒いものがある。それでもいくつかの会社をピックアップしてあらかじめ用意してきたエントリーシートを送る。向こうから連絡が来て面接の日取りが決まるのは早くて来週あたりだろうか。せっかくここまで来たのだからと、ロ研にも顔を出したが鍵《かぎ》がかかっていた。佐古《さこ》先輩も卒業すると決めたし、この部屋に出入りすることはもうなくなるのだろう。そう思うととても寂しい。懐《なつ》かしい道を歩いていると、思い出がたくさん甦《よみがえ》ってくる。萊香さんとか萊香さんとか……萊香さんだ。仁村《にむら》と佐古先輩もちょっとは、な。高校時代にこれといった思い出のない俺にとって、ロ研がきっと青春ってヤツだったんじゃないかな……

「さてと……そろそろ約束の時間だな」

もしも八王子に来るなら、昼飯でも一緒にと花村先輩に誘われたのだ。

新宿《しんじゅく》キャンパスの就職募集だけではもう追いつかなくなった俺は、その誘いにちょうどいいからと八王子まで足を伸ばしたのだ。何社かあっただけでも来たかいはあっただろう。

「花村先輩、待たせましたか？」

校門の前に花村製菓のバンを見つけて駆け寄る。

「いや、今来たところだ。じゃあ、メシにしようか。今日は俺の奢《おご》りだからなっ、じゃんじゃん食べてくれ！」

そうして車を着けたのは、いかにも高級そうな鰻屋《うなぎや》さんだった。ちょっとばかりビビってしまう小心者の俺だ。

「花村先輩っ、高いの奢ってもらうのはちょっと……」

「ははははっ、気にするな、瀬川《せがわ》！」

バンバンッと背中を叩《たた》かれてしまった。痛いです。

「花村様、お待ちしてました」

着物姿の仲居《なかい》さんに個室に案内される。くうっ、逃げ場ナシなんですね。

勧《すす》められて恐る恐る、まだ値段的に許容範囲だった鰻重《うなじゅう》の昼定食を頼む。恐ろしいメニューだった。時価ってなんですか⁉　これが夜だともっと怖いことになるんだろうな。昼食にしてくれたのは俺のことを理解している花村先輩の気遣《きづか》いかも。

「しかし、全国大会は惜《お》しかったなぁ、優勝してもおかしくないできだったのに」

妹が三位を取れて感激して号泣してたのに、そんなことを言う。いや、俺もそう思ってるよ。何しろ空ちゃんの歌声は素晴らしかった！　優勝校にだって負けてないと思う。

「空ちゃんたちには、来年もありますから。来年こそ優勝ですよ」

今年は岡江《おかえ》さんの提案で早めに代替わりしたが、三年生も冬大会に出場することはできるのだ。来年必ず優勝するための布石《ふせき》だ、と自慢げだった元気な女の子の顔を思い出す。

「確かに陽子もそう言ってたがな。そうはいってもあんな風《ふう》に泣くところは久しぶりに見たよ」

花村先輩はしみじみとそう語る。陽子ちゃんもステージ上で空ちゃんと抱き合って泣いてましたからね。しばらく大会の話で盛り上がっていると、目の前に鰻重が運ばれてきた。

やたらと旨《うま》そうな匂《にお》いが鼻先をくすぐる。それと同時にこういう店で飯を食うというのは自分がとても大人になった気がした。自分の金で来いってツッコミは自分で自分にしておいた。

「就活、ずいぶん手こずってるようだな」

鰻重を食べ終わったところで、花村先輩が切り出す。

「お恥《は》ずかしながら」

「あのな、瀬川、ズバリ言うが、うちに来ないか？」

何となく、そう言われるような気がしていた。

「花村製菓は、瀬川と小鳥遊家《たかなし》には多大な恩がある。不景気だと言われる昨今にこうして暢気《のんき》に鰻を食っていられるのだって、あの時ひなちゃんがイラストを描いてくれたからだしな」

『うさマン』はあれからずっとヒット商品なんだそうだ。ひなはすごいな。

「池袋《いけぶくろ》から遠いのは難点だが、転勤はないぞ？　ひなちゃんたちと暮らしたいのだろう？」

花村先輩は、俺が就活で苦労している理由を判っているようだ。

「それにな、腰掛けでもいい。就職浪人よりは給料が出るだけマシだろうし。こちらは慣れた瀬川が新人を指導してくれるだけでも有り難いんだ。それなら焦《あせ》らずに就職先を見つけることもできるんじゃないか？　むろん、ずっといてくれても構わないぞ」

笑ってそう言う花村先輩に頭が下がる。ずっとこの人には助けられてきた。三姉妹を引き取って、金が無くて苦労していた時、真っ先に手を差し伸べてくれたのがこの人だった。

そうやって何人も後輩たちの世話をしてきたことを俺は知っている。

少しでも恩返しができたようで、『うさマン』のヒットは嬉しかったんだ。

でも、だからこそ、今は甘えちゃいけないと思う。サーシャさんに甘えちゃいけないように、俺はちゃんとした社会人になりたい。自分の力で胸を張って、三姉妹の保護者は俺だと言えるようになりたいんだ。祐理姉さんのような、大人になりたい。

「……すみません、ありがたい申し出ではあるんですが」

「そうか……まあ、瀬川はそう言うんじゃないかと思っていた。なに、まだ時間はある。諦《あきら》めずにしっかりやれよ！　いざとなったら、いつでも待ってるからな」

花村先輩は豪快《ごうかい》に笑う。いつかまた、この店に二人で来よう。その時は「あの時はお世話になりました」と言って俺にご馳走《ちそう》させてもらえたらいいなと、そんなことを俺は思ったのだ。


花村先輩と別れ、クリエに寄るのは避《さ》けて京王線《けいおうせん》で新宿まで戻ってくる。仁村の愚痴《ぐち》に付き合っていたら時間がいくらあっても足りなさそうだ。なんといっても、連日元彼女が押しかけてるらしいからな。いったい何人いたんだろう。頑張って人生のツケを払っていただきたい。

ついでに、ゼミにも顔を出すことにして新宿駅で降りる。先日までは大学に行けば誰か知り合いに会えたものだけど、冬休みに入った学校は静かなものだった。悲しいことに、この時期になると俺のように就職が決まってない人間はもはや絶滅危惧種《ぜつめつきぐしゅ》だ。いや、絶滅したほうがいいんだけど。今日もまた就職支援課には俺ひとりかなとため息をついていたら、珍《めずら》しい連中に声をかけられた。同期の小出《こいで》と吉岡《よしおか》だ。相変わらず二人セットで行動しているらしい。

「よう瀬川。なんだ、まだ就職決まってないのか」

「うるせぇ、ほっとけ。そういうおまえらは何してんだ？」

「俺らは、取り損ねた単位があってさー」

就職先が決まって、また金髪に戻った吉岡が言う。ていうか、春になったらまた黒に戻さないといけないのに、なにをやってるんだ。こいつですら就職できてるのに俺ときたら……

「んなことより、仁村のやついつこっちに帰ってくるんだよ」

「あー、それな。まだしばらくは無理だと思うな」

「んだよ、じゃあやっぱ卒業旅行はダメかー」

「卒業旅行？　あいつ、おまえらとそんなの約束してたのか」

「同期の子たちと男女五対五で北海道だ！」

小出と吉岡は鼻息も荒く、その卒業旅行ならぬ合コン旅行の概要《がいよう》を語る。

しかし、この件は初耳だ。ホント懲《こ》りるということを知ろうな、仁村。

「仁村が来ないんじゃ、女子が納得しねーよ。つーか、男がひとり足りないし」

「つーわけで、瀬川が代わりに参加しねぇ？」

「はぁ？　なんで俺？」

「いや、女子たちに『仁村の代わりに誰誘えばいい？』って聞いたら、なぜかみんながおまえを指名したんだよ」

「へ、なにゆえ……？」

「知らん。女子たちに聞け」

謎だ。仁村とよく一緒にいるからだろうか。

「悪い、誘ってくれるのは嬉しいんだけど無理。就活しないと」

「そっか。まあ、仕方ないか」

「瀬川も就職早く決まるといいな」

そうして少し話をしてから二人は教授にレポートを提出するのだと言って大学に戻っていった。ギリギリ単位が足りなくて卒業も危《あや》ういらしい。あいつらもなかなか大変だ。

俺はゼミで担当教官に会い、日課になっている就職支援課を経由して帰途《きと》についた。

「卒業旅行か……もうそんな時期か。俺には関係ないけど……」

そう思っていた時が俺にもありました。自宅に着いた俺は、いきなり飛び出してきたでっかい人影にぶつかりそうになって驚いた。しかも、その人物はこんなことを言い出したのだ。

「卒業旅行に行こうじゃないか！　瀬川くん！」

八王子キャンパスにいないと思ったら、佐古先輩は我が家にいたのだ。

「……えーと、俺のいないときに不審人物を家に入れちゃいけませんよ」

「ユウタ、それヒドイ……っ」

俺の言葉にサーシャさんがくくっと笑っている。

「大丈夫です、叔父さん。会長さんは莱香さんと一緒でしたから」

「任せて！」

いつも通りにスタイル抜群の莱香さんは、既に佐古先輩用装備のハリセンを取り出している。なんだか、今日は機嫌がいいようだ。空ちゃんは、嬉しそうな困ったような顔をしている。

「お兄ちゃん、ロ研の卒業旅行に私たちも参加しないかって言われたんだけど……」

上目遣《うわめづか》いに見つめてくる長女に、俺はぐっと詰《つ》まった。だが、迷う余地はなかった。

「俺は無理だよ。就職も決まってないのに、卒業旅行だなんて……少しでも就活しないと」

「お兄ちゃんはそう言うと思ったんだよね……」

空ちゃんがため息をつく。ごめん、がっかりさせたかな。しかし、先輩たちは諦めなかった。

「瀬川くん、いいかい、これは僕たち『路上観察研究会』の集大成とも言える行動なのだよ！　とうとう僕も来年度には卒業すると決めたのだ！　我が多摩《たま》文学院大学に燦然《さんぜん》と輝くロ研が今、僕たちの卒業と共に終わりを告げようとしている！　ロ研の卒業旅行は今しかないのだよ！」

「私、卒業旅行してない。損した気分。みんなで行きたい」

珍しいくらい息の合った二人である。俺としても、本来なら断りたくはないのだが……

「だから、無理ですって。一応、引っかかってる会社もあるんですから、面接が入るかもしれないでしょう？」

何せ今頃になっても募集してくれる会社は少ないんだ。チャンスは逃《のが》せない。

「むろん日程は君の予定に合わせるよ。ひな様や美羽《みう》様を連れていくのだから、せいぜい二泊三日だ。冬休みのうちに行っておけばいい。企業だって年末年始はお休みだよ」

「ひな、ふゆやすみなら、バッチこいだよ！」

旅行という言葉に瞳《ひとみ》を輝かせたひなが嬉しそうに言う。くっ、卑怯《ひきょう》な。

「イイワネー。楽しんでラッシャイ♪」

「サーシャさんも一緒に」

「エッ、ワタシまで誘ってくれルノ？　卒業旅行ってガクセイドウシで行くものデショウ？」

「私だってもう学生じゃない」

そうだよな。萊香さんは立派な社会人だ。すると佐古先輩は豊満な胸を張る。

「ロ研の卒業旅行だよ？　織田《おだ》くんはじめ、瀬川くんの家族だって重要なメンバー！　いや、まさにひな様、美羽様のほうがより重要、我がロ研の至宝である！　ロ研はこの四年、小鳥遊家と共にあったのだと言っても過言ではないのだよっ！　否定できるかねっ！」

「……それはそうなんですけど」

確かにロ研のみんなには世話になっているし、大学最後に一緒に旅行するのは魅力的だ。でも、現実的にはなあ……悩む俺の肩に、三姉妹が手を添えた。励《はげ》ますような温もりが伝わる。

「お兄ちゃん……旅行行こうよ。みんな誘ってくれてるんだから」

「行きましょうよ、叔父さん。叔父さんだって息抜きが必要ですよ」

「ソウヨ、ユウタ。ワタシもあなたに合わせてスケジュール調整するワヨ」

「おいたん、ひなねー、ゆうえんちいきたいなっ」

「ひな様の願いなら、何だってこの佐古俊太郎《しゅんたろう》が叶えてみせましょう！」

「祐太、一緒に旅行に行きたい」

考え込む俺を、みんなが見つめる。佐古先輩が、真面目《まじめ》な顔で俺を見る。

「それに、だ。空くんだって全国三位という快挙を成し遂《と》げたのだ。ご褒美《ほうび》に旅行くらい連れていってもいいだろうに。君はこのままだと、冬休みをぼんやり自宅で過ごしてしまいそうだよ」

「祐太、仁村くんも誘う。きっと来てくれる」

「さあ、どうだね、瀬川くん?」

先輩たちの強い願いと、三姉妹のすがるような目に逆らうことはできない。

俺は、就職が決まらない宙ぶらりんのままで、卒業旅行に行くことを承諾したのだった。


ため息交じりの俺の報告に、バイトの上司である湯川《ゆかわ》さんはニコニコと答えてくれた。

「いいねぇ、卒業旅行。懐かしいねぇ。行きなさい行きなさい、どんどん……はちょっと困るかな? でも、うちの業界は年末進行で冬休み長いからねぇ」

気楽な回答に安心しつつも、愚痴がこぼれてしまうのは止められない。

「でも、俺、まだ一つも内定貰《もら》えてないんですよ。これから厳《きび》しくなる一方なのに……旅行に行ってて大丈夫か、ちょっと心配で……」

「はは、平気平気、二、三日こっちにいなくたって、状況はそうそう変わらないって」

もう、他人事だと思って、気楽に言ってくれますね。

「旅行で鋭気《えいき》を養《やしな》って、帰ってきたらガンガン働いてくれたらいいよ。はい、休暇《きゅうか》届けは受理しましたよっと」

旅行とホワイトボードの日程表に書き込まれてしまった。

まあ、みんなが楽しみにしてるんだ。今さらバイトがあるからと止められないのは判っていたが、こんなに気軽にOKが出されるのも複雑だ。誰か、そんなことをしている場合じゃないと言ってくれないものだろうか。俺ひとりで空回《からまわ》りしてるようで孤独《こどく》です。

そしてもう一つ気が重いのは、明日は約束がある日なのだ。毎月の大切な約束なのだが、正直、今回ばかりは激しく気が重い俺だった。


今日も一件面接に行ったあと、よし子伯母《こおば》さんとの待ち合わせ場所の喫茶店《きっさてん》に入った。

先に待っていてくれたよし子伯母さんは、俺のスーツ姿をなんだか微笑ましげに見ている。

就活用に買った安いリクルートスーツは、着慣れてきたというよりあまりに酷使《こくし》しすぎて早くもヨレヨレだ。俺が内定をもらえるのが先か、スーツがダメになるのが先か微妙《びみょう》な戦いになりつつあって、マジマジと見られると恥《は》ずかしい。俺が就職活動がうまくいっていないことを告げると、よし子伯母さんは苦笑するだけで論評はしなかった。叱《しか》られずにほっとしたけれど、情けない気持ちに変わりはない。やっぱり条件が難しいのかなぁ。

「はい、これをどうぞ」

オーダーした珈琲《コーヒー》に口をつけると、スッと白い封筒が目の前に差し出された。

「え、何ですかこれ？」

「卒業旅行の軍資金ですよ。信好《のぶよし》さんと共同で用意しました」

「ええっ、誰から聞いたんですか？　俺ちゃんと出せますよ。バイト代も貯《た》めていますし」

「ふふ、サーシャさんからですよ。誘ってもいただきましたが、丁重《ていちょう》にお断りしました」

バイト先の出版社からそれなりの額を貰っているのだ。免許を取るために教習所代には使ったけど、まだ大丈夫だ。それも紹介してくれた伯母さんのおかげだった。こんなことまでして貰える立場じゃないと思う。

「いいから、取っておきなさい。バイト代はあの子たちのお小遣《こづか》いにでもして」

そんな……しかし、厳しいよし子伯母さんまでが、旅行に賛成してくれるのか。だけど、不安な気持ちは変わらない。よし子伯母さんは、そんな俺の顔を見て宥《なだ》めるように微笑む。

「あんまり思い詰めてはいけませんよ、祐太さん。ドーンと構えていなさい。なるようになりますって、世の中なんてね……」

厳しい伯母さんにまで慰《なぐさ》められてしまうとは。ため息をついたら、くすりと笑われた。

「心配ばかりしていないで、うんと楽しんでいらっしゃい。祐太さんは少し生真面目《きまじめ》すぎるところがありますね。今だって、断ってしまいたいって顔をしてますよ」

「う……」

内心を読み取られて、俺は絶句する。

「あなたは十分頑張っています。就職なんて、半分は運ですよ。結局、相手が必要としている人材に当てはまるかどうかであって、あなた自身の能力や性格だけで決まるわけじゃありませんからね。まずは少し開き直ることですよ。いいですね、羽を伸ばしてらっしゃい」

そう宥められ、仕事に戻る伯母さんと別れる。いいな、仕事……

そして、持ち帰った封筒を空ちゃんと開けてみて慌ててまたお礼の電話をする羽目《はめ》になった。

中身、大金だったんだよ。それこそ、旅行費用が全額出るくらいの。俺は信好伯父《おじ》さんにまで電話口で励まされて、遂《つい》に完全に引っ込みがつかなくなったのだった。


卒業旅行当日、俺たちは早朝の品川《しながわ》駅で待ち合わせしていた。

「ゆうえんちっ♪　ゆうえんちっ♪　とおくのーゆうえんちっ♪」

ひなのリクエストは叶って、遊園地にも行くことになった。関西の有名なテーマパークだ。

朝五時起きにもかかわらずひなのテンションはマックスだ。そんなひなの膨《ふく》らんだ期待に比例するかのように、お気に入りのリュックは着替えと彼女なりの「旅に必要なもの」でパンパンだ。

「ヒナのあんなに嬉しそうな顔が見られるナラ、ガンバッテ休みを作ったカイがあったワ」

サーシャさんの言う通りだ。ここんとこ家族サービスも怠《おこた》りがちだったもんな。

「祐太くん、おまたせー！」

ロ研の卒業旅行だが、莱香さんから話を聞きつけたミキちゃんたちも参加することになった。

俺たちが行くことを決めたテーマパークに興味があるとかで、サークル全体の旅行とは別口なんだそうだ。彼女たちはひなのリュックとは比べものにならない巨大なキャリーバッグを引きずっている。でも、同学年の二人と合計三名のはずなのだが、なぜかそれに加えてひとり、どう見ても大学生じゃないファッションをした人がいた。

「瀬川くん、お久しぶり。今日はめいっぱい楽しみましょうね！」

「えーと……」

この誰よりもテンションの高い人はテニスサークルの前会長さんだった。

ミキちゃんのほうを見ると、申し訳ないとばかりに両手を合わせて俺を拝《おが》む。

「みんなひどいわよね！　私に黙って旅行の計画なんて立てて！」

「いや、君、社会人だろう。こんな平日に参加して大丈夫なのかね」

と、誰もツッコめない前会長さんに唯一指摘《してき》してくれたのは佐古先輩だった。

「そんなの有給とったに決まってるじゃない！」

前会長は力強く答える。そうだよな、普通は社会人になれば自由がきかないからこその、卒業旅行だったりするわけで。

「そう言えば莱香さんは仕事のほうはよかったんですか？」

「平気、学校は冬休みだから」

あっさり言われて納得。丸ごと休みってほど甘くはないそうだけど、融通《ゆうずう》はきくそうだ。

というわけで、俺たちのこの小旅行の参加メンバーは、ロ研＋小鳥遊家の八名、ミキちゃんたちテニスサークル四名という結構な大人数になったのだった。

そして、帽子《ぼうし》にサングラスとマスクの怪しい男がひとり。

「ああ、早く自由になりたーい！　新幹線に乗ったら、これとってもいいよね」

「はいはい、仁村さん、目立たないように気をつけてくださいね。デリカシーは大切ですよ？」

マスク男をため息をつきながらエスコートしているのは美羽ちゃんだ。少しもこもこした冬服を上手に着こなしたアイドル風の金髪美少女とマスク男。犯罪の匂いがする見た目だな。

変装中の仁村は、ヒロミちゃんの助けを借りて卒業旅行の期間は逃がして貰《と》ったらしい。終わり次第必ず戻ってくると約束したらしいが、元カノさんたちの怒りはいつ解けるんだろう。

「自業自得」

「ですよね。このまま怒りが解けなかったら、仁村はクリエに就職するしかないんですかね」

俺たちがそんな話をしている横で、テニサーの元会長さんが佐古先輩を呼んだ。

「ちょっと俊《しゅん》ちゃん！　私の荷物もってよ！　これ、結構重いんだから！」

「だから、なぜ君が偉そうに言うんだね。今回、君はオマケだというのに」

「オマケなんて失礼しちゃう！　だいたい、俊ちゃんが最初から誘うべきでしょうが！」

「なぜ卒業旅行に、既に卒業した君を誘う必要があるのかこっちが聞きたいよ」

幼馴染《おさななじ》みだという佐古先輩とテニサー前会長さん、相変わらず顔を合わせればこの調子だ。

まったく仲がいいんだか悪いんだか……そんな前会長さんのところにひなが歩いていく。

「たかなしひなです！　りょこうのあいだ、よろしくおねがいします」

ひなは前会長さんとテニスサークルの女子たちにぺこりとお辞儀《じぎ》をした。

夕べのうちにちゃんと挨拶《あいさつ》するよう言っておいたのをきちんと守る実に偉い子だ。

「きゃー！　ひなちゃんっ！　久しぶりっ、会いたかったわーっ！　なんて可愛《かわい》いのっ！」

「当然だ。ひな様は宇宙一愛らしい」

「なんで俊ちゃんが自慢げなのよ。ていうか、あんまり近づかないで。ひなちゃんに悪影響が出るわ。しっしっ」

「ぬおおお！　なんと失礼な！　しかもあろうことか断りもなくひな様に抱きついて！　許しがたい！　許しがたい暴挙だよこれは！」

「ちょっと、二人ともいい加減にしてください！」

「そうですよ、新幹線に乗り遅れますよっ」

俺とミキちゃんが二人を何とか押さえ込む。改札を抜けて新幹線のホームに向かいながら、俺はなんだか先が思いやられるなぁとちょっとだけため息をつく。

「お兄ちゃん、もしかして就職活動のことまだ気にしてるの？」

俺の隣を並んで歩く空ちゃんが、少し思案気に尋《たず》ねてきた。

「あ、いや、そういうわけじゃないよ。なんていうか、大変な旅になりそうだなって」

「ふふっ……だね。でも、私はお兄ちゃんが一緒で嬉しいよ」

「空ちゃんがそう言ってくれるなら、思いきって来た甲斐《かい》があったかな」

「うん！」

空ちゃんは屈託《くったく》のない笑顔を見せた。やっぱり来てよかったかな。

久しぶりに明るい仲間たちに囲まれて、俺は新幹線に乗り込んだのだった。

女の子がこれだけ集まるとそりゃあもうかしましいというかなんというか……

大阪までの道中、新幹線の中でも大騒ぎだった。

「ねえねえ、ひなちゃんお菓子食べる？」

「たべるー！　あ、でも、おいたんにいいかきかなきゃ」

「もう、ひなちゃんってばなんていい子なの！　瀬川くん、もちろんいいわよね？」

「えーと……サーシャさんが作ってくれたおにぎり食べてからなら」

「だって！　よかったねー、ひなちゃんっ」

「先輩っ、ひなちゃんに構いすぎですってば。祐太くん困ってるじゃないですか」

「いいじゃないちょっとぐらい。私は会社のストレスをひなちゃんの笑顔で癒《い》やすのよっ」

「いい加減にしたまえ。君は昔からネコとか犬とかを構いすぎて嫌われるタイプだっただろう」

「ちょっとやめてよ！　私のトラウマなんだから！　ひ、ひなちゃん、嫌じゃない？　平気？」

「うん、ひな、たのしいよ！」

「ひなちゃん……っ！　なんて、なんて、なんていい子なの！」

　そんな感じでひなは前会長さんにすっかり気に入られていた。しかし、社会人になってよっぽど辛い目にあっているのだろうか。一方、美羽ちゃんはというと、仁村を隣にしてお姉さんたちとおしゃべりに花を咲かせている。

「えー、美羽ちゃん絶対にモデルとかやってると思った。だってめちゃくちゃ可愛いじゃん」

「ぜんぜん、あたしなんてそんなことないですよー。あ、でも、あたしの友達で読者モデルやってる子はいますよ。写メ、見ます？」

「あー、知ってるこの子！　この子が出てる本持ってるわー。美羽ちゃんの友達なの⁉」

テニスサークルの四年生に物怖《ものお》じしない美羽ちゃん。さすがだ。俺なんてあのノリで来られたら縮こまって頷くだけになってしまいそうだ。

「はーっ、のびのびーっ！　いーねー、女の子に囲まれた席、ああ潤《うるお》うなぁ」

「クリエでも女の子に囲まれてるじゃない。仁村くんも罪作りだよねー」

「はあ……思い出させないで。でもテニサーの子も毎日のように来てくれるから、嬉しいよ！」

「もう、懲《こ》りてないなぁ！」

まったくだよ。あれだけ以前付き合ってた女の子に責められても、まだこいつは女の子あさりに精を出すのか……少しは懲りろって、仁村。しかし、周りにばかり気を取られている場合じゃなかった。俺は俺で、なんとも微妙《びみょう》な状況に置かれていた。

「ユウタ、ワタシが心を込めて作ったオニギリよ。さあ、召し上がれ♪」

「祐太、サンドイッチもあるから」

「えーっと……」

両サイドから迫りくるのは和と洋のまったく違う朝食だった。確かに、朝ご飯を食べているヒマがないから、新幹線の中で食べられるものを持っていこうと提案したのは俺だ。しかし、この状況は予想できなかった。どっちを先に手をつければいいいんだ。いや、むしろどちらにも手をつけないという選択肢もあるのでは？　そうだ、それがいい。

などと考えていたら、目の前に除菌《じょきん》シートが差し出された。

「お兄ちゃん、はい、これで手を拭《ふ》いて」

「え、あ……」

「今日はこれからいっぱい動くんだから、ちゃんと食べないと身が持たないよ」

空ちゃんは笑顔でそう言った。思いやりに溢《あふ》れた笑顔だ。

「う、うん。そうだね。ちゃんと食べないと……ね」

俺は恐る恐る空ちゃんから除菌シートを受け取る。空ちゃんはにっこり微笑む。

それを見たサーシャさんは軽く肩をすくめた。莱香さんも感心した顔だ。

「アラアラ、やるわねソラ」

「うん。空ちゃん賢《かしこ》い」

どういう意味だろう？　少し疑問に思いつつも、俺は、綺麗になった両手でサンドイッチとおにぎりを摑《つか》み、交互に食べることを選択したのだった。


新幹線が新大阪の駅に到着すると、そこから在来線を乗り継ぐ。俺たちが最初にやってきたのは映画を題材にしたテーマパークだ。ひなが行きたがっていた「ゆうえんち」で、旅行で行くのに相応《ふさわ》しいところってことで選ばれたのがここだった。

「ついたーっ！　ゆーえんちー！」

入り口の巨大なオブジェを見てひなが興奮気味に叫《さけ》んだ。

早起きした甲斐もあって、ほとんど待つこともなく園内に入ることができた。

それに事前に人数分のチケットを買っておいたのは正解だったみたいだ。

この辺の手配は佐古先輩によるもので、相変わらず謎のツテがたくさんあるらしい。予算はよし子伯母さんたちから預かったものでまかなっているので、今回は豪勢だった。意外と高いんだよね、こういうテーマパークは。

「ひな、帰ったらちゃんと伯母さんたちにお礼言わないとな」

「うんっ！」

さて、俺は、気を取り直す。いろいろあるけど、ひとまずは心の片隅《かたすみ》に仕舞っておこう。

今日はひなにめいっぱい楽しんでもらわないと、伯母さんたちに申し訳ないよな。

「それじゃ、祐太くん、またあとでね」

園内に入ったところでミキちゃんたちテニスサークルの面々は別行動をとると言い出した。

「え、なんで？　一緒に周らないの？」

「そう言ってくれるのは嬉しいけど、せっかくの家族水入らずを邪魔《じゃま》しちゃ悪いし。それに」

「それに？」

「たぶん、私たちのテンション見たら祐太くんたちどん引きしちゃうから」

「へ……」

笑顔でそう言うと、ミキちゃんは振り返る。

「じゃあ、行こっかみんな！」

「わたしあのお城行きたい！　魔法の杖《つえ》買おう！」

「あっちにイケメンいるよイケメン！」

「全部まわりたい！　あとお土産《みやげ》！」

「時間がないわ、走るわよみんな！」

「「おおーっ！」」

テニスサークルの皆さんは怒濤《どとう》の勢いで園内に突進していく。

俺たちはその様子を呆然《ぼうぜん》と見送った。そうか、興味があるって言ってたもんな。興味とかいうレベルとは違うその熱意には……確かに、ちょっとついていけそうになかった。

「ワタシたちはゆっくり周りまショウ」

「そうですね。最初はひな、どこへ行きたい？」

「えっとね、んとねっ」

ひなはリュックの中から園内マップを取り出す。何日も前からずっと見続けているのですっかりボロボロになっていた。それだけ楽しみで仕方なかったのだろう。

「ここ！」

ひなが指さしたのは、キャラクターがたくさん集まったエリアだ。

「よし、それじゃさっそく行こうか」

「うん！」

俺はひなと手を繋《つな》いで歩き出す。その両側に、空ちゃんと美羽ちゃんが並んだ。

莱香さんたちも加わって、俺たちは仲良く歩き出す。その姿は、間違いなく仲良しの家族連れに見えたに違いない。それだけのことが、何故か、今の俺には嬉しかったのだ。

まずはひなの希望通りに、可愛いキャラクターたちが集まるワンダーランドのエリアへ向かった。いつもテレビの向こう側にいるキャラクターたちが目の前に現れて、ひなは最初から大興奮だった。その後、少し早めの昼食をとることに。場所は美羽ちゃんの希望でニューヨークエリアまで移動した。そこのピザが美味《おい》しいのだそうだ。確かに美羽ちゃんの言う通り石窯《いしがま》で焼いたピザは美味《うま》かった。お店もまるで外国のような雰囲気で、ひなはとても喜んでいた。

そして腹ごしらえもすんだところで、今度は最近できたばかりのエリアへ向かった。

魔法の国をテーマにしたそのエリアに来た途端、空ちゃんのテンションはうなぎ登りだった。

そういえば、原作の小説も映画も空ちゃんは大好きだったと思い出す。

あちこちで写真を撮りまくり、キャストの制服に興奮したり、魔法の杖を買ったり、最近はあまり見せてくれなくなった空ちゃんの子供らしい姿に少しホッとしたりした。

「お兄ちゃん、写真！　写真撮って！」

「はいはい、今撮るからね」

「ほら、ひなも美羽もこっち来てっ。一緒に撮ろうっ」

「もうっ、お姉ちゃん恥ずかしいってばぁ」

「ソラ、ワタシも一緒にいいカシラ？」

「もちろん！　って、サーシャさん、その衣装すっごく似合ってる！」

生粋《きっすい》のロシア人であるサーシャさんがあの有名な制服を着てマフラーをつけると、まるでそのまま魔法の世界から抜け出てきたようだった。まあ、ちょっと学生というには色っぽくってアダルトすぎな気もするけど。

「ユウタ、今、ワタシの格好見て妙《みょう》なコト考えたデショウ」

「か、考えてませんよ。ええ、ちっとも」

サーシャさんに半眼で睨《にら》まれて俺は慌《あわ》ててファインダーを覗き込む。

「瀬川くん、写真は僕に任せて君も入りたまえ」

「え、いいんですか？」

なんだか珍しく佐古先輩が優しかった。でも、まあここはお言葉に甘えておこう。

俺は急いでみんなの輪の中に入った。

「祐太、笑って」

「萊香さんこそ」

すると、萊香さんはきゅっと唇《くちびる》の端《はし》を上げてみせた。ちゃんと笑顔に見える。

「おお！」

「ふふ、特訓の成果」

特訓なんかしたんだ……そうか、小学校の先生なら笑顔は必須なのかな。萊香さんも卒業して変化してるんだとその時感じた。ちょっぴり置いていかれたような寂しさと共に……

「おーい！　もっと詰めてくれたまえ！　入りきらないぞ」

と、佐古先輩の声が飛んでくる。茱香さんが俺の腕に自分の腕を絡めて寄り添ってくる。

「ちょっ、ちょっと茱香さん」

「もっとくっつかないと写らない」

「お兄ちゃん、もっと詰めて詰めて」

すると今度は反対側に空ちゃんが。両手に花、というのはこういう時に使う言葉なのだろう。

「では、撮るよー。はい、チーズ」

佐古先輩の口からやや古くさい言い回しが飛び出すと同時にシャッターが切られた。

ところで、仁村の姿が見えないんだけど、あいつどっかでナンパなんてしてないだろうな。


気づけば日は傾き、ミキちゃんたちと約束していた待ち合わせの時間が近づいていた。

「ひな、眠いの？　おんぶしようか？」

「ううん……ひな、まだ、へいきだもん」

さすがに疲れたのか、ベンチで休憩《きゅうけい》しているひなはこくこくと船をこぎ出している。

「ヒナ、さすがに限界みたいネ」

「しょうがないですよ。朝も早かったし、ずっとはしゃぎ通しでしたから」

俺は半分眠りかかったひなを背中におぶる。

「祐太、疲れたら替わる」

「いえ、大丈夫ですよ」

「むぅ……」

「あー……はいはい。おんぶしたいんですね。それじゃあとで替わります」

ふくれっ面《つら》をする莱香さんに答えた。笑顔だけでなく表情が豊かになってきたなぁ。

「あ、いたいた。おーい」

「瀬川ちゃん、お待たせー」

待ち合わせの場所にミキちゃんたちテニスサークルの面々も集まってくる。みんな両手いっぱいにお土産を抱えているが、仁村はそれにも増して荷物を抱えていた。ずっと荷物持ちしてたんじゃないなら、わざわざ荷物持ちに行ったとかなのかな。モテる男はこれだから始末に悪い。

「それじゃ、宿に移動しようか」

宿までは、また少し移動することになる。なぜなら今夜泊まるのは京都にある老舗《しにせ》の旅館だからだ。明日は京都を観光するのだ。

「ワオ！　ステキ！」

鴨川《かもがわ》にほど近い今夜の宿に到着した途端、サーシャさんが歓声を上げる。

老舗旅館というだけあって入り口から実に趣《おもむき》のある門構《もんがま》えをしていた。それを見たサーシャさんの喜びようったらなかった。

「コレよコレ！　ワタシが見たかったのはこういうトコなのヨ！」

「ちょっとママ、入り口で騒いじゃ迷惑だってばっ」

最近めっきり日本文化にハマっているサーシャさんは、もはやいてもたってもいられないという様子であちこち見て回っている。

「ひな、寝ちゃったね」

萊香さんの背中で、ひなは静かな寝息を立てていた。

「この調子だと起こすのは可哀相《かわいそう》だな……」

夕食は団体ということで大広間で食べるらしい。

ひなはギリギリまで部屋で寝かせてやろう。入り口で予約を確認したあと、仲居《なかい》さんが部屋まで案内してくれる。案内されたのは実に落ち着いた雰囲気の大きくて広い部屋だ。ミキちゃんたちとうちの家族用の二間用意されているそうだ。こんな部屋に泊まれるのはすごいと感心して見てしまう。部屋に内風呂までついている。佐古先輩の手配はさすが行き届いていた。

ほくほくとした気分で部屋に入ろうとしたら、いきなりミキちゃんに行く手を遮《さえぎ》られた。

「こっちは女子の部屋だから」

「へ……？」

「当たり前でしょ。ほら、お兄ちゃんは早く出てって」

「祐太のエッチ」

「叔父さん、あたしたち着替えますから早く出てってくださいね」

「ユウタ、またあとでネ♪」

部屋の入り口がぴしゃりと閉ざされる。

「ああ、瀬川くん、僕らの部屋はあっちだ。僕らにこんな高い部屋はいらんだろう？」

男三人の部屋は、あちらとは格段にレベルが落ちていた。人数が違うって言われればその通りなんだけど、もちろん内風呂なんてついているはずもなく……そして、ちょっぴり狭《せま》い。一瞬感動していただけに、ちょっと微妙な顔をしてしまう俺に、仁村が頷く。

「瀬川ちゃん、寂しいのはオレも同じだよ。せっかく自由なのに……男部屋かぁ、むなしいね」

「……違うから。ってか、おまえはまず反省しろって」

ぶれない佐古先輩と仁村に苦笑しつつ、俺たちは夕飯に向かう準備をするのだった。

今日は一日京都観光をすることになっている。前日はやや飛ばし過ぎたと反省し、今日はゆっくりのんびり観光地を巡ろうと朝食の時にみんなと話していた。

「というわけなんだけど、ミキちゃんたちはどうする？」

一緒に朝食を食べていたテニスサークルの面々に話題をふる。

「あー……私たちパス……」

喉《のど》の奥から絞《しぼ》り出すような声で、ミキちゃんが言った。テニスサークルの人たちは全員が全員、顔色も悪く髪もボサボサ、浴衣《ゆかた》も着乱れた状態でぐったりしていた。

「ちょっと夕べ、飲み過ぎちゃって……」

「頭痛い……」

「吐《は》きそう……」

「ちょっと、俊ちゃんお水とってぇ……」

死屍累々《ししるいるい》とはまさにこんな感じだろうか。

「そんなに具合が悪いなら寝ていればいいだろうに」

甲斐甲斐《かいがい》しくも水を差し出しながら佐古先輩が言う。

「老舗旅館の朝食なのよ？　食べなきゃもったいないないじゃないっ」

前会長さんはそうのたまうと必死の形相で朝食を口に運ぶ。

「私たちお昼まで宿でゆっくりするつもり。祐太くんたちは気にせず京都観光を楽しんでね」

二日酔いのミキちゃんたちの厚意に従って、俺たちは朝食後に京都観光へと出かけた。

実のところ一日目の遊園地にばかりかまけて、京都めぐりについてはあまり下調べをしていない。ついでに言えば、俺は朝から元気がなかった。表情には出ないように気をつけているんだけど、実はメールでまた「お祈りメール」こと、いわゆる落選の連絡が来ていたのだ。

「お兄ちゃん……何かあったの？」

それでも気配が出てしまったのか、空ちゃんが心配そうに俺の顔を覗き込む。

「い、いや、気にしないで。ちょっと疲れたのかも」

誤魔化《ごまか》してはみるものの、みんな俺の状況は判っているだけに、触れないだけで気づいていそうだ。仲間たちに一瞬訪れた沈黙を破ったのは、意外な人物だった。

「祐太、今日はどこに行く？　私は、実は京都に詳しい」

そう言うと、薬香さんは、胸元に手を入れると、小さなガイドブックを取り出した。って、いったいどこに入れてるんですかっ⁉　全員が毒気を抜かれてしまう。

「はい、祐太」

　ガイドブックを渡されると、何となく温かい気が……と、鼻の下を伸ばした瞬間、俺の手からガイドブックが奪《うば》い取られる。小悪魔《こあくま》な笑顔の美羽ちゃんである。

「えーと、あっ、あたし、舞妓《まいこ》さんが見たいですっ！」

「ワタシもっ。あ、デモ、キヨミズデラにも行きたいワネ」

　ファッションに敏感《びんかん》な二人はやっぱりそっち方面か。佐古先輩がしたり顔で口を開く。

「残念ながら、舞妓さんはこの時間だとニセモノばかりですぞ」

「ニセモノ？　そんなのいるんですか」

「舞妓の格好をして京都の町を歩けるサービスがあるのです。要するに観光客ですな。本物の舞妓さんが見たければ、夕方五時以降に料亭などがある辺りで待ち構えるのが確実かと」

　なるほど、基本宴席に呼ばれる人たちだから、昼間から街中にはいないか。

「舞妓体験なんてあるんだ。ちょっと気になるかも」

「ワタシも。でも、時間かかりソウよネ」

「ならばここは一つ太秦《うずまさ》へ行ってみてはどうでしょう。サムライや町娘などお好きな格好がお手軽に楽しめますぞ！」

「ウズマサ！　知ってるワ！　ニホンのジダイゲキを作っているスタジオよネ!?」

「あ、それいいかも。ねえ、叔父さんもお姉ちゃんもいい？」

「みんなが行きたいならいいけど。お兄ちゃんは？」

「俺も。ひなも、それでいいかな？」

「うん！　ひな、ニンジャに会いたい！」

「おお、いるかもなニンジャも」

というわけで、足を伸ばして、少し離れたテーマパークへと向かうことになった。


夕べは暗くなってから到着したから気づかなかったけど、京都の街並みは仕切ったように整然としている。碁盤《ごばん》の目のようというよく聞くフレーズも、こうやって実際に街を歩いてみるとよく判る。旅館を出て駅まで歩き、そこから太秦まで電車で移動する。

その名もずばり太秦駅で降りると、そこはもう映画と時代劇の世界だった。

「ステキ！　まるでエイガの中に来たミタイ！」

「ねえねえ、なにに着替える!?」

「私はもう決めてる」

「ひなはニンジャ！」

「ジカンがモッタイナわ！　早く行ききまショ」

「えーと、私は……パス、ここでお兄ちゃんと待ってるから、恥ずかしいし……」

「空ちゃん、俺のことは気にしないで、せっかくなんだし着替えておいでよ」

「そうそう。叔父さんだって、お姉ちゃんの艶姿《あですがた》、見たいですよねっ」

「艶姿ってて!?」

恥ずかしがる空ちゃんの耳元に、サーシャさんが口を寄せる。

「フフッ、綺麗なソラを見たら、ユウタも元気百倍ヨネエ？」

ハッとした顔で俺を見る空ちゃん。あー、朝、俺が元気なかったのを気にしてくれてるんだな。サーシャさんにバチンっとウインクされて、俺は頷いた。

「は、はは。そうですね」

空ちゃんは、さらに少しだけ逡巡《しゅんじゅん》したあと、はにかんでみせる。

「それなら……着ようかな」

「はーい、お客さんごあんなーいっ！」

美羽ちゃんがふざけて、空ちゃんの背中を押す。

「待って待って！　私だけじゃダメ、お兄ちゃんもちゃんと着替えてね。私たちだけなんて恥ずかしいでしょ。だから、お兄ちゃんも、ね！」

甘えるように言われては、反論する術《すべ》はない。だって、心はパパなんだもの。

「すみません。佐古先輩。付き合って貰っちゃって」

「いいじゃないか、君だって彼女たちのいつもと違う格好は見てみたいと思うだろう？　ひな様たちの晴れ姿を撮影できるなら、この程度の投資なんでもないよ」

「みんな似合うだろうなー！　さーて、オレは何を着ようかなっと」

仁村は無駄《むだ》にハイテンションだ。さっそく貸衣装屋さんへと向かうみんなのあとについていく。

映画村の貸衣装はお侍から町娘やお姫様、舞妓に芸者と時代劇に出てくる衣装ならなんでも揃《そろ》っているみたいだった。みんなが何を着てくるのか、なかなか楽しみだ。萊香さんは何を選ぶのだろう。お姫様、町娘、いや、意表をついて花魁《おいらん》なんていうのもいいかもしれない。

しかしそれに引き替え、俺は何を着たらいいんだろう……

「はいはい、もたもたせずに瀬川ちゃんも着替えようよ。どれにするの？」

笑っている仁村には判らないだろう、この俺の悩みは。二枚目はどんな格好でも似合うもんな。迷った末に、無難そうな衣装を選ぶ。単なる町人だな。武士は浪人をイメージしそうでシャレにならないと避《さ》けたのだ。袴《はかま》とか似合いそうにもないしね。さっさと着替えて出てくると、さすが女性陣は時間がかかるらしい。やがて、ついに着替え終わった第一陣が現れた。

「ユウタ、お待たせ！」

最初に出てきたサーシャさんは裾《すそ》を引きずるような長い黒い着物で、なんというか、大奥みたいな感じだ。白金髪《プラチナブロンド》と美貌《びぼう》がスタンダードな着物姿に違和感《いわかん》を醸《かも》し出している。

「ナニよ、ユウタってば反応が薄いワネ」

「いや、なんか思ったよりシンプルだったので……」

「モウッ、だってミウにジャンケンで負けちゃったんダモノ」

というサーシャさんの言葉通り、次に出てきた美羽ちゃんはお姫様の格好をしていた。

「すんばらしい！　さすが我が天使！」

佐古先輩がいきなりカメラを構えて正面に立つ。

「わー、会長さん、お殿様なんだ。叔父さんと違ってハデーっ」

一目見て笑い出す美羽ちゃん。佐古先輩のお殿様は意外なほど似合ってたりするんだけど……まあ、なんというか、恰幅《かっぷく》のよさは間違いなくバカ殿系である。

「おおう、なんというレアなお姿であることか！　あ、美羽様、こっち目線お願いしますっ」

「ゴージャスだよ、美羽ちゃん！　もう、生まれついてのお姫様って感じ」

笑われているのも気にせずにカメラのシャッターを押しまくる佐古先輩と、ひたすら褒《ほ》めまくる仁村。美羽ちゃんもまんざらではないようだ。

「はいはーい。叔父さん、どうですか？　似合います？」

美羽ちゃんは佐古先輩のカメラにポーズをとりながら、俺に聞いてくる。

「うん、すごく似合ってるよ」

「えー、なんか感動がなくないですか？」

「そ、そんなことないって。すごく可愛いよ」

「まあ、叔父さん的にはあたしより莱香さんのほうが気になりますよねー。って、そんなこと言ってたら出てきましたよ」

俺は高鳴る胸を押さえつつ振り返る。そこには……お爺《じい》さんが立っていた。

「……なっ⁉」

あろうことか莱香さんが選んだ衣装は「水戸《みと》のご老公」だった。ええ、白い付けひげをしておられます。渋柿《しぶがき》のようないぶし銀の衣装に杖を持って、莱香さんは胸を張った。

「似合う？」

「いや、似合うとか似合わないとか……そういう問題を超越していると思います」

何故その衣装を選んだんですか、菜香さん……正直、黒髪の菜香さんならどんな和装でも似合うと思うのに、もったいない。しかし菜香さんはとても満足げだった。そんな菜香さんの後ろから、ちょこんと赤い着物の町娘が顔を出す。一瞬、それが誰なのか判らなかった。

「え……もしかして、空ちゃん？」

「うっ……やだ、に、似合ってない？」

「そ、そんなことないって。いや、なんていうかその……可愛いよ」

可愛いというより、本当は綺麗だった。写真で見た空ちゃんのお母さんによく似ている。若くして空ちゃんを生んだ渚《なぎさ》さんの写真は、いつも空ちゃんの胸ポケットに入っていて、俺も何度か見たことがある。空ちゃんはいつの間にか、お母さんそっくりの美女に育っていた。

いつもと違う服装をすると、普段は気づかない魅力に気づくって言うけど……正直、ちょっとおどろいてしまう。なんだか、別の女性に出会ったようで、俺は目のやり場に困った。

「……似合ってる？　お兄ちゃん。おかしくない……かな」

おずおずと言う空ちゃんに、俺は大きく頷く。

「お兄ちゃんも似合うよ」

「アラマ、ソラとユウタって、ペアみたいに見えるワネ。ちょっと妬《ねた》ましいワー」

「ええっ、あ、二人とも町人だもんね」

いやいや、空ちゃんは主役で、俺はモブって感じだよ？

「…………嬉しい。ふふっ、お兄ちゃん、元気、出た？」

こんな些細《ささい》なことで、喜んでくれる空ちゃんを、莱香さんのご老公が優しく見つめている。

俺を元気づけるために頑張ってくれた長女の頭を撫《な》でようとした刹那《せつな》。

「おいたん！　かくご！」

そんな思いに捉《とら》われていた俺の隙《すき》をついて、小さなニンジャが斬《き》りかかってきた。

「ぐあーっ！　やられたーっ！」

反射的にやられてみせるのは三歳から一緒にいる俺だからできる連携《れんけい》である。そういや、最近は昔ほどルナルナ観なくなったよなぁ。倒れた俺に、ひなは満足そうだ。

「またつまらぬものをきってしまった……」

いや、ひな、それはなんか違う気がする。そこに、イケメンの同心が飛び出してきた。

「待てー！　待て待て！　そこの可愛い忍者さんっ、お兄さんに捕まってみないかい？」

「やーだよっ！　ここまでおいでーっ！」

くっ、仁村め、チョンマゲのズラまで似合うとは、イケメンはこれだから困るよな。

ひとしきりじゃれ合ったあと、俺たちはそのままの格好で映画村を観光した。うちの女性陣は目立つらしく、あちこちで声をかけられて写真をお願いされていた。仁村も、きゃーきゃーと女性にまとわりつかれて嬉しそうだ。少しは懲りろってば。時代劇そのままの世界が広がる町を歩くのは、なかなか不思議な体験だった。

でもそれ以上に、みんなが何も聞かないでいてくれることに、俺は感謝していたのだ。

映画村を出て市街に戻って昼食をすますと、俺たちは別れて自由行動を取ることにした。

空ちゃんは珍しく行きたい場所があると言ってひとりで出かけ、美羽ちゃんとサーシャさん、そしてひなはお土産を探しに行った。佐古先輩と仁村はミキちゃんたちの様子を見に行くといい、茱香さんは「気にしないで」とだけ言っていた。旅館に戻る時間は決めてあるので、問題ないだろう。俺は、ふう、と長い息を吐く。ひとりになった俺は、川沿いをゆっくり歩く。これも、もしかしたらみんなの気遣《きづか》いかもしれない。もう笑顔でいる必要もない。

「はああああっ」

深いため息が身体の奥からついて出る。俺の周りはとても優しい。気遣って無理にでもはしゃいでくれる。だからこそ、俺は絶対に暗い顔なんて見せるわけにはいかない。

家族や口研と一緒の旅行が楽しくないわけがない。でもだからこそ、焦燥《しょうそう》が募《つの》る。

俺の手でこの幸せを守りたいと、いつまでも笑っていてほしいと願っているのに。今はまだ周りのたくさんの人たちの厚意に、俺たちの幸せは守られている状態だ。早く、仕事を決めてしまいたい。それが俺の手で守るための最初の一歩だから。その一歩をまだ踏み出せないのだ。

枯草《かれくさ》がこんな俺を隠してくれることを願いながら、そこにしゃがみ込む。

「……ああ、俺ってダメだなぁ」

途端《とたん》に自嘲《じちょう》が口から零《こぼ》れた。いっそ開き直って、仁村みたいに今を楽しめればいいのに。その覚悟《かくご》すらできないんだ。我知らず、また、ため息が零れる。

「あれ……祐太」

聞き慣れた声に顔を上げると、驚いたような莱香さんがいた。

「ごめん。気づかなかった」

慌てて踵《きびす》を返そうとする莱香さんの言葉に、つい立ち上がって声をかける。

「莱香さん、どうかしたんですか？」

「……別に」

そう言った莱香さんの顔には、何か不思議な陰《かげ》りがある。

長い間一緒にいて、無表情に見える莱香さんに複雑な機微《きび》があることを俺は知っている。

そんな俺でも、初めて見る、それは複雑な表情だった。困っているような、喜んでいるような、驚いているような、落ち着いているような。感情の全部を内包したような顔。

「これは、運命？　今が、その時？」

莱香さんは、ぽつりとそう言った。俺は、その言葉の意味が、全然判らなかったのだ。


空が行きたい場所は平安神宮《へいあんじんぐう》というところで、京都でも有名な観光スポットだ。有名なのは縁結びと……就職祈願。みんなでお参りしてもよかったのだけど、祐太にしたら責められるようで辛いかもしれない。そう空は思ったのだ。就職なんてもしできなくても、祐太の価値は変わらない。でも空がどんなにそう思っても、祐太には伝わらないだろう。

——お兄ちゃんが、早く楽になれますように。

空はそれだけを祈る。就職できるようにではなく、自分の恋を願うでもなく。

時折、祐太が浮かべる焦燥の表情に空は気づいていた。いや、空だけでなくみんながだ。

だからこそ、みんな楽しそうに笑う。懸命《けんめい》にはしゃいで、祐太も楽しいと感じてくれるようにと。ほら、私たちはこんなに楽しんでいるからと。

祐太のために、『就職祈願』のお守りを一つ。今渡せなくてもいいけれど、あとからふと、面接の時にでも持たせるといいかもしれない。その時の祐太の顔を思い浮かべて、空は微笑む。

それから、空は自分のためにも、勇気を出して一つ買った。

『恋愛成就』のお守りを大切にそっと握りしめる。それだけだ。今日、神様にお願いするのは、祐太のことだけ。自分の恋は、祈らない。まずは祐太の努力が報《むく》われますように。

空は一心に、大切な人の幸せを祈ったのだった。


菜香さんと並んで夕日の差す川岸に立ち、流れる川を見ていた。

冬なのに雪がないのは、幸運だったたと菜香さんが教えてくれる。京都は盆地なので意外なほど冬は厳しいのだそうだ。カップルが何組も、腕を組んで通り過ぎていく。

川風で尚更《なおさら》寒いだろうにと言う権利は、ここにいる俺にはないが。

「あれは観光客。ここは、有名なデートスポットだから」

ガイドブックに書いてあった、そう言って菜香さんは微かに微笑む。

白いコートに身を包んだ菜香さんは、夕日に照らされて身のうちから光が溢れるように、その美しさを輝かせている。

先ほどからずっと複雑な表情の莱香さんは、いつも通りの口調で聞いた。

「祐太は、本当は来たくなかった？」

「……いや、そんなことはないです。ただ、自分がちゃんと笑えてるかなって」

周り中、優しい人たちばかりだから、俺のせいで悲しませたくない。ちゃんと俺が笑ってないと、みんながどんなにガッカリするかと思うと、少しばかり緊張してしまうのだ。ひなには、美羽ちゃんには、空ちゃんには、サーシャさんには楽しむ権利がある。日々頑張って、そしてその成果を着実に見せている人たちだ。だから、俺のために悲しい思いをしてほしくない。

「祐太は……いつも他人のことばかり」

「や、十分、身勝手ですよ。ここまでして貰って……それでもひとりになりたいなんて」

「祐太はまだ自分のことがちゃんと判っていない」

ほんの少し微笑んで俺のほうをじっと見る莱香さんは、いつもとは少し違って何だか目が潤《うる》んでいるように感じられた。だけど、不思議と落ち着いた空気を醸し出している。

「そうですか？　自分のことくらい、判ってるつもりですよ。俺だって、あと何カ月かで社会人になるんですから。まだ就職も決まってないですけど」

軽く自虐《じぎやく》的に肩をすくめると、莱香さんは、めっ、というように俺を睨《にら》んだ。

「やっぱり判ってない」

うーん、ダメか。俺は、降参するように頭をかいた。莱香さんは、許す、という感じに頷く。

広い河川敷に、夕日が落ちていく。周りの観光客同士も、遠慮《えんりよ》し合うように近づいてこないから、俺と茉香さんは二人きりで肩を寄せ合っているようなものだ。

「あはは……なんだか、不安になっちゃって」

絞《しぼ》り出すように呟《つぶや》いた自分の言葉に、俺は、自分の心を直視する。

卒業旅行っていうけれど、俺はまだ、全然子供を卒業できていない。

三姉妹を自分の力で支えたいと思ってきたのに、思い通りにならない現実が辛かった。

「判る」

隣に立つ、黒髪の美女は無表情に、真摯《しんし》にそう言ってくれた。

「私も、不安」

そう言って、茉香さんは俺のほうにゆっくりと顔を向ける。

「小学校の先生になって、私の夢は一つ叶った。だけど、もう一つが叶うか、不安」

大きな瞳《ひとみ》に、情けない表情を浮かべた俺の顔が映っていた。

茉香さんは、そこで一度話を切るように川の流れを眺める。

「就職して、判ったことがある。意外と、社会に出ても変わらないことが多い。朝起きて、決まったことを決まった時間にやる。準備をしておけば失敗は少ない。人間関係は相変わらず判らないことも多いけれど、礼儀《れいぎ》さえ守れば全部うまくできなくても大丈夫」

ゆっくりと時間をかけて、茉香さんは言葉を紡ぐ。

「ただ、やっぱり辛いこともある。社会人の一年生は小学校一年生と一緒。知らないから間違う。慣れていないから戸惑う。この一年ほど、人生で他人から叱《しか》られたことはなかった」

「萊香さんが叱られるところなんて、想像もつきませんね」

「副校長に叱られた回数は、たぶんもうすぐ母親に叱られた回数を抜くかもしれない」

声から滲《にじ》むおどけた感じ。萊香さんの珍しい冗談なのだろう。

「だけど、いいこともたくさんあった。想像以上に、子供たちは可愛い。都会の少人数学校で、やることは多いけれど、その分、子供たちと触れあえる。ひなちゃんも一緒」

「ひなも喜んでますよ」

「うん。でもそのせいもあって、お家《うち》にはあまり行けなくなった。これは残念なところ」

難しい顔をして、萊香さんは足下の石を蹴《け》る。水面《みなも》に波紋《はもん》が広がる。

「そういえば、話したかどうか忘れたけれど、初任給では両親に旅行をプレゼントした。二人とも驚いていたけれど、喜んでくれた。自分には、新しいパン焼き釜《がま》を買った。それ以外は、なるべく貯金している。ボーナスは嬉しかった。頑張ったご褒美《ほうび》みたいだった」

一言一言、区切るように話す萊香さん。だけど、溜《た》まっていたかのように止まらない。

冷たい風が頬《ほお》を過ぎていくのが気持ちいいくらい、顔が上気しているのが判る。

だって、河川敷で寄り添って、ただお互いのことを話しているなんて……幸せすぎる。

落ち込んでいる俺を励《はげ》まそうと、萊香さんは頑張ってくれているんだろう。

「ありがとうございます。いろんな話を教えてくれて。俺も……早くそちらに行《い》きたいです」

社会人になって萊香さんみたいに働いて……ところが麗人《れいじん》はなぜかほっぺを膨《ふく》らませた。

夕日が俺たちを照らして、萊香さんは、とてつもなく美しかった。

それだけ言うと、萊香さんは黙ってしまう。俺は、その横顔を眺めて黙るしかない。

「祐太は、ドンカン」

真《ま》っ赤《か》な顔で、怒ったように萊香さんは反対側を向いてしまう。

「違う。そういう話とは、違う」


買い物に出かけていたひなと美羽、サーシャは、少し足を伸ばして清水寺《きよみずでら》を観光していた。

「ウーン、意外に高いワネ」

有名な舞台から下を見て、サーシャは考える顔をする。

「ママ、飛び降りてみたりしないでよ」

金髪の娘に諭《さと》されて、サーシャはばれたか、という顔をしてみせる。

「ダイジョウブよ。ワタシの人生は、もう何度もキヨミズのブタイから飛び降りてるカラネ」

今の美羽の歳《とし》には、単身日本に渡って家族のためにお金を稼《かせ》いでいたたくましい美女は、パチンとウインクしてみせる。美羽は、はいはい、というように母の腕を取った。

「確かにママは凄《すご》いと思うけど、ひなが真似《まね》したらイヤだからそういうこと言わないで。ひなは、あたしたちが大事に育ててるんだから」

「フフッ、高校生になったらヒトリグラシしたいなんて言っテル子が何言っているノ。ヒナだって、きっと好きなことをミツケテ……って、アラ？　ヒナ？」

そばにいたはずのひながいない。二人はきょろきょろと周囲を見回す。すぐに見つかって二人はホッとする。ひなは、おみくじ売り場でおみくじを引く人たちを眺めていた。

「ヒナ、おみくじヒク？」

サーシャが誘うと、ひなはふるふると首を振った。旅行に出てから初めて見る浮かない表情に美羽はひなの手を取った。

「ひな、何かあったの？」

「ううん。ひなね、おみくじのばんごうみてたの」

「番号？　ああ、一番大吉、とか？」

「……そう。やっぱり、一ばんが、一ばんいいのかなあ」

ひなは、少しだけ辛そうに木に結ばれたおみくじを眺めている。

「そりゃあ、一番はいいんじゃない。なんだって、みんな一番を目指すんだもん。空お姉ちゃんだって、合唱コンクールで一番を目指して頑張ってるの、見たよね」

「……うん。でも、さんばんだったよね。さんばんでもいいの？」

「ヒナ、モチロン、三番でもイイノヨ。頑張ったんダモノ」

困った顔のひなに、サーシャはしゃがみ込むようにして視線を合わせる。

「……だけど、そらねーたんも、一ばんがいいんだよね」

そう呟いて、ひなは清水寺のご本尊《ほんぞう》のほうに向き直る。

「じゃあ……さいごまで一ばんになれなかった人は、どうなるの？」

ひなは、胸の中だけでそう尋《たず》ねた。誰にも聞けなかった、一年生になったひなの疑問。美羽とサーシャは顔を見合わせる。何かの葛藤《かっとう》に、ひなが囚《とら》われているのは間違いない。でも相談するつもりはないようだ。金髪の親子は、視線を絡ませる。そして同じ結論に達した。

「ひな、そろそろ行こうか！　旅館でみんな待っているよ。今夜は、昨日と違ってバイキングだって！　ケーキいっぱい食べられるよ！」

「エエッ、そうなの⁉　境内《けいだい》デお茶……したかったノニ！　ソフトクリームあるワヨ！」

「ママ、この寒いのにソフトクリーム食べるの⁉」

「ウフフッ、ミウ、ロシアなら、ハルの気候ヨ」

二人の楽しい会話に釣られて、ひなもぱあっ、と笑顔になる。

「アララ、ヒナも、おなか、スイタ？」

「うん！　ひな、あったかいお汁粉《しるこ》食べたい！」

当然のようにひなの希望は受け入れられ、三人はみんなに内緒《ないしょ》の約束でお汁粉を食べる。年長の二人はお汁粉以上に温かな気持ちを胸に抱いて。ひなの悩みは、きっと、ひなの成長の証《あかし》だから。小学生になった天使に新たな翼《つばさ》が育ちつつあることに、二人は気づいたのだ。


小鳥遊空は、祐太のために買ったお守りを抱いて旅館に向かって歩いていた。

目印さえしっかり押さえていれば、京都の町はバスや地下鉄が充実しているので、どこにでも行けるのだ。空は、スマホを取り出して家族に戻る時間を連絡する。

風は刺《さ》すように冷たいけれど、心は温かだ。お守りを渡したら、祐太はどんな顔をするだろう。ちょっと困って、でも嬉しそうに受け取ってくれる表情まで想像できる。

「ふふっ、今回の旅行……来てよかったな」

空は、夕暮れの京都を眺めながら微笑む。その美しい表情に、道行く人たちが振り返っても、彼女は気づかない。彼女の心に映っているのは、ただひとりの人なのだ。

今回の旅行では、空は祐太を励ますために頑張れたと思う。町娘の衣装だって、大学の学園祭を手伝った時以来のコスプレみたいなものだ。祐太が喜ぶなら、と着てみてよかった。

ただ、少しだけ……空は不思議な気持ちになることがあった。引っかかることがあった。

なぜだか、サーシャと莱香がずっと落ち着いているのだ。祐太があれほど焦っているのに、全然気にしてる気配がない。それは、よし子たちも一緒だ。

いつもなら、みんなで祐太の相談に乗ろうとしているはずなのに。何だか、祐太と自分だけが空回《からまわ》りしているみたいで……少しだけ、不安になる。

「お兄ちゃん……頑張れ」

空には、まだ何もできない。でも、もう少ししたら、大学生になったらバイトだってできる。

祐太が自分たちにしてくれたみたいに、今度は空がみんなを支えられるのだ。

その日は、もう目の前に来ている。大学だって、近くの音大に通えそうだし……

「え？　あ、あれ？」

旅館にほど近い橋を渡ろうとした時、遠くに、見間違《みまご》うことのない影を見つけた。

「お兄ちゃんと……萊香さん？」

空は、胸騒ぎを感じて駆け出した。理由は判らない。川を渡る風は凍るように冷たく、空は、思わず胸元を押さえる。近いはずなのに、ひどく遠い気がした。

織田萊香は、深呼吸する。今までと違う。穏《おだ》やかな気持ちだった。

それはたぶん、自分が社会人になったから、というのが大きい。

小学校教員として就職した萊香は、三姉妹と祐太を支えることができるのだ。祐太にそんなことを言ったら、傷つけてしまうだろうし、不愉快《ふゆかい》だろうから、言わないが。

だけど、萊香はもう決めたのだ。自分のことは自分でやれるようになったからこそ、自分の力で、祐太たちを支えられるようになったからこそ、迷いは消えていた。

就職活動を頑張る祐太は、好ましいと思う。彼を採用しない企業は愚《おろ》かだとすら思う。

成績は、確かにそれほどよくないだろう。サークル活動も目立った業績はないだろう。

でも、彼は大学生にして空ちゃん、美羽ちゃん、ひなちゃんという宝物を得て、立派に育てきたのだ。これほどの努力家がどこにいるというのだろう。

これからも、萊香は、祐太のそばにいたいと思う。三姉妹のそばにいたいと思う。

自分の感情に気づくことも苦手だった萊香に、喜びや悲しみを伝えてくれた祐太。

論理的であらねばならないと信じていた彼女の心を溶《と》かしたのは、損得勘定を知らない、彼の温かな魂《たましい》なのだ。萊香にとって、それはとても大切なものだった。

だから、莱香は、言葉にする。一度は、告げる前に諦めた言葉を。

「祐太が、好き」

肩が触れそうな位置にいる憧れの人が、俺を見上げている。

この人がいたから、路上観察研究会に入った。莱香さんと佐古先輩がいなかったら、俺はどれだけ大変な四年間を過ごすことになっただろう。三姉妹をここまで支えることができたのは、莱香さんの助けがとても大きい。感謝しても感謝しきれない、大切な人。

その美貌は山一つ越えた先にある大学にまで鳴り響き、入学から一年で想像を絶する数の告白を受けてすべて断った美女。変わり者で、よく悪戯《いたずら》をして俺の反応を楽しんでいた。

いつからだろう。俺の前でちょっとエッチな悪戯をしてくれなくなったのは。もう、結構経《た》つ気がする。その頃には、俺たち四人は、ずっと一緒にいる仲間だった。

その憧れの人が、大切な人が、俺の、好きな人が。

俺を見つめている。

「祐太が、好き」

そう言ってくれた言葉を、俺は聞き逃したりはしなかった。

「あ……あの……」

唇が乾く。心臓が、痛いほど高鳴る。

「ただの好き、じゃない。特別の好き。ずっと一緒にいたい。私の、もう一つの夢」

間違わないように、確認するように、菜香さんは静かにそう言ってくれた。

はっきりと紡がれた言葉。俺たちは、静かに見つめ合う。

「ごめんね。でも、今、言いたかった」

菜香さんは、笑顔を作る。その笑顔から、涙が一筋、伝う。

「私は、祐太、大好き」


風が、言葉を運んでくる。冷たい真冬の風が、空のコートを貫《つらぬ》いてくる。

——ああ。

菜香さんは、そう言った。空には、はっきりと聞こえた。

「祐太、大好き」

ただ、目の前が真っ暗になる気がして、慌《あわ》てて物陰に隠れる。

すぐ近くに橋桁《はしげた》があったのは幸運だった。違う、不幸だったのかもしれない。今、出ていったら、そこで話が止められるかもしれない。何事もなかったみたいに、笑ってみせられるかも。

涙が、ぼろぼろとこぼれる。

——取らないで。取らないで。私のお兄ちゃんを、取らないで。

叫び出しそうな気持ちを抑《おさ》え込む。空は、口元を押さえて涙を流す。

——止めたい。でも、大学生活を全部投げ出して、私たちを育ててくれたお兄ちゃんに、これ以上……我《わ》が儘《まま》なんて言えないよ！　菜香さんは、素敵な人だもん！

壊れそうな心をかき集め、大切な思い出を握りしめて、空は自分を抑える。

祐太が何と答えるのか、空には、もう判っている気がした。

――二人が付き合うなら……祝福しなきゃ。笑顔で。ぜったい、笑顔で!

茉香のことも、大好きだ。祐太のことは、初めて会った日から、大好きだった。

でも想《おも》いを告げる資格が、自分にはない。空は、流れる涙を拭《ふ》きもせずに、とん、と柱に体を預ける。どんな衝撃が来ても、倒れなくてすむように。


それは、何万分の一の偶然だったのだろう。祐太が口を開こうとした瞬間、茉香の目に映ったのは、川に浮かぶ波紋だった。視線をあげる。

橋の陰に、もうひとりの大切な人が隠れているのを、彼女は見つけてしまった。

ぎゅっ、と胸が痛む。だけどこれは、早いか遅いかの違いでしかない。

空は、茉香の想いを知っている。茉香も、空の想いを知っている。

祐太は、茉香の一番であり、空の一番だ。二人とも、祐太の一番になる方法はないのだ。

一番の友達、一番の家族、そういう形でなら、あり得るのかもしれない。だけど空も、茉香も、それは望んでいない。一生を添い遂《と》げる相手として、祐太を想っているのだ。

「茉香、さん、俺……うまく言えないんですが、あの」

祐太は、まっすぐに自分を見てくれている。逃げずに答えようとしてくれている。

「俺も……」

どういう結論になったとしても、莱香は受け入れるつもりだった。

──でも。

莱香は、すっ、と祐太の口元に手を置いた。

「待って。今は、答えはいらない」

祐太は驚いた顔をする。莱香は、笑顔を作る。涙が、もう一筋零れた。

もしかしたら、これは間違った選択なのかもしれない。それでも。

「祐太は、ドンカン過ぎるから。今答えを聞いたら、あとで、後悔してしまいそう」

後悔するのは、祐太なのか、莱香なのか。それは言わなかった。

ただ、真摯《しんし》でありたかったのだ。大切な人たちに。

まだ気持ちを伝えられていない、可愛い……莱香の大切な友達である少女に対しても。

莱香が一番苦しんでいた時に、四姉妹だと微笑んでくれたあの子と、きちんと競いたい。

困ったような、半泣きにすら見える祐太と、きっと見ているであろう空に、莱香は微笑んだ。

それは、今までで一番綺麗な笑顔だった。

第六章 選択

小学校の教室で、ひなは机の上に本を置いてぼうっと校庭を眺めていた。最近、ひなは教室でひとりで本を読んでいることが増えた。図書館にはたくさんの興味を引く本があって、一度に五冊まで借りられる。ひなはこの一年で多くの本を読んだ。

彼女が特に好きなのは世界の童話だ。でも、ひなは少し不満がある。いろんな本を読んでも、だいたいにおいて、悪いことをした人が懲《こ》らしめられるか、正しい人が報《むく》われるという結論になる。でも、本当にそうだろうか。小さな胸に、ひなは疑問を溜《た》め込んでいた。

校舎の一階にある一年生の教室からはグラウンドで走り回る男の子たちが見える。足の速い子を追いかけて、足の遅い子が泣きながら走っていた。隣でサッカーをやっている子たちも、できる子がずっとボールを持っていて、得意でない子はまったくゲームに参加できない。

「ひなさん、どうしたんですの？　もう学童保育でみなさん待っていますのよ」

「……ごめんなさい。きみちゃん、むかえにきてくれたの？」

ぺろりと舌《した》を出してひなは途端に笑顔を作る。誰もいなくなった一年生の教室まで、わざわざ迎えに来てくれた保育園からの友達は、仕方ない、というように肩をすくめた。

「まったく、世話が焼けますこと」

キミカはつん、とそっぽを向く。その顔が赤くなっているのを、ひなは知っている。相変わらず両親の仕事が忙しくて、母親が帰るまでの時間、学童保育のあとで塾にも通っているキミカは気遣《きづか》いに溢《あふ》れた少女だった。心配をかけないために、ひなは明るくキミカのそばに駆け寄る。

「本をよんでたらおそくなっちゃった！　いこう、きみちゃん」

「……読んでませんでしたわよ。別にいいですけどね」

呆《あき》れ顔のキミカは、ひなと手を繋《つな》いだ。

「みんな、ひなさんを待ってますわ。いっしょに遊びたいって」

「うんっ、ひなも、みんなとなかよくあそびたいよっ。ひな、みんな大すきだもん」

そう言って笑うひなだが、キミカは気づいていた。最近、ひなはあまり周囲と関わろうとしていないのだ。よく笑うし、元気であることは変わらない。だけど、休み時間や放課後は、あまり積極的に周囲と関わっていない。その理由がキミカには判らなかった。

「今日は、学童にあるオモチャで遊びますわよ。みんなでブレスレットを作るのです」

「あーっ、ごむのやつ！　たのしいよね！　ごむごむ♪　ごむごむごむ♪」

明るく笑うひなは謎の歌を歌い出す。キミカは思わず笑った。

「……ひなさんは、いつもそんな感じのほうが、いいんですけどね」

そう呟《つぶや》いたキミカは、ひなが無理をしていることを見抜いている。だけど、それを彼女は指摘《してき》はしなかった。保育園から小学校になって、周りに溶け込めないのはキミカ自身にも覚えがある。それまでは、親も含めての人間関係だったのに、いきなり子供だけの人間関係に変化するのだ。同じ保育園や幼稚園から来た子たちもいれば、小学校で初めて集団生活に入る子もいる。一年生と一言で言っても、ひとりずつまったく違う子なのだ。キミカも、その大人びた性格が災いして、一年生の時にはクラスになじめず、クラスメートと仲良くできるようになったのは二年生になってからだった。今では、保育園の頃以上に楽しく過ごしている。

きっと、ひなももうすぐそうなるはず。それまでは、自分がひなのそばにいよう。そんな風《ふう》にキミカは思っている。ひとりっ子のキミカにとって、ひなは大事な妹みたいな存在なのだ。

ひなもまた、キミカに感謝していた。小学校に入って生活する中で、ひなが抱えている感情はひな自身にもまだうまく言葉にできない。それに、サーシャたちでも答えてはくれなかった。みんなを困らせちゃいけない。心優しいひなは、そう思ってしまうのだ。

胸にわだかまりを抱いたまま笑うひなを、キミカは優しい目で見守っていた。

「織田《おだ》先生、聞いていますか？」

「はい、聞いています」

萊香《らいか》は、表情に乏《とぼ》しい自分の顔に感謝して心の中で副校長に謝る。すみません、実は、あまり聞いていませんでした。

議題の殆《ほとん》どは終わって、今、行われているのは年度末に向けての職員会議だ。

積み上げられた成績と、授業態度や家庭環境まで、学年ごとに分かれて子供たちの様子を話してる。雑多な情報がテーブルを行き交っていた。萊香は一年生の副担任で、授業自体は一、二年生で幾つかの教科を担当している。初任でもあり、自分の担当教科以外では意見を求められない限り、聞いているのが仕事みたいなものだ。そのため油断していたのは否《いな》めなかった。反省して背筋を伸ばす萊香に、周囲はくすりと笑いを漏《も》らす。

「織田先生は、三学期になってから少し変わりましたね」

女性の副校長は、ベテランらしい太縁の眼鏡を直した。

「そうですか？」

「ええ、何だか余裕が出たようです。今までは、ずっと緊張している感じでしたから」

驚いて、萊香は副校長のほうを見る。副校長は優しい目をしていた。いつも叱《しか》られてばかりいた気がするのに、この人には自分の気持ちの変化はお見通しだったらしい。

「織田先生、最近は、態度が柔《やわ》らかくなりましたし、今までよりも笑顔を見せていますよ」

「気づきませんでした」

答えながらも、萊香はもしかしたらそうかもしれない、と自分の心を検証する。

冬休みに行った萊香にとって一年遅れの卒業旅行で、萊香は初めて本当の意味で自分の気持ちに向き合ったのだと思う。

とてつもなく緊張して、恐ろしく不安だった。それでも祐太《ゆうた》の答えを知りたかった。

――だけど、あれでよかった。そう思う。

萊香は微《かす》かな胸の痛みと共にあの日のことを、誇《ほこ》らしく思い出す。

――空《そら》ちゃんは、私の告白を聞いていた。それは、間違いない。

帰り道での出来事を萊香は思い出していた。

「お姉ちゃん、昨日の夜から何かちょっと変じゃない？　大丈夫？」

「え、そ、そんなことないよ？」

美羽《みう》の質問に、空が慌《あわ》てて両手を振るのを横目に見ながら、萊香は目を閉じて寝たふりをする。帰りの新幹線。対面式に座席を動かして、三姉妹とサーシャ、テニサーのメンバーと萊香、そして男性陣三名がそれぞれ組になって座っていた。

行きとは席次が違っているが、祐太のそばに座らなかったことを彼は何も言わなかった。

「ンー、そんなコトないワヨネ。ちょっと疲れたんデショ」

サーシャが自然と話を流す。彼女の膝《ひざ》に寄りかかるようにして、ひなも既《すで》に眠りの中だ。

「おおっ、ひな様の寝顔っ！　瀬川《せがわ》くん、席を替わってくれたまえ。僕はこの天使の無垢《むく》な眠りを写真に撮って残す使命があるのだよ」

「会長さん、女の子の寝顔を撮るなんて、デリカシーに欠けますよ？」

「そうですよ佐古《さこ》先輩。女の子の寝顔は撮るものじゃなくて、愛《め》でるものです」

佐古が、美羽が、仁村《にむら》がいつも通りにじゃれ合っている。その中で、祐太も目を閉じていた。

「あはっ、お姉ちゃん、叔父《おじ》さんも寝ちゃってるよ」

「う、うん。そうだね。きっと……昨日、寝られなかったんじゃないかな」

赤い目をこすって、空は祐太を見て窓の外に視線を逃がす。思い詰めた表情で。

申し訳ないような、苦しいような気持ちで莱香は寝たふりを続ける。

「……莱香さん、眠いなら窓際譲るよ？」

「……大丈夫」

身じろぎした莱香にミキが顔を近づけた。耳元で囁《ささや》く。

「なにかあったの？」

「……」

答えずに、莱香は自分のコートを毛布代わりに身を縮める。その様子に、ミキは何かを悟ったように自分の座席に座り直す。ふう、とため息をついた。

「まあ、いろいろ遅すぎたくらいだと思うけど」

ミキは目を閉じる祐太と莱香を交互に見る。そして、空のほうを見た。莱香の耳元に口をつけたまま、ミキは我慢できないというように聞く。

「それで、結果は……」

「ミキ、ストップヨ。今日だけは、ブシノナサケ、ヨ」

「えっ、サーシャさん……そうですね。判りました」

莱香の様子に気づいて、サーシャが身を乗り出して囁く。

「ママ、どうかしたの？」

「イイエ、なんでもナイワ。オトナのオ話ヨ」

そう言って、サーシャは何事もなかったように美羽や空と話し出す。

この人は、本当に大人なんだな。社会人一年生の自分とは全然違う。茱香はサーシャの気遣《きづか》いに感謝して強く目を瞑《つむ》る。きっと、祐太も本当は寝ていないんじゃないだろうか。

「……東京に戻ったら、絶対、教えてくださいね、茱香さん。私には、権利があると思います」

そう囁くミキに、微かに頷《うなず》く。その通りだと思ったから。

茱香には、自分が一つのハードルを越えたことがはっきり判っていた。この告白の結果がどうあろうと、茱香は初めて異性を好きになった自分を自覚して行動した。

大好きな空の気持ちを思うと、心臓に爪を立てられたような気持ちになるけれど、それでも、茱香は、少しも後悔はしていない。あとは、祐太の決めることだと思っていた。


もの思いに沈む茱香を温かく包んで、職員会議は雑談混じりに和《なご》やかに続いていた。

初めの頃と違って、先輩である先生方の個性も判るようになっている。そしてそれぞれに個性はあるとしても、子供たちのことを考えているという点ではみんな同じだ。

意見の対立や考え方の差を議論で埋めながら、最善の方法を探していくためには、確かにお互いを知ることも大切なのだろう。だからといって飲み会はあまり好きになれないが。

先生たちが子供たちとの楽しいエピソードや、いつも喧嘩《けんか》してしまう男の子たちの対処経験を語り、周囲はそれを頷きながら、時にはメモを取って聞いていた。

「そういえば、小鳥遊《たかなし》さんなんですけど……とてもいい子で、全然手がかかりませんね」

ひなの話題になって、茱香は思索《しさく》から現実に呼び戻された。

「本当に、授業は集中して受けてくれるし、運動も得意。一年生とは思えないくらいいい子ですよね。思いやりもあるし、いつもニコニコしていてお友達も多いみたいですよ」

ひなが褒《ほ》められて、萊香は嬉《うれ》しくなる。そう、ひなは最高にいい子なのだ。

「でも……不思議なんですよ」

萊香の指導教官でもある正担任が、資料を捲《めく》りながらぽつり、と言った。

「小鳥遊さんって、何故《なぜ》かテストで百点が少ないんですよ。授業中に当てた時には絶対に間違えないのに。かけっこも縄跳《なわと》びも、なぜか二番か三番くらいなんですよね。特に二学期の後半くらいから……」

そう言われて、萊香は小首をかしげる。確かに、百点をあまり取らない気がする。ひなも可《か》愛《わい》いところがある、くらいに思っていたが、言われてみればおかしい気がする。

「友達に誘われて断ることはないみたいですけど、ひとりで本を読むことも増えましたね。ただ読書に目覚めただけかもしれないですが、一学期は凄《すご》く元気で率先して走り回ってたので、ちょっと不思議で。お友達と何かあったとは聞いていないんですけど……」

「……」

記憶を辿《たど》ると、萊香には心当たりがあった。みんなでお絵かきをした時だ。

男の子や女の子が、自分の絵や……ひなの絵を一番だ、と比べ始めた時。あの日のひなの表情を思い出して、萊香は確信する。三歳から一緒に過ごしてきた大切な少女があんな顔をしたのは、あの時だけだ。感受性の強い彼女は、きっとあの時に何かを思ったのだろう。

「……今度、私が、聞いてみます。少し、思い当たることがありますので」

萊香はそう宣言した。正担任は、一瞬だけ驚いた顔をしたあと、頷いて萊香に一任する。

積極的な姿勢に副校長も頷いてくれた。萊香は次第に学校の一員として認められつつあるのだ。彼女が先生になってもうすぐ一年が経《た》つ。見習いの時間は、卒業に近づいていた。


高校の教室で、空はひとり、ぽつんと座っていた。放課後の喧噪《けんそう》も過ぎて、部活のある者以外は既に下校している。グラウンドからはサッカー部や陸上部のかけ声。練習中のブラスバンド部が巨大な音を鳴らして校舎全体に音楽が響く。普段なら、合唱部の声もここに混ざっているはずだ。空の歌声も、この学舎が奏でる交響曲の一部だ。

「今日は……帰ろうかな」

中学時代に合唱部を退部して戻ってきてから、空は真面目《まじめ》に部活に取り組んできた。仲間たちに支えられて声を揃《そろ》える時間は空にとって救いでもあったのだ。そこには、いつでも自分を迎えてくれる場所があった。家族にも似た、大切な友達。

親友である花村陽子《はなむらようこ》にこんな顔は見せたくない。空はそう思って鞄《かばん》を手に取った。心配をかけてしまうから。まるで、誰にも頼れなかったあの頃みたいな気持ちで、小鳥遊家の長女は教室を出ていこうとする。

「空さん、一緒に帰りましょう」

まるで待っていたかのように、教室の出口で陽子が待っていた。

「陽子ちゃん、どうして……」

「あのね、空さん。私たち、何年の付き合いだと思っているの？　あなたの顔に、ぜーんぶ書いてあるのよ。何かあったたって。冬休み終わってからずーっとそう」

判ってないなぁ、というようにため息をつくと、陽子はにっと口元を緩《ゆる》ませる。

「さあ、今日は温かいココアをご馳走《ちそう》してあげる。話したくなるまで、ずっとお気に入りのアニメの話と、近々空さんに着て貰《もら》うコスプレ衣装の話をしてあげるから」

「陽子ちゃん……もう、コスプレには付き合えないって言ったのに」

泣きそうに嬉しくて、空は陽子の肩に両手を置く。

「あら、空さん。十五歳になったらコスプレするって、お母さんと約束してたって言ってたでしょ？　ちょっと遅くなったけど、今からでも約束を果たしたらいいんじゃないかしら」

「それは、祐理《ゆり》さんが……」

空の育ての親であり、大好きな人の姉である素敵な人とした約束だ。一緒にコスプレしようって。まだ子供だった空には、祐理は憧《あこが》れの塊《かたまり》だった。あの人がいてくれたら、この気持ちを聞いてくれただろうか。祐理さんなら何を言ってくれただろう。

ぐるぐる回る感情の波が、空の大きな瞳《ひとみ》に涙を溢《あふ》れさせてしまう。

「……あ、あれ？」

我知らずこぼれた一筋の涙に、空は慌てて目元を拭《ぬぐ》う。そんな空を陽子は抱き寄せた。

「よ、陽子ちゃん⁉」

家族と萊香以外から抱きしめられたのは初めてで、空は動揺の声を漏らす。

「代わりにはならないと思うけど、私は幸いにして祐理おばさんの同好の士だから、代わりに約束を果たしてあげたいのよ。覚えてる、これ？」

片手で取りだしたのは、中学二年の時に空がコスプレした時の写真だ。

「あっ、も、もうっ、捨てってって言ったのに」

身をよじって奪《うば》い返そうとする空を、陽子は抱きすくめて逃がさない。

「そんなもったいないことしないわよ。この時から決めてたの。私と一緒にコスプレする運命にあるのは、この子だって。祐理おばさんだってきっと同じ気持ちだったと思うわ」

「へ、変なこと言わないでよっ！　陽子ちゃんったら、いつも私をからかって！」

ぷん、とふくれた空は、くしゃっ、と表情を崩す。

「……陽子ちゃん、ありがとう」

「ふふ、泣いたり怒ったり笑ったり、空さんは忙しいわね。でもよかった。ずっとあんな顔されてたら、こっちが泣きたくなっちゃうもの」

おでこがくっつきそうな距離で、陽子は空に微笑《ほほえ》んだ。

「相談してよ、友達でしょ」

「……うん」

二人は、顔を見合わせて笑う。体を離すと並んで歩き出す。

「おーい、小鳥遊！　花村！」

廊下の反対側から、前島大機《まえしまだいき》と谷修二《たにしゅうじ》が走ってくる。

「なによ、今日は、私たちお休みするって言ったでしょ？」

眼鏡を光らせて、陽子が先手を打つ。修二は判っている、と頷いた。

「うん。だから、僕たちも今日は休むことにしたんだ」

「え？　前島くんと谷くんも？」

「おう！　他の連中も納得してくれた。大丈夫、俺たちがいなくても練習してるよ。大学決めて暇《ひま》になってる清美《きよみ》先輩に押しつけてきたし」

してやったりと笑う大機は、鼻の下をこすった。そうすると、中学生時代の暴れん坊に戻ったみたいだ。少しだけ懐《なつ》かしい気持ちになる自分に、空は驚いた。

「みんな心配してるんだ。僕たちにも悩みを聞かせてよ、小鳥遊さん」

「……でも」

空は大機を見る。大機は以前、空に告白してくれたこともあるのだ。

「無理言わないで。乙女《おとめ》の悩みをあなたたちみたいにデリカシーのない人に話せるはずないでしょ。ここは、遠慮《えんりょ》しなさい」

「いや、今日は引けないよ、陽子ちゃん。僕たちも、小鳥遊さんが心配なんだ」

「学校では、名前で呼ばないでってば」

修二は、陽子の手を握った。陽子は恥《は》ずかしそうにしながらもそれを振り払わない。

長い長い時間をかけて、二人の距離はここまで近づいているのだ。告白はとっくにすんでいて、陽子が答えたのかどうか空は聞いていない。でも、陽子がいくら素直じゃない性格だとしても正式にOKしたら教えてくれると思うから、かなり恋人寄りの友達という感じなんだと、空は予測している。二人の関係が、空にはとても眩《まぶ》しかった。

「そうだぜ。俺、小鳥遊のためだったら、できることなんでもやるぜ」

「はあ……できることとなんてあるわけないでしょう。前島くん、あなた、判ってなさ過ぎるわ」

人差し指で眉間《みけん》を押さえ、陽子はため息をつく。

「陽子ちゃん、前島くん、谷くん……ホントにありがとう。心配かけてごめんなさい。でも、本当に、自分の問題だから……」

「つまり、俺たちの問題ってことだよな！」

胸を張る大機は、大きな声で力強く宣言した。

「ふふっ……やっぱり前島くんのそういうところ、私、苦手だな」

目に涙を浮かべて、空は微笑む。大機は、平気だ、というようにニヤリと笑う。

「そうそう。俺、人の話聞かないしな」

「自分で言うなよ。でも解決できなくても、話すだけで楽になることもあるんじゃないかな」

「だから、私が聞くって言ってるでしょう。あなたたち、少し考えなさいよ」

深呼吸して、空は自分の気持ちが少しだけ楽になっていることに気づいた。解決しないのは判っているけれど、聞いて貰おう。そう思えるだけでも空の今までの時間は無駄《むだ》ではなかった、そう思える。ここにあるのは、確かに自分が築いてきた絆《きずな》なのだから。

早めに帰ってきて家中を掃除して、最後に洗濯機を回す。何年も続けてきた習慣で、二階建ての小鳥遊家をすっかりきれいにするまで三十分とかからない。それが終わると美羽は、テーブルに裁縫《さいほう》道具を置いて縫《ぬ》い物を始めた。

手芸部の部員は、今や男子三名、女子十名を抱える大所帯だ。三年生の先輩たちも何人か入部してくれていて、今は卒業記念に渡す手作りのポーチを手分けして作っている。自分の分は部活動の時間に終わらせたが、帰ってきてからもこっそりと遅れている子の分を手伝っているのだ。

その時、スマートフォンがお気に入りのバンドの曲を流し始める。美羽は顔を輝かせた。

「もしもし、サッちん！　久しぶりだね！」

『久しぶりって、ほんの二日ぶりだよ。美羽、大げさ』

「だって、本当なら毎日会いたいんだもん」

『何言ってるんだか。最近は、そっちの学校でもうまくやってるんでしょ？』

「そうだけど、それはそれ、サッちんはサッちんだよ。そんなこと言ってると、美味《おい》しいお店見つけても教えてあげないんだから」

『あー、それは困るな。最近はバスケが忙しくて全然休みがないからさー』

もともと背が高くボーイッシュだった親友の杉原祥子《すぎはらしょうこ》は、今や在籍校のバスケ部で不動のエースになっている。県の強化選手にも選ばれたそうで、バスケ漬けの日々を送っているそうだ。

「ふふっ、今度会った時には、あたしのデザインした超可愛いTシャツあげるから楽しみにしてて。もちろん、あたしとお揃《そろ》いだから！」

『嬉しいけど、私は引き立て役になりそうだから、ちょっと考えちゃうな』

豪快《ごうかい》に笑う祥子に、美羽は苦笑いする。

「あーあ、お姉ちゃんたちもサッちんくらいはっきり言ってくれたらいいのになー」

ため息が零《こぼ》れてしまう。最近、家の中に籠《こ》もる重い空気に、美羽は困っているのだ。

『何かあったの？』

「んー、正確にはわからないんだけど。あたしのカンだと、萊香さんが叔父さんに告白したみたい。で、もともと叔父さんを好きなお姉ちゃんがそれを知って挙動不審なの」

状況証拠を積み上げるだけで、恋愛巧者《こうしゃ》の美羽はあっさり状況を看破していた。

「お姉ちゃんも、うじうじしないで告白しちゃえばいいんだけどね。あたしと違って年齢だって釣《つ》り合うんだし……まったく、みんなデリカシーがありすぎて困っちゃうよね」

空がどれだけ強く祐太を想《おも》ってきたのか、そばで見てきたのだ。祐太が誰を選んでも文句を言うつもりはないが、不戦敗してしまうのは悲しすぎるような気がする。

『ふふん、美羽の初恋の人だもんね。複雑なんじゃない？』

「もーっ、そういうこと言わないでよっ！」

何でも話してきた親友に、電話越しに拳《こぶし》を振り上げて美羽は笑う。祐太にも空にも、もちろん萊香にも幸せになって貰いたい。見守ることしかできないけれど、美羽は、心の底からそう願うのだった。

俺、瀬川祐太は呆然《ぼうぜん》としていた。

一つには、幾つかの企業から補欠合格的な意味での採用を打診されたことがある。どうも、複数の企業で採用枠ぎりぎりで落選していたみたいで「もしよければ臨時採用から」みたいな感じでお誘いが届いたのだ。諦《あきら》めずに頑張《がんば》った成果ともいえるが、釈然《しゃくぜん》としなかった。理想とした正採用は、結局難しいと思えたからだ。

もう一つは、萊香さんから告白を受けたこと。プロポーズとすら取れる、三姉妹もまとめてずっと一緒にいたいと言ってくれた萊香さん。ミキちゃんから告白された時もドキドキしたけれど、今回はそれを遥《はる》かに上回る衝撃だった。

「あの時、俺、何て言おうとしたんだろうな」

告白された直後、口から飛び出そうになった返事は、萊香さん自身の手で止められた。

何故止められたのか、祐太には未《いま》だに判っていない。ただ、冷静になって考えれば当然だとも思える。まだ卒業後の進路だって決まっていないのだ。恋人を作るなんてそんなおこがましいことができる立場じゃない。アルバイト生活が続くにせよ、まずは自分の道を決めてからだ。

そう思って頑張っていたのだ。つい、さっきまでは。

「え、えっと……も、もう一度言って貰ってもいいですか？」

「うんうん。来月から、君、うちの社員にならない？　もう社長の許可は取ってあるからさ」

いつも通りの、「お茶でも淹《い》れて」と同じ調子で、湯川《ゆかわ》さんはニコニコしている。

「俺、ここで……正社員になれるんですか？」

「ははは、瀬川くんは疑り深いなあ。本当だよ」

よっこいしょ、と湯川さんは自分の席に腰を下ろした。俺は、湯川さんの机の前に立つ。言われていることは判るけど、理解できなかった。実は、それには前段がある。

「あの……この会社、今年は新卒採用がないと思ってたんですけど……」

俺だって、自宅から自転車で通えて時間に融通《ゆうずう》が利くこの会社に入りたいと思わなかったわけじゃない。だから調べたのだ。ネットも就職支援課もハローワークも。でも、ここには新規採用の募集枠自体がなかったのだ。

「ああ、ウチの会社、一般公募ってあんまりやらないんだよ。正直いって体力ないからね。新人育成っていうのは予算がかかる。だから経験者のみなんだよ。若い子は、アルバイトから入って貰うことが多いね」

俺の淹れたお茶を美味《うま》そうにすすって、湯川さんは笑った。

「もともと、佐原《さはら》さんから話を聞いた時から考えていたんだけどね。ほら、あまり期待持たせちゃ悪いでしょう？　うちはひいき目に見ても大きな会社じゃないし、預かってみたら向いてないかもしれないしね。僕、黙って見てたんだけど……まあ、瀬川くん、要領悪いよね」

「……自覚はあります」

うなだれる俺に、湯川さんは違う違う、というように鉛筆《えんぴつ》を振った。

「まあ、就職活動では不利な面もあると思うよ。今はコミュニケーション力が重視されるからね。だけど、一度社会に出たらそんなのたいした問題じゃない」

湯川さんは、俺が手伝った雑誌の束《たば》を取り出した。

「就職活動で忙しいのに、君はほとんど休まなかった。休んだ時には、休日に来てでも働いていたね。気づいていなかったかもしれないけど、君はこの一年で、僕のやっていた仕事すべての作業に一回は関わったんだよ。文句も言わずにね。なかなかできることじゃない」

休日出勤といってもバイト代は出ているので、それほど褒《ほ》められることとも思えない。俺は黙って湯川さんの話を聞いた。

「うちはね、子供向けの教育書が中心でしょう？　やっぱり真面目で、子供が好きな人にこの仕事に就《つ》いてほしいんだよ。僕は、最初から期待してたんだ。子育てしてる大学生って聞いてね。想像以上だったよ。君は、うちに向いてる」

好々爺《こうこうや》然とした表情で、湯川さんは俺を見つめてくる。

「僕は、子供がいなくてね。この仕事が楽しすぎて結婚もしなかったんだよ。君なら、その心配はないだろう。何と言っても、もう三人も女の子がいるんだから」

「でも、俺……全然採用されなかったのに」

「ははは、そうだろうね。なぜなら……君は、最初からうちに入る運命だったんだよ。神様はいつだって見てるってことさ。まあ、一つだけ忠告するなら……入社する時には、みんなそんな正直に転勤がイヤだとか、そういうことは言わないものだよ。大抵入ってから言うのさ」

本当に要領悪いよね、と湯川さんは笑う。俺は何だか恥《は》ずかしくなってしまう。

湯川さんは立ち上がると、まだ現実を理解できなくて呆然としている俺に手を差し出した。

「もう上司には話してあるんだ。僕の後釜《あとがま》を見つけましたよって。みんな喜んでる。君さえよければどうだい、うちに決めてくれないか」

「はいっ、ありがとうございます！」

両手で湯川さんの手を摑《つか》む。インクの染みついたしわくちゃの手はとても温かかった。

この時はまだ知らなかったけれど、湯川さんは、五月で退職される予定だったのだ。それまでに自分の技術を俺に伝えようと、無理矢理バイトがやらないような仕事も担当させてくれていたのだ。後日それを聞いて、俺はさらに深く湯川さんに感謝したのだった。


まだ夢の中にいるような気持ちで、俺は家路についた。

春に向かって最後の寒さを吹きつける二月の風も、俺の胸に灯《とも》る温《ぬく》もりを消すことはない。

「また……助けられちゃったな」

会社を出てから、すぐによし子伯母《こおば》さんには電話をいれた。伯母さんは満足そうに「そうですか」と言って祝福の言葉をくれたあと、十分ほど社会人の心得を説《と》かれてしまった。

その全部が有り難くて、俺は天を仰《あお》ぐ。たくさんの繋《つな》がりで、俺はここまで来られた。

これで――三姉妹を堂々と養えるんだ。パパの資格を得られるんだ。

嬉《うれ》しさが胸に溢れてくる。姉さんが、青空の上で微笑んでくれている気がした。

「や……やったぞーっ！」

柄にもなく、声が出た。胸を張って家に帰ることができる。そして萊香さんにも……返事をする準備は整った。答えは、もちろん……

「祐太さん、どうしたんですか？　大きな声を出して」

「わあっ！」

声をかけられて飛び上がる。後ろを見ると、目を丸くしたお向かいの女子大生、北原栞《きたはらしおり》ちゃんと、そのお母さんが買い物かごを提げていた。

「す、すみません。ち、ちょっと、いいことがあったもので」

「えっ、何があったんですか？　最近、祐太さんも空ちゃんたちもどこかヘンだったから、何かあったんじゃないかって心配してたんです」

わ、栞ちゃんにまで心配かけていたのか。申し訳ない。でも、空ちゃんの様子が変だったなんて、気づかなかったな……。俺もいっぱいいっぱいだったから、反省しないと。

「ごめんね。栞ちゃん」

俺は謝って、今日あった出来事を伝えた。一番に伝えるのは三姉妹とサーシャさんだと思っていたけど、栞ちゃんも大切な家族の一員みたいなものだから、話していいと思う。

栞ちゃんと、栞ちゃんのお母さんは手を打って喜んでくれた。

「よかったですね、祐太さん！　これは……パーティしないと！」

「え？　い、いや、栞ちゃん、別にそんなことはしなくても……」

俺が制止しようとした時には時既に遅く、栞ちゃんは走り出していた。

「……ああ、まだ空ちゃんたちにも伝えてないのに」

「うちの子、思い込みが強くてごめんなさいね。彼氏でもできれば変わると思うんだけど」

栞ちゃんのお母さんは、ふう、とため息をついて俺に微笑む。俺は曖昧《あいまい》に微笑んで、俺は自分の口で結果を伝えるために、急いで玄関に向かったのだった。


空と合唱部の仲間たちは、学校から少し離れた喫茶店《きっさてん》にいた。スマホの割引クーポンを使うとかなり安くなるので、高校生にとってはいい店だ。空たちと同じ学校の生徒もちらほら見える中で、空気の読めない男が大声を上げた。

「ほんとかっ⁉　小鳥遊が好きなの、あの、叔父さんなのかっ⁉」

立ち上がらんばかりの勢いで驚く大機に、修二と陽子は頭を抱える。

「大機、それ、何周遅れなんだ……。僕ら、中学校からずっと一緒だったよね」

「前島くんの鈍感《どんかん》さは、もはや恐竜並ね。繊細な空さんに振られるわけだわ」

容赦《ようしゃ》のない二人に大機はぐっと詰まる。真《ま》っ赤《か》な顔をして俯《うつむ》く空は、かなりの時間を費やして、祐太とのこと、卒業旅行でのことを話し終えて肩の荷を下ろしていた。

「うー、なんか信じられねえ。だけど、あの胸がでっかい超美人も、小鳥遊の叔父さんが好きなんだろう？　あの人そんなにモテるんだ……全然そんな風《ふう》には見えないけど……いてっ！」

正直な大機に修二が拳骨《げんこつ》を落とす。空は、くすりと笑った。

「いいの谷くん。お兄ちゃんは、仁村さんや谷くんみたいに、判りやすく格好いい人じゃないから。前島くんに判らなくても仕方ないよ」

「そうね。まあ、言ってみれば空さんの気持ちに気づかないって意味では、前島くんに負けてない人なんだもんね、祐太さんは」

容赦のない陽子の一撃に、空の笑顔は再び凍りつく。

「……うん。お兄ちゃん、全然、気づいてないと思う」

「小鳥遊さんのこと、叔父さんは大事に思ってると思うけどな」

「それは……判ってるよ。でも、それが問題なんだよ……」

励《はげ》ますような修二の笑顔は、傷ついた乙女には辛《つら》かった。

「まあ、娘だと思って育ててる女の子に恋愛感情を抱くような人だったら空さんも好きにならないでしょうから。ままならないものね。だけど、確かに時間はなさそうね」

眼鏡の少女は、空のほうを見つめた。

「今の話を聞いていると、萊香さんは空さんがいることに気がついて祐太さんを止めてくれたのよね。しかも、祐太さんはその事実に気づいてない」

「……うん。そうだと思う」

告白のあと、萊香はほとんど空と話はしなかった。ただ、優しく微笑んでくれるだけで。あれは、どういう意味だったんだろう。それに、祐太を鈍感だと言っていた。

「告白、するしかねぇんじゃないの？　叔父さん、すぐに結論出しちまうんじゃないか？」

「うーん。あれだけの美人だし、もともと仲良しなんだよね。断る理由なんてないよね」

空の葛藤《かっとう》に本質的に理解のない男性陣のデリカシーを感じられない発言に、空はまた俯いてしまう。でも、陽子も今回は同意するように頷くのだ。

「そっか……そうだよね。莱香さん、きっと、最後のチャンス、くれたんだよね」

隣に並び立つまで、待っていてほしかった。空が大人になるまで、時間が欲しかった。我儘《わがまま》なのは判っていた。必死で背伸びもした。早く莱香さんみたいになりたかった。

時は来てしまったのだ。せめて十八歳に、二十歳《はたち》になってからにしてほしかった。選ぶのは、もっと先にしてほしかったのに。

「告白して……もしダメだったら……私、もう一度お兄ちゃんって呼ばせて貰えるのかな」

不安げに仲間たちを見つめる空に、答える言葉はない。すべてを手に入れようとしたら、全部を失うかもしれない。揺れ動く十七歳の少女に、親友はたった一つの答えを出した。

「空さんがどんな決断をしても、どんな結末になっても、私、一緒に泣いてあげるから」

「……陽子ちゃん、ありがとう」

握り合う二人の手に、そっと大機と修二が手を重ねる。とても遠慮がちに。

仲間たちの支えを受けて空は笑顔を作ろうとする。と、ポケットでスマホが鳴った。

着信相手は空の大好きな人で、内容はとても嬉しいもので、空は、真っ青《まさお》になる。

思った以上に、選択する時間は残されていないようだった。

織田莱香は、学校に隣接している学童保育に急いだ。

「ひなちゃん、小鳥遊ひなちゃん。いますか？」

「はーい、あ、らいかち……おだせんせー、こんにちはっ」

ひとりで本を読んでいたひなは、莱香を見てにぱっ、と笑った。周りの子供たちはすごろくのようなゲームをしているが、ひなは参加していないようだった。職員会議での話題が頭をよぎる。学童保育を担当する先生に挨拶《あいさつ》をしたあと、莱香は、ひなに話しかけた。

「お家《うち》から連絡で、今日はすぐに帰ってきてほしいそうです。帰る用意をしてください」

「はーい。わかりました」

一年生にしては自分のことを全部自分でできるひなは、手早く身支度をすませる。

「あら、今日はもうお帰りですの？　ひなさん、私たちとすごろくをなさればよかったのに」

「えへ、ごめんね……ひな、そういうの、あんまりすきじゃなくて」

不思議な躊躇《ちゅうちょ》を見せるひな。莱香は微かにひっかかるものを感じた。

「あれ、おだせんせいもかえるの？」

ひなに聞かれて、莱香は不器用にウインクする。

「そう。私も帰るところ。一緒に、出よう」

下校時もまとまって帰ることを推奨《すいしょう》される学童保育としても、途中まで先生が一緒というのは歓迎されることなので、みんな笑顔で送り出してくれた。

校門を出て、ひなは背伸びをして莱香に耳を寄せるよう要求した。

「らいかちゃん、なにかあったの？」

「今日はお祝いだから、早く帰ってきてって、サーシャさんから電話があった。祐太、就職が決まったみたい」

「ほんと！　やった！　おいたん、やったおーっ！」

幼いながらも、心から祐太のことを心配していた末姫は小躍《こおど》りして喜んでいる。

「おいたん、すっごくたいへんそうだったから……よかった」

「うん。本当によかった」

黒髪の麗人《れいじん》も、心から安堵《あんど》の吐息《といき》を漏らす。祐太の素敵なところを判ってくれる会社があって、本当によかった。気づくのが遅すぎるくらいだけれど、サーシャさんが言うにはとてもいいところに就職できたようだ。結局、収まるところに収まったということかもしれない。

――卒業、だね。

茉香は、心の中でそう思う。あの旅行で卒業できなかった問題を、祐太はまた一つ卒業したのだ。これで祐太は晴れて保護者見習いを卒業し、本当の保護者になれるだろう。

もう一つの問題も……告白の答えも、もうすぐ聞ける。茉香はそう確信していた。

気がかりなのは、もうひとりの、祐太のことを心から愛する少女のことだった。

彼女は――どうしたのだろうか。茉香は、旅行のあとは小鳥遊家に寄っていない。仕事が忙しかったのも事実だけど、祐太と空の気持ちを乱したくなかったのだ。

「あれ？　らいかちゃんどうしたの？　うれしくないの？」

自分の考えに沈んでいたことに気づいて、茉香は慌ててひなの手を取った。そうだ、こうやってひなと二人きりになれる機会も、最近はあまりない。機嫌のいい時に、聞いておくべきことを莱香は思い出した。

「ひなちゃん、最近あんまりお友達と遊んでないみたいだけど、何かあった？」

「え……？　どうしてしってるの？」

大きな目をさらに大きくして、ひなは驚く。

「だって、私はひなちゃんの先生だから。もしかして、誰かと喧嘩《けんか》した？」

「……そっか。せんせいってすごいねー。でもひな、けんかしたりしてないよ。ただ……」

成長著《いちじる》しい少女は、迷った末に莱香の手を強く握った。歩みが少しだけ遅くなる。

考えて考えて、ひなは、決心したように口をひらいた。

「らいかちゃん、どうして、みんな一ばんになろうとするの？　小学校に入ってから……なんだか……おともだちとなかよくしちゃ、いけないみたい。ほいくえんでは、みんななかよくだったけど、小学校は、ちがうんだよね」

莱香は、衝撃を受けて歩みを止める。

「どうしてそう思うの？」

「だって、みんなテストでも、おえかきでも、かけっこでも、一ばんがいいっていうの。ほいくえんのときから一ばんがいいって子はいたけど……いまは、もっとすごいの……」

ひなは、一言ずつかみしめるように呟く。

「まえにね、おえかきしたときにね、ひなが一ばんじょうずっていってくれる子がいて、うれしかった。でもね、それがいやでおこる子がいて、ないちゃう子もいて、ひな、すっごくいやだったんだ。ひな、おともだちとけんかするくらいなら、一ばんなんていらない」

ぽつりぽつりと、末姫が語るのは優しすぎる気持ち。三歳で両親を失ったとはいえ、大切に大切に育てられた彼女は人と競い合うことに慣れていない、ということかもしれない。だが。

「がんばっても……一ばんになれない人もいるよね。ご本をよむと……いつもいい人が一ばんになって、わるい人にはわるいことがあるよ。だけど」

もうじき七歳になる少女が紡《つむ》ぐ思いは、教師となった萊香にとって、最大の試練だった。

「ひな、おもうんだ。ひながわるい子だから……パパとママがいなくなったんじゃ、ないよね」

泣くでもなく、絶望するでもなく、ひなはただ、ずっと考えていたことを語る。

「がんばっても……わるくなくても……かなしいこと、あるよ。だから、ひな、二ばんになった子がなくなら……一ばんにならなくていいんだ。ひな、なんばんでもへいきだから」

「ひなちゃん……」

ただ、萊香はそう言って言葉を失う。ひなの気づきは、萊香の長年抱えていた問題に似ているように感じられた。他人の気持ちは測れない。萊香は両親の影響もあり、恵まれた才能と美《び》貌《ぼう》のせいで世間と自分の隔絶《かくぜつ》を作ってしまった。それは、結局のところ孤独《こどく》だった。ひなは、その優しさから、他人を傷つけたくないという気持ちから、孤独を選ぼうとしている。萊香は、言葉を探す。なぜなら、今の萊香なら知っているから。ひなの考えは、間違っていると。

「でもね、ひなちゃん。それは……違うよ」

「だって、みんな一番になりたくて頑張っているのに、ひなちゃんは手加減している。それだと、みんな本当の一番になれないよ」

「え？」

珍《めずら》しい莱香のはっきりした拒絶に、ひなは驚いた顔をする。莱香は、全力で笑顔を作った。

「でも……一ばんには、ひとりしかなれないんだよ？」

「うん。でも、一番になろうとして、頑張って頑張って、それで二番だったら……それは凄いこと。もしも十人中十番でも、頑張った結果なら、それは、きっと意味のあること」

「いみ……？」

莱香は足を止め、ひなの目を覗《のぞ》き込む。

「ひなちゃんの優しい気持ちは判る。だけど、これから毎日、大人になってもずっと、みんな競争するの。それは、他の人とじゃない。自分との、競争」

「じぶんとの……きょうそう？」

「祐太は、ひなちゃんたちの立派なパパになるために、凄く頑張ってる。でもいっぱい試験に落ちたよね。落ちた祐太は、駄目《だめ》な人？」

「そんなことない！　おいたん、きょう、しけんにうかったんでしょう？」

「うん。でもそれは何度も落ちても諦めなかったから。最初から二番でいいと思っていたら、きっと、そこには届かなかった。空ちゃんの合唱だってそう。何度も地区大会で負けて、全国大会でも三位。一番じゃないけれど、空ちゃん、嬉しそうだった。頑張ったから」

莱香の言葉に、ひなの顔が明るくなる。

「がんばったら……一ばんでなくても、だいじょうぶなの？」

「全部そうだとは言わない。だけど、順番は気にしなくていいと思う。自分が納得できるか、それが、一番大事。みんな、自分自身と競争してる」

「……一ばん大じは、がんばること……そっか……そっか」

何かを納得したように、ひなは何度も頷いている。

「一年生になると、みんな、自分が何番か気になる。それは頑張ってるから。ひなちゃんは、もしかして、まだあんまり頑張ってないかも？」

からかうような声音に、ひなは頬《ほお》を膨《ふく》らませる。

「ひな、がんばってるよ！　ほんとうはぜんぶひゃくてんとれるもん！」

「ふふ。知ってる。だから、心配した」

「ひな、これからはもっとがんばる！　みんながんばってるから、ひなも、いっしょにがんばればいいんだよね！　ひな、みんながなくのがいやだったけど……それは、ちがうんだね」

「そうだよ。テストで零点《れいてん》を取った子も、次を頑張ればいい。サッカーが苦手な子も、頑張ったら、きっと今よりも上手になる。結果は、おまけ。まずは、頑張ることが大事」

莱香は、優しすぎる少女の頭を撫《な》でる。少女はくすぐったそうに微笑んだ。

「らいかちゃんも、一ばんになるためにがんばってるの？」

「……そうかも」

先生としてはまだまだだと思う。それに、もう一つの一番になりたいことも、まだ結果は判らない。嫌われていない自信はあるけれど……

「じゃあ、ひなもがんばるから、らいかちゃんもがんばろうね！」

すぐに七歳となる少女の大人びた笑みにドキッとしながら莱香は頷いた。成長していく子供たちは何と眩《まぶ》しいことだろう。莱香は、その輝きを見つめていられることに感謝したのだった。


「あ、あの、俺も手伝おうか？」

「いいです！　叔父さんは座っててください。今日は主賓《しゅひん》なんですから！」

金髪ツインテールの美少女に抱きつかんばかりに押さえられて、俺は従うしかない。

キッチンからは、ご機嫌な鼻歌と共にいい香りが漂ってくる。

「ミウー、ちょっとオテツダイしてチョウダイ」

「少し待って！　あと二件電話したら手伝うから！」

少し色の違う二人の美しい金髪が、リビングとキッチンを飛び回る。

「叔父さんの就職祝い、盛大にやらないと！」

「腕によりをカケルワヨ！　ライカはまだカシラ⁉　オーブン任せたいノニ！」

お、おおお……何だか大事になっている。ってか、莱香さん、来るのか？

ドキドキしてきたぞ。俺はまだ京都での返事を返していないんだ。俺は、目を閉じて自分の気持ちを確認する。四年間の思い出は、本当にかけがえのないものばかりだった。

三姉妹の思い出も、大半が莱香さんと結びついていて、もう、とっくに家族みたいなものになっている。だからこそ、告白に戸惑ってしまったのかもしれない。大切だとか、好きだとか、とっくに通り越して……莱香さんは俺たちの一部だから。

そう思っていた時、莱香さんとひなが我が家に到着した。ひなは、甘えるように莱香さんにくっついている。莱香さんも幸せそうに我が家の天使を抱きしめていた。

「可愛い。祐太、これ頂戴《ちょうだい》」

頬を紅潮させた超絶美女の第一声はこれだった。たとえ莱香さんでもあげられません。

「ただいま、じゅーべーっ、らいかちゃんきたよ！」

ひなは莱香さんの腕の中から、ひなのナイトを模《も》したぬいぐるみに挨拶する。二人は、真《ま》っ直《す》ぐに俺のほうに歩いてきて、にっこりと会釈《えしゃく》する。

「おいたん、しゅーしょくおめでとうございます！」

「祐太、おめでとう。出版社なんて凄いね。祐太が頑張った成果が出た」

褒められて、思わずにやけてしまう。何故かひなが莱香さんにこっこり微笑む。

「おいたん、一ばんかな？」

「ん、今日は、祐太が一番」

ニコニコしてる二人。学校で何かあったのかな。

続いてドアが開き、空ちゃんが駆け込んできた。

「ただいまっ！　お兄ちゃん！　就職おめでとう！」

手には、大慌てで用意したのかプレゼントらしき包みを抱えている。そんなに気を遣わなくていいのに……俺は照れくさくなって頭をかく。

「あーっ、お姉ちゃんズルイ！　あたし、用意してないのに！」

「ごめんね、美羽。私も手伝うから」

そう言うと、空ちゃんは制服の上からエプロンを着ける。萊香さんも、我が家に起きっぱなしにしているエプロンを手に取った。二人の視線が合う。

「萊香さん……」

「うん。まだだよ」

短いやりとりのあと、空ちゃんは萊香さんに頭を下げる。萊香さんは優しく空ちゃんの手をとってキッチンに入っていく。その二人の姿が、やけに印象に残った。

それから俺は、次々とやってくる来客の対応に追われることになった。

小鳥遊家は、時ならぬ喧噪に包まれていくのだった。


ほとんど誰も手ぶらで来てくれないので、いつの間にかテーブルは食べ物とプレゼントでいっぱいになっていた。就職が決まったのがほんの三、四時間前なのに、どうしてこんなことになるんだろう。特に仁村とヒロミちゃんなんて八王子《はちおうじ》から来たはずなのに、信じがたいほどのご馳走を持ち込んでくれている。プロの技、ということだろうか。

ついでに何故か仁村の元カノさんたちも何人か来ていたりして、それなりにカオスだ。

今まで知り合った人が片《かた》っ端《ぱし》から来てくれて、さながら大学の同窓会の趣《おもむき》だった。

「よーし、グラスが行き渡ったようだね。では、この不肖《ふしょう》佐古俊太郎《しゅんたろう》が乾杯の……」

「祐太くん、就職おめでとう！　かんぱーいっ！」

「あっ、ちょっ、それはないよミキくん～」

会長に最後まで言わせず、菅谷《すがや》ミキちゃんの音頭《おんど》でパーティは始まった。

手荒い祝福を受けて、俺はみんなにたくさん心配をかけていたことを詫《わ》びる。

珍しく顔を真っ赤にして酔ったよし子伯母さんに頭を撫でられながら、俺は、自分が幸せであることを痛感していたのだった。


パーティもたけなわの時だった。突然、美羽ちゃんがぱんぱん、と手を鳴らす。

「みなさんっ！　これから、うちのお姉ちゃんが、叔父さんにプレゼント渡しますよー！」

その声に釣《つ》られるようにして、みんなが俺のほうに注目する。

え？　そんなの聞いてないよ？　びっくりしながら俺は空ちゃんの姿を探す。

すると、人垣を割るようにして……美しい少女が歩み出た。

見覚えのある服を着ている。あれは、祐理姉さんが着ていたスーツだ。飛行機事故で姉さんたちが行方不明になったあと、八王子の六畳間で暮らした数カ月の最後に、ひなの保育園にお遊戯《ゆうぎ》会を見に行った時に着ていたあの服は、もう空ちゃんにぴったりのサイズになっていた。

手にプレゼントの箱を持って、空ちゃんはしずしずと歩く。

まるで俺の知らない美しい女の子のようだった。毎日違う顔を見せる彼女に、俺は惹《ひ》きつけられていた。周りの男たちも、驚きの吐息を漏らす。綺麗《きれい》になってきたと思っていたけれど、これほどとは思わなかった。俺の前まで歩いて、空ちゃんは、澄《す》んだ笑顔を浮かべた。

「お兄ちゃん、就職、おめでとう」

「あ、ありがとう。空ちゃん」

「うん……」

プレゼントを手渡して、空ちゃんは、そのまま両手で顔を覆《おお》った。

「……空ちゃん？」

何が起こったのか判らず、俺は彼女の名前を呼んだ。空ちゃんは、ただ頷く。

ぽたり、ぽたり、と手のひらの間から涙の雫《しずく》がこぼれ落ちた。

空ちゃんは、泣いていた。声を殺して、感極まったように。どうしていいか判らず、俺は左右を見回す。凍りついた時間の中で、彼女に声をかけたのは、栞ちゃんだった。

「空ちゃん、頑張って！」

小さな声だった。だけど、ひなが何故かそれに反応した。

「そらねーたん、がんばれ」

みんな、何が起こっているのか判らない。俺もただ、目の前で泣く娘を見つめていた。

励《はげ》ましに押されるようにして、空ちゃんは顔を上げた。泣き濡れた顔で、笑顔を作る。

そして彼女は、大きく深呼吸した。歌い始めるみたいに。

「お兄ちゃん……ごめんなさい。もう、私、我慢《がまん》できないみたい」

虚《きょ》を突かれる。空ちゃんの瞳から、大粒の涙が溢れる。笑顔のままで。

「初めて会ったの、いつか覚えてる？　私は……忘れたことないよ。祐理さんとお父さんと、美羽と私の五人で、ホテルでご飯食べたよね。転んだ私にハンカチを貸してくれた。初めて会った時から、お兄ちゃんは優しくて……かっこよかった」

幼い日の空ちゃんと、目の前の空ちゃんが、重なって見える。そうだ、姉を取られる気がして不機嫌だった俺。同じように不安そうだった彼女を思い出せる。

「お父さんと祐理さんが、あの旅行に行く前、何年ぶりかでお家に来てくれた時、私、本当に嬉しかったんだよ。お兄ちゃんは、私のこと忘れてたけどね」

一つ一つ思い出すように、空ちゃんは俺を見つめる。

「私たち三人を引き取るって言ってくれて、本当に引き取ってくれて、ここで暮らした三年間は、大変なこともあったけど……私は、辛くなかったよ。お兄ちゃんが、いてくれたから」

誰もが、一言も言葉を発しない。ただ、美羽ちゃんが、固くひなを抱きしめるのが見えた。その美羽ちゃんたちを、サーシャさんが抱きしめる。栞ちゃんが泣いていた。

「お兄ちゃん……私、お兄ちゃんが……」

ミキちゃんがゆっくりと、萊香さんの隣に移動するのが見えた。支えるように傍《かたわ》らに立つ。

空ちゃんは、大きく目を見開いた。

「私、お兄ちゃんが好き。ううん、ごめんなさい。私、本当は嘘《うそ》つきなの。本当は、もうずっと前から、お兄ちゃんだなんて、思ってない。最初から、思ってなかったのかもしれない。だって、好きだったんだもの。初めて会った時から、ずっと大好きだったんだもの」

止めどなく零れる涙がとても綺麗で、俺は、目を逸《そ》らすことができない。

「私は、お兄ちゃんが……祐太さんが好きです。ずっとずっと、好きでした！　だから、私は、お兄ちゃんに、保護者になんてなってほしくない。私は……私は、祐太さんと……」

そこが限界だった。空ちゃんは、しゃくり上げるように大きな声で泣き始める。こんな風に泣く空ちゃんを見たのは、もしかしたら初めてかもしれない。美羽ちゃんと栞ちゃんが駆けよって、空ちゃんを抱きつくようにして支えた。空ちゃんは、もう一度俺を見つめた。

「まだ、私がお兄ちゃんに……祐太さんに相応《ふさわ》しくないのは、判ってます。自分のことも自分でできない子供なのも、知ってる……だけど、それでも、私は……私を、選んでください」

真剣な、真剣過ぎる告白。俺はどうしていいか判らず、反射的にある人を探していた。俺の気持ちを探すように。空ちゃんから少し離れて、莱香さんは真っ直ぐに俺を見ていた。息が詰まりそうになる。無限とも思える時間。莱香さんが、先に視線を逸《そ》らした。

答えを告げることもできず呻くように、俺は呟《つぶや》く。

「そりゃあ……空ちゃんのこと、俺だって大好きだ。でも……俺は、姉さんと義兄《にい》さんから空ちゃんを預かって、立派に育てるのが……俺は……そんなつもりで」

支離滅裂《しりめつれつ》な言葉だと判っている。俺は正直言って混乱していた。再び、沈黙が場を支配する。次第に収まっていく空ちゃんの泣き声だけが響いていた。

その時、もうひとりの大切な人が、ゆっくりと前に出た。

「祐太、選んで」

黒髪に白皙《はくせき》の美貌。スタイル抜群の美女は、美羽ちゃんたちから引き取るように空ちゃんを支えた。空ちゃんは、一瞬だけ驚いた顔をして、萊香さんと視線を交わして頷いた。

「私たちは、選んだ。祐太も、選ぶべき」

「……お願いします」

まっすぐに見つめられて、俺は息を呑《の》む。これだけの思いを伝えて貰って、逃げるなんて選択はできない。俺は、娘たちに恥ずかしくない男になりたいんだ。気持ちに、嘘はない。どちらも、俺は大切に思っている。だからこそ不誠実なことはできない、そう思った。

「二人とも、俺にとってはとても大切な人です。本当は、俺、こんな形になるなんて全然思ってなくて、正直、困っています。だけど……」

そう。俺は、自分の意思で選ばなきゃいけないんだ。

「たぶん、俺は、自分の手で……家族を支えたいんです。そのために頑張ってきました。俺は……今、俺が一番泣かせたくない人が誰かを、ずっと、ずっと、考えていました」

鈍《にぶ》りそうになる心をねじ伏せて、俺は、決断した。

「萊香さん、すみません。俺は……萊香さんとは付き合えません。ごめんなさい」

絞《しぼ》り出すように言って、俺は萊香さんに頭を下げた。

「……そう。判った」

絶世の美女は、一瞬だけ目を伏せる。だけど泣かなかった。ただ、その体を支えるようにミキちゃんが、サーシャさんが萊香さんに寄り添う。俺は、空ちゃんに向き直る。

「空ちゃん、俺、空ちゃんの気持ち、嬉しいよ。だけど、まだ、全然……実感がないんだ。空ちゃんと、その……恋人になれるか、俺にはまだ判らない。一生懸命《いっしょうけんめい》考えたけど、今は、これが精一杯なんだ。ちゃんと……ちゃんと考えるから、もうしばらく、俺に時間をくれないか」

「うん、もちろんだよ、お兄ちゃん、ごめんね……きちんと娘になれなくて……ごめんなさい」

空ちゃんは、ぽろぽろと涙を流す。俺は、空ちゃんにも頭を下げた。

「こんな俺を、好きになってくれてありがとう。だけど……」

「判ってる。お兄ちゃんに選んで貰えるように、私、もっともっと、頑張るから」

泣きながら、空ちゃんは笑った。ひなは、きょとんとしている。美羽ちゃんは、嬉しいような困ったような、複雑な表情で萊香さんと空ちゃんを見つめている。

空ちゃんは、萊香さんのほうを向き直り、深々と頭を下げ……堰《せき》を切ったように、再び泣きながら萊香さんにしがみついた。

「ごめんなさいっ！　ごめんなさいっ！　萊香さんっ！　私っ、ずるいっ！　ずるいよねっ！　ごめんなさい……」

「……大丈夫。私は、空ちゃんが大好き。だから……泣かないで」

空ちゃんを抱きしめて、萊香さんは優しい笑顔を浮かべる。

「ごめんなさい……ずるいの、判ってるけど、それでも……私は、お兄ちゃんも、萊香さんも

「……大好きです莱香さん……お姉ちゃん」

お姉ちゃん、そう呼ばれて……莱香さんは目を見開いた。

「莱香さん、あたしも、莱香さんをお姉さんだって思ってます！　叔父さんとお姉ちゃんを、許してあげてください」

飛びつくように莱香さんに抱きついたのは、美羽ちゃんだった。美羽ちゃんの目にも、涙が滲んでいる。莱香さんは、美羽ちゃんも抱きしめた。

「……ひな、よくわからない。でも、わかったよ、らいかちゃん」

聡明《そうめい》な小鳥遊家の末娘は、莱香さんと空ちゃんに近づいて、二人の頭を優しく撫でた。

「そらねーたんも、らいかちゃん……らいかねーたんも、がんばったんだね！　がんばったんだから、みんな、とってもえらいんだよね！」

「ひなちゃん……そう、頑張った。今まで、みんな、本当に……私もきっと、頑張った」

そう言った莱香さんの目から、遂《つい》に大粒の涙が零れ始める。

「空ちゃん、大好き。美羽ちゃん、大好き、ひなちゃんも大好き。みんな、みんな大好き。私は、全部ここで貰った。ここで覚えたことがたくさんある。いっぱい感謝してる……」

抱き合う四人を仲間たちが優しい目で見つめている。俺も、目の前が曇《くも》ってきた。

「祐太、この子たちは……もう、祐太だけのじゃない。私の、家族、だから……」

その通りだと思います。莱香さん。俺は頷いた。この選択の先に何があるのか、まだ判らない。ただ一つ、俺は二度と、彼女たちを泣かせないように頑張ると、心に誓《ちか》ったのだった。

エピローグ

八王子《はちおうじ》のカフェ&バー・クリエには、今日は三人の女性客が訪れていた。バーカウンターを預かるのは、イケメンが板についた好青年だ。マッチョ男子のいかつい身体《からだ》に乙女《おとめ》の心を宿したヒロミは、女性陣と共に椅子《いす》に座ってため息をついている。

「はあ……素敵《すてき》だったわあ……あたしも、あんな恋がしてみたい」

「もう、ヒロミちゃんはお気楽ね。私たちは、盛大に失恋したんだから、少しは慰《なぐさ》めてよ」

口を尖《とが》らせたのは菅谷《すがや》ミキだった。彼女は卒業後は都内の中堅商社で事務職を勤める予定だ。

「あーあ、職場にいい男いないかなあ。栞《しおり》ちゃんの大学に素敵な人、いない?」

「祐太《ゆうた》さんが基準だと、そう簡単には……見つからないですよね」

可愛《かわい》く両手でグラスを持ち、ちびちびと甘いお酒をなめる栞ちゃんは、この場にいるのが恥《は》ずかしいというように大人の女性たちと仁村《にむら》を眺めている。

「ここにいる……ってのは、ダメ?」

白い歯を光らせて、仁村は栞ちゃんにお代わりを差し出す。残念ながら正しく歯牙《しが》にもかけられず、仁村の発言はスルーされた。栞ちゃんは、申し訳なさそうに萊香《らいか》を見る。

「莱香さん……ごめんなさい。あの時、私、空《そら》ちゃんに頑張《がんば》れって」

「謝罪されるようなことはない。私も、頑張れって思っていた」

穏《おだ》やかな表情を浮かべて、莱香はグラスを傾ける。

「でも話を聞く限り、莱香さんは、普通に押したら大丈夫だったんじゃないですか？　京都の時でも、それ以外でも。祐太くん、莱香さんにメロメロだったじゃないですか」

「そうかもしれない」

超絶美女は、あっさりと肯定する。ヒロミも含めた三人は目を白黒させる。

「だったら、どうして空ちゃんを待ってあげたんですか？」

「……判らないなら、ミキちゃんはやっぱり祐太のことが判ってない、かも」

自信とも取れる回答に、ミキはぐっと詰まる。仁村が軽い笑い声を立てた。

「あはは、まあ、瀬川《せがわ》ちゃんですからね。もし付き合い始めてからでも、空ちゃんや美羽《みう》ちゃんを泣かせちゃったら、何をしでかすか判らないところがありますよね」

「私も、空ちゃんたちが泣いてしまったら、その後も自然に接する自信はなかった」

意外と冷静な分析に、ミキとヒロミは目を丸くする。

「莱香さん、意外と……策士だったり？」

「……なに言ってるんですか。そんなの後づけに決まってます。私には判りますよーだ」

横槍を入れたのは栞だ。少量の薄い酒でも酔《よ》ってしまったのだろうか。

「莱香さんも空ちゃんも必死でしたよ。私が空ちゃんを応援しちゃったのは、やっぱり大人の女性であるミキさんや萊香さんに勝てなくて、悔しい思いをしたからだと思います。だけど……空ちゃんの涙には、勝てないですよねぇ。だって、祐太さんだもん」

はあ、とため息をつく栞に周囲はうんうんと頷《うなず》いた。

「でも、私も萊香さんも大学ではモテモテだったのに、結局祐太くんひとりに振り回されちゃいましたね。仁村くんみたいに不誠実じゃないから、みんな怒ってないですけど」

「はは、手厳しいなあ。でもみんな、この店のいいお客さんになってくれてるんだよ？」

「そうね！　結果的には大もうけだったわね。もうこのお店は仁村くんに任せちゃう予定だし！　あたしも、これでまた本業に専念できるわ！」

相変《あいか》わらず本業が謎なヒロミはご機嫌である。そして仁村は少しも懲《こ》りていないようだった。

「栞ちゃんもここでバイトしない？　ウチの店、可愛《かわい》い子なら大歓迎だよ」

「……ほんっとに、仁村さんってタフですよね。見習いたいくらいかも」

ナンパな仁村を毛嫌いしていた栞だが、いつの間にやら慣らされているようだった。

「萊香さんは、これからどうするつもりなんですか？」

「どうって？」

「新しい、恋を探すとか……」

ミキちゃんの言葉に、萊香はふふ、と笑った。珍しいくらいはっきりと。

「わ……初めて見る笑顔」

「笑顔の練習をしている。小学校教師の必須スキル」

自慢げに胸を張ると、莱香はグラスに映る自分の顔を眺める。

「初恋は、実らない。母さんからもそう言われた。だけど……私は知っている」

莱香が取り出したのは、手垢《てあか》のついたような古い恋愛図鑑《ずかん》だった。真剣な顔で、莱香は宣言する。

「一人の人と、一度しか恋をしてはいけないというルールはない。今回は失恋したけれど、私が、祐太を好きで居続けてはいけないという規則もない。私の気持ちは、変わらない」

真顔でそう宣言する残念な超絶美女に、ヒロミが爆笑した。

「さ、さすがっ！　多摩《たま》文学院大学の生ける伝説。ここで、そんな風《ふう》に空気を読まないなんて思わなかったわよ！　見直したわ！」

「それに、祐太と一緒にいないと空ちゃんたちと遊べない。そこも重要」

淡々と酒を口に運ぶ莱香。栞だけが気づいていた。莱香さん、酔っ払ってるんじゃ……、と。

「そんなこと言ってるから、全部捨てて懐《ふところ》に飛び込んだ空ちゃんに三人とも負けちゃったんですよーっ！　あーん、悔《くや》しいよぉ。祐太くんのこと、好きだったのにっ」

本音が漏《も》れるミキの前に、仁村は次々と彼女の好きな酒を差し出していく。お酒と笑いに溶け出すように、莱香の辛《つら》さがやんわりと薄まっていく。この痛みもまた、祐太がくれたものだから、大事に味わおう。莱香はくすりと笑った。私の初恋の相手は、私の初失恋の相手だ。

この先、どんな人生があったとしても、莱香は絶対に忘れない。この、大切な時間のことを。

就職まであと少し猶予《ゆうよ》があるはずだった。というか、普通は四月一日が入社日だと思う。

しかし、バイトあがりである俺、瀬川祐太はそういう扱いではないらしい。

「え？　大学の用事がある時以外は、暦《こよみ》通りに出勤してね。バイト代はもちろんでるよ。嬉《うれ》しいでしょ？　四月一日からは、そのまま僕の部下として一カ月引き継ぎだから、ずーっと忙しいと思ってね」

好々爺然《こうこうやぜん》とした湯川《ゆかわ》さんは、平然とそう言ったのである。正直、どうかと思う。三姉妹と最後の平和な時間を過ごせると思ったのに。春休みくらい、姉妹を連れて家族旅行に行かせてくれてもいいと思うんだ。

「アラアラ、なかなか似合うワ。ワタシの作ったスーツだからトウゼンネ」

そう言ってネクタイを直してくれるのは、サーシャさんだ。

「オシゴト、頑張ってネ。ダーリン」

「ママ、そういうこと、言わないでよ。また朝から……」

困った顔で食卓に座るのは、金髪碧眼《きんぱつへきがん》の次女である。その隣で……肩あたりまで髪の伸びた美しい女の子が、ジト目で俺たちを睨《にら》んでいる。

「お兄ちゃん、鼻の下、伸ばしてた。サーシャさん、そういう冗談やめてくださいね」

「エー、ワタシは、いつだってホンキよ？」

そう言いながらも、ネクタイを放してサーシャさんはひなの口元についたソースを拭《ぬぐ》った。

「マッタク、ソラはヤキモチヤキ、ネ。ヒナ」

「そうかも！　そらねーたん、いっつもおいたんみてるもんね」

おませなひなにまでからかわれ、空ちゃんは真《ま》っ赤《か》になる。俺も、顔が赤くなっているのを自覚しながら、何とか家長の体面を保った……つもりだ。

あの告白のあと、俺と空ちゃんは、いくつかの決め事をした。まず俺は、空ちゃん以外とは付き合わないと約束した。少なくとも、空ちゃんが高校を卒業するまでは。

空ちゃんが、俺を好きでいてくれるのはとても嬉しい。だけど、俺は一度、空ちゃんを娘として育てると決めたのだ。今更、恋愛感情を持てるかといわれても……今のところは難しい。

お互いの気持ちを、じっくりと確かめよう。そう言ったら、空ちゃんは納得してくれた。

あの日の告白は、信好《のぶよし》伯父《おじ》さんもよし子伯母《こおば》さんも聞いていた。二人の反応は「ああ、そうなったら同居も変じゃなくなるから、悪くない」というもので……当初の反対はどこにいったんだよ、という感じだ。伯母さんには、法律的にも結婚だって可能です、とアドバイスされた。

美羽ちゃんは、二人に任せる、と言うし、ひなは「ずっとおいたんといっしょにいられるならなんでもいい！」と言ってくれた。まあ、蚊帳《かや》の外だったサーシャさんは多少不満みたいだけど、俺たちの考えを尊重してくれた。

約束の代わりに、俺は空ちゃんに今まで通り「お兄ちゃん」と呼んで貰《もら》っている。今まで通り、家族でいるために。まだ十七歳の空ちゃんには、これからたくさんの出会いがあるはずだ。必要以上に俺に拘《こだわ》る必要はないと思う。今は、空ちゃんの思う通りにしよう、そう考えて、俺は、空ちゃんのパパ兼、彼氏未満の立場を受け入れたのだった。

「じゃ、お二人さん、仲良くねっ！」

「いってきまーすっ！」

朝食を終えると、美羽ちゃんがひなの手を引いて学校に走っていく。

サーシャさんも、羽柴《はしば》さんの迎えの車で仕事に向かった。

そして、俺は……空ちゃんと二人で駅に向かって歩く。もうひとつの約束は、毎日、手を繋《つな》いで駅まで歩くこと。月に一度は、二人だけでお出かけをすること。

生まれて初めての清く正しい男女交際だ。俺は、緊張しながら空ちゃんの手を握る。

空ちゃんは、少し赤い顔で俺の手をしっかりと握り返した。

「わあ……今日は、凄《すご》くいい天気だね」

晴天の中、俺たちは手を繋いで歩き出す。駅までの僅《わず》かな距離を、ゆっくりと。


まったくお兄ちゃんは、相変わらず全然、判ってない。

小鳥遊空《たかしな》はため息をつく。でも、ここまで譲歩してくれたのだって画期的だ。

今更、時間をかけたら私の気持ちが変わるなんて、どうして思えるんだろう。十年想《おも》って、四年も一緒に暮らして変わるどころか強まった乙女心をお兄ちゃんは甘く見ているのだ。

お父さん、お母さん、祐理《ゆり》さん、私、今、幸せだよ。

青空に向かって、空は報告する。そして最高の笑顔を祐太に向けるのだ。こんな時間が永遠に続くことを祈って、二人は歩いていく。春風は、もうすぐそばに迫っていた。

あとがき

久しぶりにオタク話をしてもいいですか？　時事ネタになってしまうので最近は控え気味にしていたのですが、いやー、アニメ放映も目前にして『艦隊これくしょん』を引退しました。原稿を書きながら遊んでいたら、育てに育てた羽黒《はぐろ》改二を轟沈《ごうちん》させてしまいまして、心が折れて立ち直れず、そのままゲームから離れてしまったのです。

まあ、ここまではよくあることだとして、それからですよ。積み上がっていた未読の本が次第に減っていくわ、ＨＤの肥《こ》やしになっていた未視聴の深夜アニメが減っていくわ……。そんなに熱心に遊んでいたつもりもなかったのですが、一体僕はこのゲームにどれだけの時間を費やしていたのだろう、と改めて凄《すご》く面白い体験をさせてもらったな、と感心したわけです。で、やはりゲームがしたくなって今はgoogle《グーグル》のingress《イングレス》でダイエットを始めました。もし道ばたで出会ったら、優しくしてあげてください。ちなみに緑陣営です。まだレベル３ですけどね。

さて皆さん、手にとって頂いてありがとうございます。松智洋《まつともひろ》です。

シリーズ十七巻に到達しまして、今まで出会った人たち、積み上げてきた物語にひとつひとつ祐太《ゆうた》たちが答えを出していく、そんな流れになっています。書いていて、嬉《うれ》しかったり寂しかったり、いろんな感情が湧《わ》いて大変です。特に、十七巻は難産でした。十四巻からこちらは書いていていて気を抜く瞬間もないくらいですが、頑張《がんば》っているキャラクターたちに負けないように、最後まで書ききりたいと思います。今回は、連続で同梱版《どうこんばん》を出して頂くということもありまして最終十八巻が既《すで》に二カ月後に予告されています。十七巻はCD同梱版が、十八巻はDVD同梱版が発売される予定で、三年ぶりに動く空《そら》ちゃんたちに会える機会がやってきます。更に言えば、同梱版には『パパ聞き』ラストイベントの抽選券が入っています。『パパ聞き』声優さんたちにも、もう一度会える機会があるみたいです。長いシリーズになりましたがアニメスタッフの皆さんや声優さんたちも含めて、最後まで多くの方に支えて頂けて本当に有り難いです。

特に、イラストのなかじまゆか先生は、もう一つの別シリーズもアニメ化されている最中に毎回力の入ったイラストを描いて頂き、しかも同梱版があるので表紙も二種類頑張って頂いています。一冊ごとに成長している空たちのイラストを一番楽しみにしているのは僕かもしれません。本当にありがとうございます。またこの本は多くの方のご協力で出版することができました。関係してくださったすべての皆さんに謝辞を贈ります。

そして最後になりましたが、この本を読んでくださったあなたに、最高の感謝を贈ります。

最終十八巻も、そして矢吹健太朗《やぶきけんたろう》先生との新シリーズ『はてな☆イリュージョン』も読んで頂ければ、これに勝る幸せはありません。

松　智洋

ドドン!!
私は祐太が好き
だから付き合って
なん
ええッ!? だってぇ～!
本気だから
ずいっ
ら、茉香さん、っ俺
ドキ ドキ ドキ
ちょっと待ったぁ!!!
ちょっと待ったコール!。
私も、お兄ちゃんが好き!付き合ってください!
なっ…!空ちゃん!?
チョット待ッタァ!
ワタシとコイビトになるのヨ?ユウタ
ええーッ!?
ぱっ
私も!
ぱっ
私も!
ひなも-!
わ～い!
バッ!
スッ

よろしくお願いします!!!
あ…えっ…と、
まずい…っ とりあえずこの場をおさめるには…ッ
コレしかない!!
ごめんなさい!
ペこっ
大どんでん返し!!
えーッッ!!?
ネタ古い……
そ…そんな…
ヨロ…っ
じゃあ僕が代わりにひな様だけでも…
さあこっちにおいで
お兄ちゃん私たちはいいからとりあえずひなは選んでおいて
はーっ はーっ
そうだな

パパのいうことを聞きなさい! 17

松　智洋

集英社スーパーダッシュ文庫

2015年1月28日　第1刷発行

★定価はカバーに表示してあります

発行者　鈴木晴彦
発行所　株式会社　集英社
〒101-8050　東京都千代田区一ツ橋2-5-10
03(3230)6229(編集)
03(3230)6393(販売／書店専用)・03(3230)6080(読者係)
印刷所　大日本印刷株式会社

ISBN978-4-08-630805-2 C0193